有爱的青春陪伴者

# 春日喜你

明月像饼 著

孔學堂書局

图书在版编目（CIP）数据

春日喜你 / 明月像饼著 . — 贵阳：孔学堂书局，
2024.3
　ISBN 978-7-80770-464-5

　Ⅰ．①春… Ⅱ．①明… Ⅲ．①长篇小说－中国－当代
Ⅳ．① I247.5

中国版本图书馆CIP数据核字（2023）第160844号

## 春日喜你　明月像饼　著
CHUN RI XI NI

责任编辑：胡　馨
责任印制：张　莹

出版发行：孔学堂书局
地　　址：贵阳市乌当区大坡路26号
　　　　　贵阳市花溪区孔学堂中华文化国际研修园1号楼
印　　制：长沙鸿发印务实业有限公司
开　　本：880mm×1230mm　1/32
字　　数：267千字
印　　张：9
版　　次：2024年3月第1版
印　　次：2024年3月第1次印刷
书　　号：ISBN 978-7-80770-464-5
定　　价：45.80元

版权所有　翻印必究

## 目录
*contents*

*001* · 楔　子

*004* · **第一章**　乍见之欢

*038* · **第二章**　久处不厌

*069* · **第三章**　春日喜你

*119* · **第四章**　温柔的风

## 目 录
*contents*

162 · 第五章　岁月神偷

201 · 第六章　为你织梦

253 · 第七章　我愿为你画地为牢

268 · 番外一　如梦似幻的平行时空

275 · 番外二　小戏精

## 楔子

单单出了一场事故,汽车迎面撞来的时候,她来不及闪躲。她感觉自己睡了很久,脑袋昏昏沉沉,耳边是一阵尖锐的、持续性的"嘀嘀"声。

她做了个很长的梦,梦里在南城。

日落时分,少女走在回家的路上,在巷口撞见了满脸伤痕的少年。

他长得很好看,眉眼精致,鼻梁高挺,余晖照着他的脸颊,皮肤细腻苍白,像在玻璃房里长大的小王子,易碎又漂亮。

她觉得他很可怜,主动和他说话。

少年懒洋洋地掀起眼皮扫了她一眼,懒得搭理她。

等走到家门口,她才发现他就住在她家对面。

这天之后,她就记住了这个新来的邻居。

少年的人缘不太好,做什么事情都是独来独往,好像没有朋友,也没有看见过他的父母。

她观察了小半个月,越来越觉得他可怜。在某天傍晚,放学回家的路上,她忍不住厚着脸皮说想成为他的朋友。

出乎意料的是,少年点头答应了。

十几岁的少女,天真烂漫,不设防备。

自此之后,她和他经常结伴出现在这条青石板路上。

日复一日,年复一年。

从春到秋,从夏到冬,从高一到高考完的那个暑假。

感情逐渐升了温,清冷孤傲的少年迫不及待地在那个盛夏和她告白了。

她几乎没有犹豫,就扑进他的怀里。

这个梦境,美好得不太真实。

过了一会儿,单单看见紧张不安的自己,站在院门外的围墙下,跺脚咬唇,脸上冒着冷汗,伸长了脖子往楼上的窗口看,忍不住轻声催促:"许梁州,你快点!"

男人从窗户跳下来,抱着她亲了亲,得意扬扬地拿出刚偷来的户口本,说:"我厉不厉害?"

"你要死啦!我们快走,不能让我妈看见你。"

单单觉得这个梦境很荒诞,几年之后,她竟然会为了和他结婚而去偷家里的户口本。

画面一转,眼前是一栋冷冰冰的别墅。

女人脸色苍白地和对面的男人提起离婚,她受够了宛如监禁般的婚姻生活,受够了丈夫得寸进尺的占有欲。

她没有自由,连人际交往都需要他的点头同意。

她几乎要忘了十七岁的许梁州是什么样子,他病态的占有欲让她和他之间曾经的回忆都变得扭曲,青春岁月的那些过往已经面目全非。

她爱的不是眼前的他。

而是当初那个张扬恣意的少年。

男人冷静地看着她,脸色并不怎么好看,说了几句威胁的话。

她的反抗是无效的。

单单听见自己说了句:"许梁州,你放过我吧。"

她的眼泪应声落下,可惜坐在对面的男人还是无动于衷:"没有下次。"

春去秋来,又是一个冬天。

单单看见自己躺在病床上,生命似乎走到了尽头,可是神态看上去竟然无比淡然,只望着窗外的雪,感叹了句:"真美啊!"

坐在病床前的男人有些狼狈,眼睛里满是红色的血丝。他神情憔悴,紧紧握着她的手,好像握得足够紧就永远不会失去她。

她说:"我终于可以摆脱你了。

"这几年,我活得好累。

"许梁州,下辈子我们不要再见面了。"

男人眼尾一片薄红,眼泪悄声无息地往下落,他痛得口不能言。

单单从这场美好又可怕的梦境中惊醒,吓得浑身冒冷汗。

她不知道自己为什么会做这么奇怪的梦。

房门响了三声,母亲端来鸡汤:"喝点汤,再养几天就能出院了。"

听见母亲的声音,单单才从恍惚中回过神,她安慰自己只是做了个怪异的梦。

梦里那些奇怪的人、奇怪的事,都不是真的。

那只是梦。

一个真实得有点可怕的梦,而已。

## 第一章
乍见之欢

初春的夜里,凉风徐徐吹动枝头高处伸出来的树叶,沙沙作响。

单单穿着宽大的校服,脚下的小白鞋踩过深巷的青石板,溅起了几滴雨水。

巷子里有几十户独门独院的人家。单单推开院门,弯腰在玄关处换好鞋,探出脑袋朝客厅的方向,轻声说道:"妈,我回来了。"

单妈正在厨房里忙活,吩咐道:"放下书包去梳洗,然后回房间写作业,饭还要一会儿才好。"

单单点头:"好。"

单单的父亲和母亲都是高中老师,对她的学习一向抓得很紧。而且她今年读高三,学业方面更是放松不得。

单单拿上睡衣进了浴室,洗完澡后换好睡衣,慢吞吞地从卫生间里走出来,她的头发湿漉漉的,发梢还滴着水珠。

单单推开窗户,迎面扑来的空气夹着春雨的气息。

金黄绚烂的余晖稍稍刺眼,单单伸手挡在眼前,有瞬间的恍惚,在那个梦里,对面住着的那个男孩子,整整纠缠了她八年。

那边的窗影似乎晃动了一下,吓得她立马关紧窗户……

吃完晚饭，单单就回了自己房间。

窗台上放着个小灯，单单继续写着作业，数学书上密密麻麻的字看得她眼睛疼。

数学一直以来就是单单的短板，做了很多题目，效果都不太明显。

时间不知不觉地溜走。忽然，房门被人敲了三下，单妈轻轻推开她房间的门，端了杯热牛奶放在桌上："喝完牛奶就睡，明天早点起床。"

单单在父母面前都很乖，言听计从："知道了，妈妈。"

单妈对自己的女儿当然是满意的，单单从中学开始就在重点学校的重点班，学习上的事情从来不需要她操心。

只是最近她带的班在同学关系上的风气不太好，这让她也不得不担忧起来，毕竟女儿也正值青春叛逆期。

单妈张了张嘴，临走前还是忍不住嘱咐："单单，心思都要放在学习上，不要想些有的没的。"

单单垂眸，声音跟蚊子一般大："嗯。"

单妈闻言，满意地笑笑，从女儿的房间里退了出来。

单单端起桌上的牛奶，轻抿了一小口。

昏黄的灯光，映照着她小巧又清秀的脸。

单单写完作业有些疲倦，站起来伸了个懒腰，随后就爬上了床。她原本以为自己会睡不着，谁知道沾到枕头就睡了过去。

单单又做了关于他的梦。这次她梦见自己被关在一栋别墅楼里，无论她怎么哭怎么喊，门外的男人都不肯给她开门。

单单是被这个噩梦惊醒的，满头冷汗。窗外的天空渐渐亮了起来，她额头冒着细汗，后背发凉。

她抬头看了眼床头柜上的闹钟，现在是早上六点钟。

单妈敲了敲门："单单，该起床了。"

"好。"

她洗漱完换好衣服才出了房门。

单妈已经做好了早饭，单爸坐在餐桌前，戴着眼镜在看报纸。

单单低着头小口小口地喝着眼前的粥。

单妈忽然说："单单，等会儿出门把粽子送去对面王奶奶家。"

单单手里的勺子一松，犹豫道："妈，我还要上课。"

单妈拍了下她的脑袋："你去上学的时候顺路送去，你王奶奶平时对你多好。我听说她孙子转到我们学校来读书，正好，你也可以和他打声招呼。"

单单吃惊，顿时没了食欲。梦里的那个人就是在这个季节转到她学校来的！

她忍住内心的慌乱，说："妈，要不还是你去吧？"

一直没吭声的单爸突然开了口："别犯懒。一点小事都不愿意做，书都白读了？"

单单低着头不说话，心想默默地想，如果梦里的事情都会真实发生的话，那么过两天她爸妈就不会说这样的话了。

单单出门的时候，迫于无奈还是拎上了桌子上那一小袋粽子，敲响了对面的门。

隔着门板，单单听见了一道熟悉又陌生的声音："谁？"

连声音都跟梦中的人一样！

是许梁州没错！

单单下意识就想跑，可双腿像是被钉子固定在原地动弹不得。她捏紧了手里的纸袋子，掌心冒着细汗。她绷着脸，轻轻说道："我找王奶奶。"

过了半晌，沉重的大门被人从里面拉开。男孩身上穿着和她同款的校服，只不过外套拉链拉得很低，看上去颇为放荡不羁。

他的脸很干净也很白，细碎的刘海盖着额头，一双漂亮的桃花眼，眼尾微微上扬，像是含着钩子。金色的日光照在他精致白皙的脸庞上，无疑，这个少年生得确实很好看。

他挑眉，语气很不好："找我奶奶什么事？"

单单把手里的粽子递到他面前："我妈妈亲手包的粽子，让我送过来给你们尝尝。"

男孩接过粽子，态度敷衍地"哦"了一声，转身漫不经心地将手里的东西丢进了垃圾桶里。

单单有点生气，脸涨得通红："你怎么能就这么扔了？"

甜甜腻腻的姑娘，生起气来都像是在撒娇。

许梁州看着她涨红的小脸，感到非常奇怪，原来南方姑娘生气还会脸红的吗？别说，还怪可爱。

"扔都扔了，怎样？"后面的两个字，他特意挑起了尾音，听起来更像是一种挑衅。

单单双手握拳，抿直唇瓣，看了他半晌，转头就走了。

这人的性格真恶劣。

许梁州看着她气呼呼离开的背影，忍不住勾唇笑了笑，小姑娘的马尾辫落进他的眼睛里，也是很有趣。

他注意到两人身上一样的校服，高挑眉头，嘴角的笑意味深长了起来。

许梁州双手插进裤袋里，不紧不慢地朝学校的方向走过去。

走到半路，有人从身后勾住了他的脖子："州州，你现在是落难的凤凰不如鸡了吗？"

许梁州颇为不屑地从鼻子里哼出来个"嗯"字。

男生的声音好像更加兴奋："没关系，我罩你。"

许梁州嫌弃地拿开对方搭在自己肩上的手："滚，别给自己脸上贴金。"

宋城脸上依然笑嘻嘻的，问："开个玩笑。对了，你在哪个班？"

许梁州停住脚步："忘记了。"

不是他装，是他真忘了。

哪个班都一样，他向来对这些无关紧要的小事不上心。

等到了学校，班主任领着许梁州进了一班，他擅自给自己挑了个"风水宝座"，眼皮子都不带掀的，直接坐到最后一排的角落里。

班主任什么也没说，许梁州这孩子成绩不错，但他也听说过对方不服管教，惹出过不少事情，让对方坐在最后一排，也可避免打扰其他同学学习。

许梁州懒懒散散地坐下，一双无处安放的长腿伸到前桌的桌腿处，他整个人往后一靠，双手搭在脑后，姿态相当慵懒。

他的目光在教室里随意转动，扫及那个熟悉的背影时，他无声地笑笑，觉得自己和她还挺有缘。

不仅同校，还同班。

许梁州顺手拿起同桌的小橡皮擦，一丢，精准地落到女孩的后背上。

单单回头，就看见许梁州那张过分好看的脸。少年笑容纯净，吹了个口哨，对她笑："巧啊。"

单单皱着眉头转回身，没有搭理他。

不能搭理他，越搭理他，他越来劲。

许梁州也不喜欢倒贴，冷着脸趴在桌子上就准备睡，他眼睛才闭上，同桌就戳了戳他的胳膊。

他睁开眼，满脸不耐。

女生畏畏缩缩，小声地说："同学，我的橡皮擦……"

许梁州合上眼皮，慢悠悠地道："自己捡。"

女生低下头，不敢再说什么，新同桌这副样子看着就不好招惹。

许梁州睡醒时，语文老师已经站在讲台前上课了，唾沫横飞、滔滔不绝，不知道在说什么。他不爱听课，单手撑着下巴，微微侧过脸，眼神落向窗外发着呆，阳光透过玻璃窗洒在他的脸上。

忽然，他伸了个懒腰，然后站起身，大大方方地从教室后门走出去。

语文老师的脸色很不好看，勉强忍住脾气没有发作，睁一只眼闭一只眼当他不存在。

许梁州晃晃悠悠地出了教学楼，外面阳光刺眼，他脱了蓝白色校服外套，懒散地挂在肩上。

四月，天气渐渐热起来了，他里面只穿了件白色短袖T袖。少年的身形修长，帅气俊朗的面孔惹人注目。

宋城蹲在墙角，嘴里不知碎碎念些什么。见了许梁州，他眼神一亮，跳起来，跑到许梁州身边，手臂不自觉地又勾着许梁州的脖子："你终于来了。"

许梁州让宋城把手拿开。

宋城讪笑，乖巧地把手从许梁州肩膀上移开。他知道，许梁州有洁癖，一向不喜欢别人的碰触。

两人缓步朝篮球场走去。

年轻气盛的男孩子，在球场上肆意挥洒汗水。

许梁州打球的时候很好看，他很白，在太阳的照耀下就显得更白。一行人打球打得气喘吁吁，唯独他看上去并不怎么累。

许梁州拿起放在地上的矿泉水，仰头喝了一大口。

一旁的宋城忽然问道："你是不是去了一班？"

许梁州漫不经心道："嗯，是吧。"

宋城紧接着嚷嚷："你爸什么意思？他这是要折磨死你。"

许梁州侧过身，问了句："怎么了？"

"全年级就数一班纪律最严格，你可小心点。"

"嗯。"

打完篮球后还很早，宋城出了校门，又约朋友一起去打游戏。

许梁州不想去，但是更不喜欢坐在教室里发呆，所以他选择躺在操场的草坪上睡觉。

另一边，整个一班像煮开的沸水。

循规蹈矩的好学生们，哪里见过许梁州这样的同学。他的个性太过分明，想不惹人注意都难。

女生们面红耳赤地谈论起他，说起这个新来的同学，最先聊到的就是他那张帅气的脸，就像是从小说里走出来的一样。

单单听得耳朵疼。

下了课,同桌西子抓着单单的手腕,兴奋地说:"单单,你看清楚他的脸了吗?帅炸了。"

单单兴致缺缺:"没注意。"

许梁州那个人,无论什么时候都是耀眼的。

单单托着下巴,她想起来,那些断断续续的梦境里,他们大学还没毕业,她就被他哄着去民政局领结婚证。

那时候户口本被她母亲扣在家里,拿不出来。许梁州翻墙爬进她家后院,又从二楼的窗户爬进她家,帮她把户口本偷了出来。

她站在树底下给他放风,紧张得要命,掌心冒汗,小腿控制不住地抖。

许梁州得手后从窗台上跳下来,笑嘻嘻地抱着她,在她脸上狠狠地亲了一口,扬扬得意地问她:"我厉不厉害?"

她恼羞成怒去掐他的腰,他却笑得更开心了。

…………

"单单,我跟你说话呢。"

单单回过神:"你说什么?"

西子翻了个白眼:"我说我刚刚看见新来的那位帅帅的男同学被老陈揪到办公室了。"

老陈是教导主任,长了张慈祥的脸,但在管教学生这方面非常严格。

"哦。"她不感兴趣。

西子表情惆怅:"也不知道会怎么对付他。"

单单却是更担心老陈,她已经在梦中把许梁州了解得透透的了。

许梁州看上去冷冷清清的,可那脾气当真是很不好。

年纪小点时,他不太懂得收敛,仇怨都是当场就报,后来他心思越发深沉,表面上对你笑,背地里使劲用阴招,直把你弄得倾家荡产才罢休。

果然,下午放学时,单单就听说许梁州和老师在办公室里大吵了一架。老陈被许梁州气得要吐血,指着许梁州的鼻子让他滚。

走廊上站满了看热闹的同学，单单也被西子拉过去旁观。

许梁州还是那副什么都不在乎的模样，眉眼冷漠。经过单单身边时，他的脚步忽然停了下来。

单单呼吸一滞。

许梁州看了她一会儿，扬唇笑了笑："今儿见你第三回了，我们还挺有缘。"语气轻浮。

单单转身就回教室，也不管背后其他人的议论。

许梁州眯眼看了看她，很快就收回了视线，然后头也不回地出了学校。

许梁州在办公室里出够了风头，再加上他那张令人过目不忘的脸，让他一下子在学校里出了名，整个年级没有不认识他的。

单单并不担心许梁州，和老师吵架了又怎么样，明天他照旧能好好地来学校上课。

许梁州和宋城是两个让人恨得牙痒痒的人。

家世好，脑子好。宋城是理科第一名，次次考试排名雷打不动。

至于许梁州，单单知道，他认真考试的话，成绩也不会差。而且，在她的梦中，高考时他考了六百多分。

晚间下了自习课，单单收拾好书包慢吞吞地离开教室，就着路灯的灯光一个人走回家。

从学校到她家，步行大概需要十五分钟。

胡同里住的大部分是教职工，许梁州的奶奶从前是这个学校的副校长，退休后一直留在这座小城教书。

最近一直做梦，让单单觉得自己很久没这么自由过了。虽然是梦，但那段她和许梁州纠缠了很多年的时光好像非常真实地发生过。以至于现在走在路灯下，她都觉得此刻更像是在做梦。

单单不想重蹈梦境里的悲剧。

巷子口的灯光摇摇晃晃，寂静的夜里，单单的脚步声格外清晰，她垂下眼，小路上倒映着一个修长的影子，紧紧跟在她身后。

社会版新闻不断在她的脑海中闪现，她加快脚步，后面的人紧追不舍。

突然间，单单肩上的背包带子被人用力往后扯了扯。她毫无防备地往后一跌，紧张害怕之下，她大叫起来，一双小手在空中胡乱挥打。

许梁州被她的指甲挠伤了脸颊，男孩"嘶"了一声，轻而易举地控住她的双手，低声道："别喊，是我。"

单单止住叫声，看清楚他的脸之后，踹了他一脚。她吓得眼睛通红："松开我。"

许梁州放了手，单单快步朝前走，抿着唇一个字都不跟他多说。

他跟上她，与她并肩而立，侧头瞧见她绷着的小脸，问了一句："你生气了？"

单单依旧不吭声，闷着头走路，只盼着自己能快些走到家。

许梁州有限的耐心已经告罄，用身体挡住她的去路。

单单冷冷地说："你让开。"

许梁州看到她气得眼睛通红的样子，不觉得难看，反而觉得很可爱。

"你算老几？叫我让开我就得让开？"

单单快被气哭了，明明他只会对熟识的人耍无赖，明明现在他们才刚认识一天。

单单心中的委屈、害怕，各种各样的情绪杂糅在一起，眼泪不受控制地落下。

许梁州表面一本正经，心里其实觉得她默默流眼泪的样子简直可爱到爆炸。他说："别哭了。"

没人理他。

许梁州侧过身，抿唇道："我让你走，你别哭了，行吗？"

单单擦干净小脸，眼泪说停就停，抓紧书包拔腿就跑。

许梁州硬生生被她逃跑的样子给气笑了。

单单回家之后,浑身都在抖。

她抵着门,轻喘着气,忍不住又想起那个梦——梦中,那个人时常禁锢着她,让她战栗。

单妈将夜宵端上饭桌,见她脸色不太好,关切地问:"单单,怎么了?是不是病了?"

单单抬眸,气息逐渐平缓,摇头:"妈,我没事。"

单妈不信她的话,说:"你看看你的脸白成什么样子了,我去拿温度计。"

"妈,我真的没事。"

她只要不去想梦里发生的事就好了。

单妈却很固执,拿来了温度计:"你先吃点东西,别把自己给饿坏了,吃完之后把温度计含在嘴巴里,让妈妈看看是不是发烧了。"

高三的学生每天精力消耗都大,晚上总会吃点东西补充能量。

单单坐在饭桌前,面前都是些清淡的菜,青菜炒香菇、春笋榨菜丁,还有山药排骨汤。

她确实饿了,拿起筷子埋头吃饭,吃相很秀气。

单妈坐在单单对面,等单单吃完,她将碗筷收进洗碗池里,随后从厨房里出来,叫住了单单。

"妈妈还有件事要跟你说。"

"什么事?"

单妈抿嘴:"以后你别去对门王奶奶家里玩。我听说王奶奶的孙子今天跟陈主任在办公室里吵了起来,这种不良少年,你少来往。"

单单垂眸,点头:"好。"

她本来就不想再和他有什么牵扯。

单妈知道自己女儿自小就是个听话的好孩子,却还是忍不住交代:"嗯,别在学校搭理那些不三不四的人,好好学习知道吗?"说着她又抱怨了一句,"书香门第怎么就出了这么个混账孩子。"

单单没有接话,转身回了房间。她对她妈妈的态度一点都不奇怪,她妈妈一直不喜欢离经叛道的小孩。

单单缩进被子里,温度计就搁在床头柜上,她闭上眼,毫无睡意。

原以为自己不去招惹许梁州,他就不会关注到自己,现在好像并非如此。

她默默地想,或许今天是他一时兴起,才多跟她说了几句话,反正他们两个人的座位隔得那么远,以后不会有更多的交集。

从今天的种种事情看来,现实中的许梁州和梦里的许梁州性格完全一样。在光怪陆离的梦境里,两人相处八年,她很是了解许梁州。

许梁州冷心冷肺,不是自己在意的人,绝不会多看一眼,更不可能多管闲事。

单单随手关了床头灯,闭眼睡觉。


第二天,许梁州一个上午没来上课,单单轻松了不少。

而大吵一架之后,老陈不仅没有把许梁州开除,还装作什么事都没发生,连个通报也没有。

整个高三年级的人都议论纷纷,猜测许梁州的来头。

到了下午,许梁州总算是出现在学校里。不过他破相了,额角贴了个创可贴。

宋城在走廊上见了他,指着他额头的伤口,打趣道:"这是怎么了?"

许梁州停住脚步,惜字如金:"关你屁事。"

宋城一路跟着许梁州到了一班教室的后门,教室里的人因为他们的出现,忽然安静了下来。

许梁州坐到自己的位置上,戴上耳机趴在桌子上闷头睡觉。

宋城不客气地戳了戳许梁州的同桌:"同学,你能不能给我腾个地?"

许梁州的同桌立刻拿起书本麻溜让开位置,宋城扯下许梁州一只耳机:

"被你爷爷打了？"

"嗯。"

"也就你爷爷能治你。"

许梁州挑眉："你是忘了我还有个爸？"

宋城将他另一只耳机也扯了下来："得了吧，你爸不敢动手。"

家里有宠他如命的母亲，还有两个护着他的姐姐。

许梁州拽回自己的耳机："你烦不烦，滚回你自己的教室。"

上课铃恰好在这时响起，宋城压低了说话的声音："对了，你知不知道校花就在你这个班。"

许梁州支着头，转动着指间的圆珠笔，嗤笑了声："跟我有什么关系。"

宋城指了指第一排的一个女孩："看见没有，就是那个。"

许梁州面无表情地吐字道："看不见，别烦我。"

宋城的语气颇为可惜："不过这校花有点假清高，你看她后边坐着的那个。"

许梁州的目光随意扫向宋城指的方向，一眼就认出那个熟悉的背影，就是住在他家对门的姑娘。他饶有兴致，懒洋洋地问："她怎么了？"

"长得好看，脾气也好。"

"脾气好？"

宋城点头："对，说话特别温柔，软软的，但是很可惜……"

许梁州被他的话吊起胃口："可惜什么？"

"她爸妈都是咱们学校的老师，谁也不敢和她走得太近……"

许梁州顿了顿，面色如常，漫不经心地说了个"哦"字。

宋城又问："所以你觉得她怎么样？"

许梁州认真思索后，散漫地答道："还行。"

下午的体育课临时改成了自习课，许梁州很无聊，玩腻了手机抬起头，眼睛直勾勾地盯着单单的背影。

转眼，课间休息时间到了，宋城跑到一班教室门口："走了，去打球。"

许梁州兴趣不大,但又实在没什么事情可做,沉默片刻,懒懒散散地站起来,目光却不由自主地往单单的方向看了过去。

少女正埋头写作业,压根没注意到周围发生了什么。

不知道为什么,许梁州就是觉得很不爽。他很讨厌这种被忽视的感觉,他沉默地想,这个女孩……好像真的不太喜欢自己。

可是怎么办?她已经成功吸引了他的注意力。

这似乎不太公平。

许梁州经过单单的座位时,清瘦的身体故意往她桌子的方向偏了偏,然后双手撑着桌子,似笑非笑地望着她,问:"同学,你伸腿故意绊我是什么意思?"

无辜的单单瞪大眼睛,嘴巴因为惊讶而微微张开。

许梁州忽然间觉得,自己可能疯了,竟然做出这么幼稚的事情。

单单垂下眼眸,思索片刻后,低声道:"对不起。"

那些似是而非的梦境片段,加深了单单对他的了解——若是被他惹生气了,进而愤愤不平地和他吵,反倒落进了他的圈套。

她在梦里就吃了很多次这样的亏,如果还学不聪明,那就太傻了。

许梁州挑高眉头,心想这姑娘还挺能忍。

他忽然变得烦躁,脾气一发作就没忍住踹了桌角,劲道极大,整张桌子摇摇欲坠,没有支撑多久就倒了下来。

单单连人带板凳跌倒在地,抽屉里的书本尽数砸在了她身上。

许梁州冷眼看着她,他抿了抿唇,忽然伸出手:"起来吧。"

——看她顺眼的份上才要扶她。

单单似乎不领情,低垂眼睫,拒人于千里之外:"不用了。"

许梁州的脸色沉了沉,双手插进校裤的口袋里,沉默不语,踩着吊儿郎当的步伐回到自己的座位,连宋城的邀约也没再理会。

西子帮单单整理好桌子,戳了戳她细弱的胳膊,压低了声音小心翼翼地问:"你没事吧?"

单单摇头，轻声回："不要紧。"

西子斟酌好说辞问道："你惹他了吗？"

单单愣住，仔细回想一遍，除了第一天去送粽子，她甚至都没有主动跟他说过话。

"没有。"

"我怎么感觉他刚才在故意针对你？"

许梁州脸皮真厚，谁会没事伸腿绊他？单单叹了口气，语气无奈："可能是我比较倒霉。"

大概许梁州今天心情不好，又恰好想找人发泄，那个倒霉的人又恰好是她。

西子点点头，说："反正我们不要去招惹这种人，惹不起。快模拟考试了，还是先想想怎么应付考试。"

单单捏紧了笔头，重重点头，深表赞同："是的。"

单单并不是学霸，成绩在这个高手如林的班级里顶多算是中等水平，她的数学极其拖后腿。朦胧的梦里，她高考超常发挥也才考上首都的T大。

不过，她记得，许梁州的数学成绩好像很好，高考就丢了2分。

单单托着下巴，漆黑的眼珠直勾勾地望着窗外。在梦里，妈妈想让她留在南城的，是自己禁不住许梁州的怂恿才填了T大。

许梁州太聪明了，单单不知道那个梦里的事情会不会一一实现，如果命运的轨迹真的会那样发展，那即使她现在提前知道了以后会发生的事情，也不认为自己能算计得过他。

单单现在已经记不起这年高考试卷的内容，只记得试题不是很难，她认真努力地学习，应该不会考得太差。

至于许梁州，高考结束他就要回北方。

因为是周五，下午四点就放学了。

单单在教室里慢吞吞地收拾书包，西子笑眯眯地从抽屉里掏出两个纸袋子："单单，这是我奶奶做的青团，这一份是给你的，另一份就麻烦你帮我给宋城啦。"

单单接过袋子:"你为什么不自己给宋城?"

西子拍拍她的肩膀:"我跟人约好要出去玩,这件事就拜托你了。"

宋城的妈妈是学校的美术老师,也住在分配给教职工的房子里。宋城家和西子家以前是关系要好的邻居,感情一直不错。

单单咬唇:"好。"

"谢谢你啦。"

单单走路的时候,膝盖弯隐隐作痛,应该是被厚重的英语字典砸到导致的。她一瘸一拐地走到宋城的教室门口。

教室里空空荡荡,不见人影。

单单皱眉,考虑要不要直接送到他家里。往校门外走的时候,她一眼瞄到自行车车棚下那个熟悉的身影。

单单有些近视,其实也不确定是不是他,便试探地喊了一声:"宋城。"

宋城闻声回头:"嗯?你喊我?"

单单将手里头的纸袋子递到他跟前:"给你的。"

宋城淡淡扫了眼,有些讶异,张口问:"你给我的?"

单单摇摇头,解释道:"不是,是西子让我帮忙带给你的。"

宋城接过纸袋子,笑了下说:"记得替我谢谢她,那臭丫头这几天都没理我。"

他家原本和西子家就住单元楼的对门,后来为了方便他上学,才搬了家。

单单忍不住说:"她忙着学习。"

不是人人都有他这么高的天赋,轻轻松松就名列前茅。

任务完成,单单正准备离开,身后突然传来一道冷冷清清的声音,像别人欠了他钱似的:"你们俩在聊什么?这么开心。"

"没说什么。倒是你,买瓶水花了这么长时间?"

许梁州抿紧唇角,没搭理宋城的问题,反而指了指宋城拎着的纸袋子:"这又是什么?"

宋城没想太多，直接道："单单给我的。"

单单下意识地否认，目光有些怯懦地看着许梁州："不是我，是西子给的。"

这是她本能的反应，她怕许梁州生气。梦中，有时候她同其他男孩肩并肩走在一起，他都会不开心。

许梁州高深莫测地笑了笑，目光暗了暗，她怎么那么怕自己？

许梁州摇摇头，否定了自己的这个想法。自己和她才认识几天，她什么都不知道，怎么会怕自己？

许梁州好整以暇地望着她："你怕我干什么，我又不会吃了你。"

单单脸色苍白，说："我没有。"

许梁州逐渐加深嘴角的笑意："那你的腿怎么在发抖？"

单单生硬地解释："我腿疼。"

说完这三个字，她也不去看这两个男孩的神色，低头离开。

许梁州冷眼看着她离开，唇抿成了一条直线。

宋城见他脸色不好，忍不住说道："就一个女孩，你总欺负她干什么？幼稚。"

许梁州不承认："我没有。"

宋城翻了个白眼，吐槽道："都把人吓跑了还说没有，嘴真硬。"

许梁州不置可否，随后把他手里的纸袋子抢了过来，看了眼里面黑漆漆的东西，略带嫌弃地问："这是什么玩意儿？"

"青团，你吃过的。"

"这么恶心的东西我怎么可能吃过。"

宋城忍着脾气，毫不留情地打击道："也没人送给你吃。"

许梁州骑上自行车，脸上看不出情绪："你闭嘴，我先走了。"

单单走到一半，身边忽然停下来了一辆自行车。许梁州单脚着地，看了眼她的脚，空出一只手拍了拍自行车后座："上车。"

单单瞥了他一眼，就又继续朝前走。

他推着车跟在她身边:"故意跟我装聋?"

单单停下脚步,过了一会儿,声音温温柔柔地同他说:"你能不能别死皮赖脸地纠缠我?"

她觉得自己的话无疑会伤了他高高在上的自尊,他的世界里都是旁人围着他转,他不会愿意听见别人用"死皮赖脸"四个字来形容他。

许梁州比单单高上一个头,目光淡淡地凝视着她。少女的脸蛋好像只有他一个手掌这么大,皮肤白得几乎透明,瞳孔漆黑明亮,纤长浓密的睫毛在眼底投下一片阴影,恬静柔美。

许梁州觉得自己的脾气变好了,搁以前根本没有人敢跟他说这种话。

他嘴角的笑意冷了下去。

几秒钟过后,他骑着自行车离去。

单单松了口气,可她还来不及高兴,阴晴不定的男孩去而复返,在她还没有反应过来时,猝不及防地将她揽到自行车后座,飞驰起来。

她吓得叫出声来。

迎着春日的风,许梁州笑着吹了个口哨,故意加快了骑行的速度。

四月的天气刚刚好,夕阳下的风从单单的耳边吹过,额边细碎的发丝随风摇摆。

许梁州故意骑得歪歪曲曲,单单一双手不得不紧紧抓住他。她提心吊胆,皱着眉低声道:"你停下来。"

他的态度十分恶劣:"我不。"

单单用力掐了他一把:"你这人是不是有病啊?"

明明她都将躲避表现得那么明显了,按照他心高气傲的性子早就该将她拉入黑名单,怎么现在还要缠着她?

许梁州龇牙咧嘴:"坐稳,我要加速了。"

单单睫毛颤了颤,紧紧揪着他衣角不敢松开。

许梁州眉眼间泛着笑意:"再抓紧点。"

她原封不动地将刚刚他说的两个字还给了他:"我不。"

许梁州挑眉,作势就要松开扶着车头的手:"那一起死?"

单单急忙道:"别!"

她清楚他的脾气,他向来是说到做到的。

许梁州:"抱紧了吗?"

单单面红耳赤,恨不得将自己的头埋起来:"嗯。"

"走咯!送你回家。"

迎面而来的风,温暖灿烂的阳光,拂照在两人的脸上。

单单小心翼翼地抬起脸,抬眸刚好能看清楚他的侧脸。

在那个前尘碎梦里,认识他之前,她是一个很无趣的人,是他教会了她很多事情,带她去了很多地方,让她看见了更高更远的那片天空。可是,也是他死死地将她禁锢在他的世界里,禁锢在那一片狭窄的天地里。

"单单,你是不是讨厌我啊?"许梁州忽然开口问她。

单单认真想了想:"没有。"

许梁州笑了一下:"你撒谎。"

"没有。"

许梁州又吊儿郎当地问:"那你就是喜欢我?"

单单被他气得不想说话。

等红灯的时候,许梁州转过头来:"不回答别人的话,是一件非常不礼貌的事情。"

单单还是不想理他。

许梁州空出一只手,消瘦苍白的拇指轻轻落在她的肩上,钩着她的背包带子:"生气了?不理我?"

人行横道对面的灯已经变成了绿色。

单单推了他一把:"绿灯了。"

许梁州赖着不肯走:"你还没回答我。"

单单脾气是好,但又不是没有脾气。她说:"不喜欢。"

许梁州倒也没生气，只挑了挑眉，一脸"我就知道"的表情。他转过身，站起来蹬脚踏板，骑得飞快。

单单连人带魂都被吓得不轻，等她缓过来时已经快到巷口了。

单单拽了拽他的衣角："我要下车。"

她不敢让她妈妈看见自己是坐许梁州的自行车回家的。

许梁州拢紧手指，握住刹车，双脚及地，停了下来。

单单跳下车，转身就要回自己的家，但脚还没迈开，衣领就被身后的人提了起来。

许梁州比她高出不少，这个动作对他来说轻而易举。

单单不高兴地说："你干什么？你好烦。"

许梁州抿嘴笑了起来，觉得她炸毛的样子非常可爱，说："别动。"

他的手在校服口袋里摸了摸，然后又拉过她，将刚刚摸出来的东西放在她的掌心："赔给你的。"

今天课间因为他发了脾气，害得她的腿被书砸伤，他心里也不是很好受。

许梁州还是第一次做讨好女孩子的事情，手段生疏。掌心里这几颗甜腻的糖果，还是他不久前在学校旁的小店里买来的。

单单看了一眼，是大白兔奶糖。她说："我不要。"

许梁州脸上的笑意缓了缓。

沉默一阵，他高高瘦瘦的身躯挡在她跟前："我就问你一遍，你到底要不要？"

单单想都不想："不要。"

"不要也得要。"

少年的他好像已经有了梦中成年后他那不容抗拒的性格的影子。

单单的心猛地缩了一下，然后胆子大了起来，扬起手把掌心里的奶糖砸到地上。

许梁州沉着张毫无表情的脸，漆黑的眼珠盯着她看了好半天，面色平静，可她就是知道他生气了。

单单的脚像被定住了一样，动弹不得。

许梁州侧过身，弯膝蹲下身子，将糖果一颗一颗地捡起来。他剥开一颗糖果的外层包装纸，将软白香甜的糖递到单单的嘴边："吃。"

单单樱唇微张，正准备说话，奶糖就被他塞进了嘴里。

她咀嚼奶糖时，嘴巴一鼓一鼓地，跟只小松鼠似的，很可爱。

许梁州盯着她的脸瞧了一会儿，又淡淡收回目光。忽然，他仗着身高优势，伸手拍了拍她的头。

单单愣了愣，后知后觉地抬手摸自己的脑袋。

许梁州抓过她的手，将剩余的奶糖重新塞回她的手心，这次加了一句："不许扔。"

单单说起话来还有股奶香糖味："你先松开我。"

许梁州乖乖听话放开了她的手，往后退了两步："行吧。"

然后少年耸了耸肩，特别贱地说了一句："你看我多听你的话，是不是你特别好的同学？"

单单捏着糖，转头就要往院门里跑。许梁州没有死缠烂打跟上来，只是对着她的背影喊道："别害羞啊。"

单单打开院门的瞬间，她妈妈就出现在她面前。

单妈手里提着垃圾袋，视线越过单单看向了她身后的少年，审视的目光在二人身上转了几圈。

两人都穿着校服，还有辆自行车靠在墙边。

单妈问："单单，你身后的男同学是？"

单单脸色白了白，低头说："妈妈，他是王奶奶的孙子。"

"你们放学一起回来的？"

"嗯，我的腿有点疼，就坐他的自行车回来了。"单单说话的声音越来越低。

单妈刚提起来的心安稳落了地，是她多疑多虑了，女儿一向很听话。

许梁州对单妈笑了笑，露出一口大白牙，装出纯良无害的模样："阿姨，您好。"

"你好。"

单妈不喜欢这个男孩,第一眼看上去是没什么问题,但她也不是没听过他的"英勇"事迹,她实在不希望自己的女儿和问题少年成为朋友。

单妈的态度不冷不热,生疏却有礼:"今天谢谢你了。"

许梁州眯眼笑道:"不客气。"

"嗯,那我们就先回去了。"

"好的,阿姨。"

单妈进门之后,随口问了句:"腿是怎么弄的?"

单单弯腰将鞋带解开,换上拖鞋后敷衍答道:"不小心磕到了。"

单妈见她没什么大碍,转而说起了另一件事:"快考试了,不要松懈,明天记得去上补习班,下午的舞蹈课也不能停。"

单单皱着眉:"我知道。"

单妈知道单单辛苦,可这也没有办法,高三这一年不拼命,以后连后悔的机会都没有。她忍不住叮嘱:"还有,不要乱交朋友。"

单单"嗯"了一声。

单单回到房间,关好房门。她坐在书桌前,小心翼翼地摊开手,掌心里的奶糖已经有些软了。

她看着这几颗奶糖,微不可闻地叹息了一声,许梁州这个人……讨好自己的方法都和梦中一样。只要她生气了,他就去超市买奶糖哄她。

单单回过神来,将奶糖放进铅笔盒里,打开台灯,埋首开始写作业。


许梁州心情颇好地进了家门,奶奶坐在院子里树底下的藤椅上,手里还捧着一本书。

奶奶拿下老花镜,温柔地看着他:"回来了。"

许梁州脱了外套,往他奶奶身边一坐,哼了声:"嗯。"

奶奶敲了下他的脑袋:"你少欺负对门的小姑娘,人家特别乖,哪里像你。"看样子奶奶刚才听到了门口的动静。

许梁州好笑地想：真是，一个两个都说自己欺负她，这也能叫欺负？

他摸了摸下巴，眸色深了深，真要是欺负了她，她能哭得梨花带雨。

好吧，还真有点想这么做了。

许梁州曾经也是上天入地、翻江倒海的小霸王，不过，现在他长大了一点点，已经不会做幼稚的事情了。

许梁州这天晚上睡觉时，做了个梦。

他梦见自己和单单结婚了，梦里的单单和现在这个不像同一个人，梦中的她喜欢黏着他。

他还梦见单单死了，安安静静地躺在病床上一动不动，没了呼吸没了温度。

再然后，他就被吓醒了。

他睁开眼，额头上的冷汗一颗颗滚下来，后背湿透，指尖温度冰冷。他神色复杂地笑了下，果然是个梦。

但是，怎么会梦见她？

他从床头柜的抽屉里摸出一颗安神的药吃了，又仰着头抿了两口水。

许梁州慵懒地靠在床头，轻轻闭上眼睛。这一刻，他承认，自己对单单有那么点不同寻常的感觉。

第二天是周六，天气不错，阳光灿烂，万里无云。

单单早上八点出门上课。补习的地点离家里有些远，她在路口的站牌底下等了好一会儿，才等来一辆直达的公交车。

单单喜欢坐在公交车后面靠窗的位置，透明干净的眼珠透过玻璃看向窗外，道路两侧的风景飞速倒退。她轻轻闭上了眼睛，神色疲倦。

昨晚写数学作业写到凌晨一点，实在是太累了。一分努力一分收获，她不想拿自己的未来开玩笑，她要一点点抓住自己的人生。

笨鸟总要先飞。她不像宋城和许梁州那样，天赋异禀，轻而易举就能考到高分。

单单补的是英语,她的口语发音不太标准,而且每次英语课上的交流实践,她也总是说得磕磕巴巴。

给他们补课的英语老师是资深名师,上课相当严厉。

单单刚坐在自己的座位上,一名戴眼镜的男同学就拿着本子靠近了她,很腼腆地说:"单单,今天的口语练习你能不能和我一组?"

说出这句话已经用光了他的勇气,他紧张地等待她的回答。

单单轻声说:"好。"

男同学脸红了红,声音里是听得出的雀跃:"谢谢你。"

口语练习的内容是一部电影的观后感,电影的名字是《怦然心动》。

单单托着下巴,眼神迷蒙,一看就知道在走神。

这部电影她在梦里和许梁州一起看过。

抛开导演想表达的深度,她其实更好奇关于一见钟情的事。

她还记得,梦中的自己问过许梁州,真的相信一见钟情的存在吗?就像电影里演的那样。

许梁州搂着她,眸子里是她熟悉的那种执拗,他笑起来很好看,说:"相信,我就会对一个人一见钟情。"

说这句话的时候,他的眼睛里倒映着她的影子。

不过,现实中的单单不相信。

单单认为,在梦中许梁州之所以会缠着她,是因为梦中的她没有对他避之不及,反而把他当成真心的好朋友。

每天清晨,许梁州就在院门口等着她,然后两人一起上学。

高三的时候,许梁州每天都过得很无聊,上楼梯时看见一个男生穿了红衣服,他没事找事,带着宋城,跑到那人的班级里放肆撒野,特别拽地说:"以后不许穿红色的衣服,丑死了。"

他当时也想不到那个男生会在晚上放学后,带着一帮同学把他堵在教室门口。

许梁州看到后,扯着她的书包袋子,眼睛笑眯眯的,说话温温柔柔:"单单,我跟你说件事。"

单单心里直道不好。

果然,下一秒钟,许梁州抓着她的手腕就带着她从教室后门跑了。

身后追着那一大帮人,把她吓得魂飞魄散。

两人在学校门口的奶茶店里躲了很久之后才敢冒出来。

所以许梁州也是个能屈能伸的人,面子对他来说不重要。

从奶茶店出来时,许梁州气得笑了,低声咒骂:"孙子!"然后立马就低头看着她,脸上的阴郁全然不见,"还是单单对我好。"

…………

等单单缓缓回过神,才发现两小时的课已经结束了,她的表现不算好。

下课之后,和她搭档的男同学上前,犹犹豫豫地开腔说道:"单单,我想请你吃午饭。"

单单拒绝:"不用。"

男同学没有放弃,继续道:"我一个人吃饭感觉很冷清,你就当我谢谢你今天愿意和我一组。"

单单看着他涨得通红的脸,也不好意思再推辞:"那好吧。"


许梁州站在树下的阴凉处,表情略有不耐烦。

等了好一会儿,宋城才从对面跑过来,手里拿着买回来的冰水。

许梁州直起身子,轻踹了他一脚,反问:"你干脆别回来了。"

宋城双手合十:"抱歉抱歉,来晚了。"

许梁州拧开矿泉水瓶,仰着脖子猛灌了几口。喝完水总算舒服多了,他说:"走,去打篮球。"

"你说我们是不是脑子进水了,大热天跑到这边来打篮球?"

日头高悬于顶,仿佛要将他们烤干才罢休。

许梁州没有回答,脚步忽然停了下来,目光朝马路对面看过去。

少女和一名他没见过的男孩肩并肩走在一起,一路上有说有笑。她笑起来的时候特别好看，会露出平时见不到的小虎牙。

许梁州用冷冰冰的眼神目送他们走进一家甜品店。

他觉得她刚才的笑很碍眼，和她并肩而行的男孩子更像眼中钉肉中刺，真的很讨厌。


"怎么了？你忽然停下来，我差点撞上你。"宋城说。

许梁州淡淡收回视线，情绪不明："没怎么，走吧。"

到了球场，宋城发现许梁州的心情可能真的不太好，打球的时候像疯了一样，丝毫不让，赢了球也没有一个笑脸。

又一局结束，宋城像条咸鱼似的瘫在地上，目光绝望地盯着许梁州，开口道："你杀疯了？"

许梁州瞥了他一眼，吐字："滚。"

"谁惹你了？"

"没有。我走了。"

"别别别，好不容易周末，你这么早回去干什么？"

这句话刚说完，宋城裤兜里的手机就响了。他顺手按了接通键，不知道对方说了什么，他想了想，说："行吧，我帮你去拿。"

说了没两句就挂了电话。

许梁州挑眉，问："出什么事了？"

"没大事，西子让我去单单那儿帮她拿钥匙。"

"单单？"

宋城以为许梁州忘性大，不记得单单是谁，于是同他解释："就是昨天你欺负的那姑娘。"

许梁州装模作样："噢，想起来了。"

"你回去吧，我上体育馆二楼找她。"

许梁州抿了抿唇，面色不改，淡淡地说："一起。"

宋城看着他的眼神顿时变得微妙起来："你也去？"

许梁州双手插兜，装得一本正经："闲着也是闲着。"

宋城想了想，比了个"OK"的手势。

舞蹈室在体育馆二楼，轻而易举就能找到。

尽管舞蹈室的女孩子很多，许梁州还是一眼就发现了单单。

少女松软的头发绑在脑后，露出修长白皙的脖颈，她的眼睛非常亮，跳舞的时候特别认真。

真好看，他默默地想。

宋城伸长脖子往里凑，许梁州默不作声地挪动位置，用身体挡住了宋城的视线。

许梁州忽然开口说："钥匙我帮你要，你可以下楼继续打篮球了。"

宋城不傻，看出了点端倪："不劳你大驾。"

许梁州皱眉，耐心告罄："你滚不滚？"

宋城狐疑的目光在少年脸上打了个转，语气微妙："你什么时候这么乐于助人了？"

许梁州特别不要脸地说："我难道不是一直都这样？"

"这话真的过分了。"

"你能不能快点消失在我眼前，不要耽误我帮助同学。"

宋城扬了扬眉，拍拍他的肩膀，有些事情已经了然于心："兄弟，你也有今天。行，我撤了。"

"赶紧的。"

宋城说走就走，头也没回。

许梁州靠在舞蹈室的门边，目光透过玻璃窗望向教室里面。

过了很久，上课的同学才陆陆续续地从舞蹈室里出来。

几个小姑娘经过他身边时，忍不住多看了两眼。

少年身材优越，腿长腰窄，穿着干净，站姿挺拔，五官比常人精致许多，唇红齿白，漂亮俊秀得让人挪不开眼。

单单做事不慌不忙，永远都是最后一个离开教室的。

没了外人，许梁州悄无声息地迈开脚步走进去，顺便把门从里面给锁了。

他摸了摸下巴，忽然出声："你很开心？"

单单回过头，往后退了两步，警惕道："你什么时候进来的？"

许梁州淡淡一笑："我来很久了，你没发现吗？不过，你跳舞可真好看。"

双腿笔直细弱，腰肢纤细。

许梁州突然又想起中午看见的画面，他漫不经心地问："今天中午和你一起吃饭的男孩是谁？你哥哥？"

"不是，是我同学。"

"哦，同学。"少年拖长尾音，又笑了笑，"我看你们聊得很开心。"

单单快被他逼到墙角："所以呢？"

许梁州的语气变得十分无奈："怎么看见我就不笑了？你这样我很没有面子。"

单单说："面子是靠自己挣的，不是别人给的。"

"那你现在对我笑一个？"他有些得寸进尺地说。

单单背着包往外走："你真烦。"

许梁州不紧不慢地跟在她身后，说："你就不想知道我来找你是为了什么事吗？"

单单以前没发觉他话这么多，她气呼呼地转过头："不想，你别跟着我了。"

许梁州莫名其妙地被她讨厌，很不是滋味。他解释道："我是真的有事找你，你别不信。"

单单哪怕是生气时，说话的语调都软软糯糯，天生带着点卷舌："什么事？"

许梁州抄起手："哦，宋城让我来拿钥匙。"

单单怀疑的目光在他身上打转，这位大少爷会帮宋城跑腿？

许梁州脸都不带红的，厚颜无耻道："看什么？我可是新时代五好少年。"

此刻少女脸上防备的神态跟他家养的小猫一模一样，漆黑圆润的眼珠子紧紧盯着他。

她问:"宋城人呢?"

许梁州撒谎:"嫌天气太热,早就跑了。"

单单不信:"你别骗我,跟我说实话。"

"在篮球场打球。"

单单小跑下楼,到篮球场后才发现宋城和别人起了冲突。

对方是三中校队的队员,因为占地盘的事互怼了起来。

校队的队长是暴脾气,抡起手中的篮球重重朝宋城砸了过去:"我们先来的,懂吗?"

宋城倒也没生气,只是语气里多多少少有几分轻蔑:"你哪位?"

这目中无人的三个字,无异于火上浇油。队长冲上去揪住他的衣领,说:"这是我们的地盘,附中的就回附中打篮球。"

单单以为他们要打起来,吓了一跳,不禁低呼一声。

她的突然出现,自然而然地吸引了众人的目光,球场上的人不约而同地往她这边看了过来。

被人揪住衣领,宋城的脸色不太好看,他推开揪着他衣领的男孩,朝单单问道:"许梁州呢?"

单单往后指了指:"在后面。"

说话间,许梁州也下了楼,神态懒散,看着有点欠揍。

校队的人不依不饶,少年肝火旺盛,轻易不会让步:"赶紧滚,别挡道。"

许梁州脾气可是半点都不好,扯起嘴角冷笑了声:"你让谁滚?"

"你们,所有人,懂?"校队的队长扫了眼他旁边的小女生,"这位妹妹如果想留下来给我们加油,我们是不介意的。"

许梁州当惯了不可一世的校霸,当面被人挑衅,是无论如何都咽不下这口气的,暴躁的脾气一下子就被对方最后那句话激了起来。他横眉冷对,挽起袖子,忽然间冲了上去。

对方人多势众，也不怕他们。

许梁州自小是在他父亲的棍棒下长大的，哪怕有母亲护着，也没少挨揍，他顺手拿起篮筐下的半截棍子，还没怎么着，就被人轻轻攥住了手腕。

单单脸色苍白，好声好气地同他说话："你不要和他们打架。"

许梁州低头望见她苍白可怜的小脸，心下微动，停下了动作。

单单很怕他发脾气，这个人发火心里没数，完全不知收敛。她小声和他商量："我们回去吧，行不行？"

许梁州沉默半晌，竟然特别听她的话，说了句"算了"，随即握住她的手腕，将人藏在自己身后，将棍子交给宋城："我走了，你们继续。"

宋城也没想到他居然这么听话，说走就真的走了。

路上，许梁州嘴角挂着笑，看着心情尚且不错："你是不是怕我受伤啊？"

单单低头，言不由衷地说："有一点。"

许梁州十分愉悦："我很厉害，他们不是我的对手。"

过了半晌，他又说："我还能保护你。"

他觉得自己说的这句话，真的是炫酷拽霸狂。

可惜对方似乎并不怎么领情："不需要。"

老实说，许梁州听过之后有些生气，难得的好心却没有得到认可，他不懂怎么会有如此不解风情的人。

许梁州越想越生气，并且觉得自己幼小的心灵受到了伤害，所以他要去缓解缓解。

于是，黄昏的时候，他去巷口的理发店里染了个头。

赤橙黄绿青蓝紫，七种颜色凑在一起。

许梁州觉得自己很拉风。

简直帅到炸裂。

周一，许梁州顶着五彩缤纷的头发上学，在学校大门口就让人给拦了下来，纪检部的部长不让他进学校,非要他回去把头发恢复成原样。

许梁州故意站在校门口,进出校门口的学生都盯着他看,以前是看他那张好看的脸,现在是看他的头发。

气够了纪检部的部长,许梁州大摇大摆地进了教室。

天地良心,他还是头一次这么迫不及待地上学,主要是他想让单单看看自己新奇的帅气。

许梁州一只脚踏进班里,早自习的铃声刚好响起。

他出现在教室里的那一刻,周遭瞬间就静了下来。

西子戳了戳单单,压抑着爆笑的冲动,低声道:"单单你快抬头看。"

单单抬起头,望着少年怪异的造型,实在没忍住笑声。

许梁州的嘴角扯出了一个不那么让人害怕的弧度,肩上还挂着校服,他站在她的课桌前,弯下腰,对她露出一抹纯良的微笑,问:"同学,好笑吗?"

单单强忍着笑,睁眼说瞎话:"一点都不好笑。"

"那你笑什么呢?"

"你管我。"

许梁州站直了身体,指了指自己的头发,挑眉问:"我帅吗?"

单单很想问他,你对帅有什么误解吗?

她想了想,还是把这句话咽了下去。

她张嘴,昧着良心说:"还行。"

许梁州很满意:"有眼光。"

单单拍开他的手:"我要背书了。"

明天有模拟考试,所以今天下午只需要上三节课,最后一节课用来排考场。

西子早就将自己的东西收拾整齐,她神秘兮兮地问单单:"你和许梁州好像很熟的样子,你们以前认识?"

单单将书塞进包里,敷衍道:"不熟。"

"可我觉得他对你不一样。"

单单将书包抱在胸前:"你想多了。"然后又问她,"对了,你周六干什么去了?"

西子双手合十在单单面前摆了摆,一脸恳求的模样:"这事你可千万不能让我爸妈知道,要不然我就完了。"

单单看着她问:"所以你到底去了哪里?"

西子傻傻笑了起来:"我和顾勋去了图书馆。"

顾勋和宋城是一个班的同学,长得隽秀好看,不爱跟人说话,性子极冷。

单单笑了下,两颗小虎牙完全露了出来,她打趣道:"你还会看书?"

"你这是什么话?我也很上进。"

单单连连点头:"好,不过顾勋怎么会让你跟着他?"

西子摇头晃脑地,抿着唇,没有吱声。

她才没脸说,是自己跟个变态似的一路跟着顾勋到的图书馆,更悲催的是还被顾勋发现了,十分丢人。

一个考场只用留三十个位置,所以坐在后排的同学就要把他们的课桌给移到走廊上。

单单的桌子要移到靠窗的地方。对一个女孩来说,课桌有些沉,想要抱起来搬动实在有些困难。

单单正要找西子帮忙,奈何看了一圈也没找到她的身影,可能又去顾勋面前献殷勤了。

许梁州早就被班主任赶到了窗外的走廊上。隔着玻璃窗,他往教室里看了两眼,目光静静地停留在少女身上,看见她孤立无援地站在那儿,十分可怜。

许梁州装模作样地叹了口气,迈开步子。

单单身后的女生不耐烦了,说话时语气不太好:"你动作能快点吗,我急着回家。"

"对不起,稍等。"

"没见过你这么娇气的人,桌子哪有那么沉,又不是真的拖不动,非要装。"

单单抿了抿唇角，认真道："我就是拖不动。"

对方愣了愣，显然没想到她会这么回答。

许梁州从窗户跳了进来，瞥了眼那个女生，说话十分刻薄："急着投胎？老实在后边等着。"

他转而对单单又是另一副模样："把手拿开，我帮你。"

他突然凑近，单单老老实实地松开手。

许梁州很轻松地就把桌子移过去了，他靠着她的桌子没有要走的意思。

单单手上还拿着板凳，板着脸："你让开。"

许梁州想了下，很听话地又从窗户跳了出去。

不知道他和外边的男同学说了什么，那人甘愿把自己的位置让给他，这样一来，两人就隔了一扇玻璃窗。

就头上那五颜六色的头发，许梁州想不引人注目都难，来来往往的学生都不由自主地把目光放在他身上。

许梁州从来就不喜欢这样的注视，重重地拍了下桌子，声音冷得吓人："没看过帅哥？"

其实他染的这个头发真的不丑，长得好看再怎么折腾都没关系，他皮肤白不说，五官还精致，就像是从漫画里走出来的一般，只是他行事作风都带着痞气，所以就带了点让人啼笑皆非的杀马特风格。

许梁州转过头，张嘴刚准备和单单搭话，单单便伸手将玻璃窗一拉，用力关上。

许梁州周身的气压都低了不少，转着圆珠笔的手指停了下来，神色不太好看。

没什么用。

就是只白眼狼，对她好，她还是不领情。

他想起来，她那天不耐烦地说讨厌他，她越讨厌，他就越要在她面前晃荡，怎么也要在她的心上留一席之地。

"同学们，今晚好好睡一觉，好好准备明天的考试，不要松懈，这次考完我们就不调座位了，距离高考还有两个月，大家加油。"班主任站在讲台上，缓缓道。

"老师再见。"因为提前放学的缘故，同学们的声音都格外大。

单单愁眉苦脸，叹息声就没有停过。她低着头，表情很沮丧，即使在梦里考过一次，可她还是没有信心，怕考砸了辜负父母对自己的期望。

母亲几乎将所有的积蓄和精力都用在她身上，每天在她耳边念叨着要考好。其实她很累，听得也很厌烦，但是这些话她没办法跟妈妈说。

单单在走廊上站了一会儿，看着对面操场上的玉兰树，叶子是清新的绿，黄昏时的阳光亮闪闪的，自树顶倾泻而下，宁静舒适。

单单下边穿着湖蓝色的褶皱半裙，微风吹来，温度正合适，她微仰着头，露出漂亮的侧脸。

许梁州从厕所出来，看见的就是这幅场景。

他顿了一下，唇角慢慢地勾起来，他终于知道自己喜欢招惹她的原因了。

大概就是觉得她顺眼。

和初次见面有关。

或许和那个匪夷所思的梦也有关。

许梁州靠近她，手指按上她消瘦的肩膀："等我？成啊，我们一起回家。"

单单皱眉，往后退了好几步："不要脸，谁等你。"

她脸上的表情要多嫌弃就有多嫌弃。

跟上来的宋城刚好听见这句话，乐不可支地打趣了一句："死不要脸。"

许梁州踢了他一脚，没好气道："和你有关系吗？"

许梁州推着自行车跟着单单，和她保持着两步的距离。

单单听着身后自行车的链条声，莫名地就烦躁起来——这人怎么就喜欢跟着自己？！

许梁州好像能看出来她在想什么,说了句:"我可没跟着你,我回家也走这条路,你又不是不知道。"

单单一路忍着走到家门口。

身后的人也跟着她的步调在走,还好许梁州没有开口说话,要不然她真怕自己会忍不住拿块石头砸他。

许梁州扶着自行车,望着她瘦弱的身躯——这身板可真小,感觉碰一下就会坏。

他看见她站在院门前,像是僵住了,好半天没有进去。

他上前,想问她怎么了,但到了嘴边的话忽然就停住了。

"你刚刚在和谁打电话?你以为我没听见?我告诉你,这已经不是我第一次听见你和别的女人打电话了,你还有没有良心?"凄厉的质问声夹杂着哭泣的声音。

"女儿上学的钱、补习的钱,还有家里各种支出,这几年你出了多少?你的钱都给了那个女人,你还有没有良心?"单妈吼到最后,声音都沙哑了。

单妈不知道此刻她的女儿就站在门口,一字不落地听到了这些话。

她不再是课堂上那个文雅的语文老师的形象,此时的她泪眼模糊、披头散发、面容憔悴。

这不是她第一次抓到丈夫和别的女人亲近。

她撑得够久,在外装体面,精打细算花着每一分钱,但这虚伪的、和睦的家庭表象她腻了。

单单用力地用指甲抠着掌心,脸色苍白如纸,心凉了,就连血液也是凉的。

屋内的声响还没有停,母亲的质问也一句比一句犀利,单单不想再听下去,可她的脚却动不了。

站在她身后的许梁州显然也全都听见了,他上前两步。少年特有的清香钻进她的鼻尖,他用手捂着她的耳朵,吐字清楚:"别听了。"

## 第二章
久处不厌

单单眼含泪光,滚烫的泪珠无声滑落,刚好落在许梁州的手背上。她哭起来悄声无息,梨花带雨。

许梁州不擅长安慰,这种时候他也不知道该跟她说什么,张了张嘴,把到了喉间的话又咽了回去。

他握住她的手腕,低低道:"你别哭了,我带你去玩。"

单单用手擦了擦眼泪,抬起头来,眼睛红通通的,看着他问:"去哪里?"

许梁州原本做好了被她拒绝的打算,闻言他愣了下,然后颇为得意地挑挑眉:"别问,跟我走。"

轻柔的风拂动着两人的发,余晖自头顶倾泻而下,少年皮肤白皙,五官隽秀,光线折射下瞳孔成了透明的茶色,漂亮得晃眼,单单一时看得闪神。

许梁州随意地将自行车靠在墙边,拽着她的手腕,迎风朝前跑去。

单单跟着他的步伐还是有些吃力,两人跑得气喘吁吁,才缓缓停下脚步。

这段路单单跑得虽然累,却也解了心中的沉闷。

两人停在一家电玩城门口。

单单不奇怪,许梁州这个人没什么别的爱好,十六七岁的他大概就只喜欢打游戏。

许梁州看着站在原地不动的她,抱着双臂,看着她说:"呆子,快跟上来。"

单单跟在他身后,进了电玩城。

她是第一次来这种地方,眼前的一切于她而言是很陌生的。

电玩城里光线昏暗,七彩的射灯在天花板顶端闪耀,这灯的颜色倒是和许梁州的发色很相配。

坐在游戏机前的人大多是年轻人,神情专注。

许梁州走到里面的机器跟前,手指搭着椅背,轻轻松松拽开椅子,他坐下来后,又指了指身侧的位置,吹了个口哨:"坐。"

单单摆摆手:"我不会玩。"

许梁州起身,双手搭着她的肩膀,将她按在椅子上:"看见你眼前这个方向盘没有?很简单,转方向盘就行。而且我不还在你边上嘛,稳赢。"

"哦。"

这是一款赛车游戏,虽然简单,可游戏天赋也很重要。

"叮咚,您已经死啦!"

"叮咚,您又死啦!"

"叮咚……"

许梁州将戴着的耳机摘下,眸中含着淡淡的笑意,又无奈又好笑:"不错,进步空间还很大。"

单单脸红了红,忍不住说:"我不擅长这个游戏。如果要比我擅长的游戏,你不一定比得过我。"

许梁州挑眉:"那请问单同学,您擅长什么?"

"《超级玛丽》。"

"什么?"许梁州撩起眼皮,十分认真地看着她问,"这是个什么玩意儿?"

单单瞪眼,伸手在他胳膊上狠狠地拧了一把。

许梁州疼得龇牙咧嘴,却也没生气。他看着她的脸,反而笑了笑说:"你现在的脸色,比刚才好看多了。"

两人一路玩,一路"死"。

许梁州带着单单这个新手菜鸟,受尽了其他人的嘲笑。不过,许梁州还是带着她痛痛快快地在电玩城玩了个遍。

离开电玩城的时候,天都快黑了。

单单现在还不想回家,她坐在台阶上,将脸埋在膝间,哭声很小,不仔细听几乎听不见。

许梁州不明白她怎么忽然又哭了,低低的啜泣声不断在他心里挠痒痒。

许梁州索性也坐在台阶上,生硬地安慰她:"别哭了。"

她不说话,眼泪却也没停下来。

许梁州偏过脸低头望着她,心情很是烦躁,他继续笨拙地安慰道:"别难过了,我见不得人哭。"

单单闷声道:"你不要管我。"

许梁州勾唇笑了声:"这我可舍不得。"

他强制性地将她的小脸抬了起来,直勾勾地对上她的眼睛,字句清晰道:"你还有我。"

单单没说话。

许梁州站起身,顺手把单单也给提了起来:"走了,哥哥请你吃饭。"

"我不饿。"

"我饿了,你陪我。"

许梁州带着她又绕回了学校门口的小吃店。

店面虽小,但是十分干净。

两人找好位置坐下,老板娘将菜单递了过来。

许梁州一副优哉游哉的样子,低头看着菜单,问:"你能吃辣吗?"

单单想了想:"可以。"

她坏心眼地想,他吃不了辣。

果然,他边看菜单边说:"可我不能吃辣,"笑眯眯地继续说,"所以我就不点辣的了。"

单单有点生气:"那你问我干什么?"

许梁州弯眸笑了起来,笑容漂亮又干净:"下次不问了。"

许梁州吃得比她快,他吃饱之后,就托着脸,一动不动地看着她吃。

她吃相很秀气,小口小口地吞咽,像只小鼹鼠。

单单放下碗筷,抬眸就看见墙壁上挂着的钟,时间已经不早。

"我要回家了。"

"那我们回去吧。"

许梁州付了钱,两人走出小吃店。

小店门前放着两个娃娃机,许梁州心下一动,转头找老板娘换了几个硬币,然后问单单:"你想不想要娃娃?"

他顿了下,又说:"算了,问你你肯定说不要。等着啊,我给你抓。"

两个硬币抓一次,许梁州之前显然没玩过这个,抓了好几回都没抓中。

他又去换了好多硬币,一次一次地试,大有不达目的誓不罢休之势。

单单张嘴,刚想让他别抓了,此时老板走了出来,说:"小伙子,我送你一个。"

他丢进去的钱都可以买许多个娃娃了。

许梁州很有骨气:"不用,自己抓来的才有意义。"

闻言,单单索性闭嘴。他向来固执,决定的事情谁劝都不听,偏执专制这点和梦里一样。

许梁州往娃娃机里贡献了小两百块钱,终于将海绵宝宝的玩偶从机器里夹了出来,硬塞到单单的手里。

单单拿着小玩偶,捏捏玩偶的腿,又捏捏玩偶的胳膊,她忍不住笑了笑,心情也跟着好了些。

两人并肩走在深巷的青石板路上,灯光拉长了两个人的影子。

走到家门前,单单欲言又止了好几回,终于在他进屋的瞬间,开了口,她真心实意地说:"今天谢谢你。"

许梁州站在背光的阴影处,五官看着不太清晰,只看得见大概轮廓,他抄着双手，故意道："你说什么？我没听清。"

回答他的只有关门的声音。

他提高嗓门，朝对面的方向道："我听见了，你说谢谢我。"

单单进屋的时候，她妈妈坐在客厅的沙发上发呆，神情憔悴，目光呆呆地望向窗外，不知在看些什么。

单单看着妈妈，有那么一刻，她很想跟妈妈说，跟爸爸离婚吧。

但她忍了下来，抿紧苍白的唇瓣，没有作声。

单妈听见动静，回过神来："今天放学这么晚？"

"我陪同学吃了顿饭。"单单抬起头，漆黑的眸子望着妈妈，问，"妈，爸爸呢？"

单妈面色稍顿，沉默一阵，才若无其事地道："你爸爸有事出去了。"

"哦。"

单单回了自己的房间，将自己扔在床上，一张小脸埋在枕头里，久久无声。

父亲向来对这个家十分冷淡，他们的婚姻出现问题也不是一天两天了。

单单最担心的还是妈妈，她最对不起的也就是妈妈。

梦里，大学还没毕业的她和许梁州领了证，先斩后奏，妈妈不肯原谅她，拿扫帚将两人赶了出去。后来有一次，许梁州说漏了嘴，他说，他就是故意不肯在她妈妈面前掩饰自己的情绪，故意引起她妈妈的反感，这样她就只有他一个亲人了。

许梁州的占有欲极强，上大学的时候只是表现得很黏人，结了婚后便开始时时刻刻盯紧她，不喜欢她工作，喜欢把控着她，时时刻刻都想知道她在做什么，总是患得患失。

结婚多年，他只让她回了两次老家，其中一次被她妈妈赶了出去，另一次她偷偷跑回去，一路躲躲藏藏地跟在她妈妈身后，单妈才四十多岁却已是满头白发……

单单的脸被闷得通红，她抬起头，视线刚好扫过枕边的玩偶。她叹了口气，惊觉自己今天和许梁州实在太亲密了。

下次一定不能再这样。

第二日清晨，单单一早就到了学校。

模拟考试准时开始，第一场考数学。

单单和西子在一个考场，座位表贴在教室门外，她挤到门边仰着头，在座位表上找到自己的位置，手指数了数——第一排第三个，靠窗。

很不巧的是，许梁州坐在她身后。

许梁州踩点进了考场，没穿校服，白T恤的下摆松松扎在腰间，腰窄腿长肩宽，高高瘦瘦的，身材十分优越。

少年在经过单单身边时，还想和她打个招呼，奈何少女面无表情地把脸别了过去，一副不想理他的模样。

许梁州的目光冷了冷，心想她还真是翻脸不认人。

考试铃声响起，卷子一张张传下来。监考老师表情严肃地站在讲台上，口中重复着不要作弊的话语，目光如炬地盯着坐在下面的考生。

单单拿到卷子便埋头开始写，才算到第一道选择题，后背就被人用笔帽戳了戳。

单单写字的动作停下，她默默地将自己的椅子往前移了移，并不是很想搭理身后的人。

许梁州笑容冰冷，伸脚轻轻踢了下她的椅子腿。这个声音在安静的考场中很突兀，不可避免地吸引了监考老师的目光。

许梁州半点不心虚，光明正大地道："同学，借我一支笔。"

单单忍着怒气，从笔盒里拿出一支黑色中性笔拍在他桌子上。

许梁州盯着桌面上的笔，消停了一小会儿，然而没过多久，他又用手指戳了戳她的背。

单单哪敢再不理他，微微侧过脸，生怕让老师发现，憋屈地小声问："你有完没完？"

许梁州悠闲地转动着笔，笑了下："我没有修正带。"

她咬牙："我也没有！"

许梁州单手撑着下巴，懒洋洋道："我都看见你桌子上的修正带了，单同学，你何必这么小气？"

单单闭了闭眼睛，决定不和他纠缠，她一声不吭地把修正带扔了过去。

许梁州这才安分下来，懒倦地趴在桌子上开始做题，目光在卷子上粗略地扫了几眼，觉得没什么难度，半个小时就能写完。

他歪着头，觉得很无聊，眼珠子转来转去，看了看窗外的风景，没多久又把目光收了回来。

他安安静静地打量着少女的背影，觉得自己对她的种种幼稚行径来得莫名其妙。就像小时候他霸占着家里的玩具，别人碰都不能碰一下，他走去哪儿带去哪儿。现在，他没事就想招惹她，想让她把目光放在自己身上。

许梁州就这样盯着单单看了一小时，单单一直在奋笔疾书。

许梁州又踢了踢单单的椅子腿，放低了声音，好心提醒："你最后一道大题写错了。"

前面的人没反应，许梁州接着说："答案是六分之一。"

单单很倔强，就是不改答案。许梁州忍着笑："大题十二分，指不定你就因为这个分被踢出重点班了。"

单单抿唇，像是被他的话给提醒了。

她想转班，不说再也看不见他，至少和他见面的次数没有现在这么频繁。

西子和顾勋座位中间隔着一个小过道，西子的小眼神不断地往顾勋那边瞟，一边看一边写。

她抄写得太专注，都没发现监考老师已经走到她身后。

顾勋扶额，干咳两声。

西子立马坐正身体。

顾勋用余光扫了眼，有些哭笑不得——笨蛋，连看都不会看，选择题答案填错了好几个。

顾勋举手,跟老师说出去上厕所,将试卷大大方方摊开放在桌面左上角,答卷上的字是平时的两倍大。

顾勋在厕所里算好时间才回到考场,那个笨蛋脖子伸得比长颈鹿还长,看着都替她觉得累,五分钟的时间应该够她把想看的题都看完了。

数学考试一结束,许梁州就离开了考场,独自去了医院。

他要去看心理医生。

许梁州也知道自己的心理不太正常,他父亲之前委婉提起过几次,希望他能去看心理医生,他没有同意。但这次他母亲发了话,他实在不忍心让母亲难过,便勉强答应下来。

不过许梁州也知道心理医生对他没有作用。他的偏执,是根深蒂固,深埋进骨子里的。

心理医生是个三十多岁的男人,白净斯文,高挺的鼻梁上架着一副金丝眼镜。

办公室里只有他们两个人,医生放下手中的文件夹,笑了笑:"你好,我姓安,叫安锦城。"

许梁州十分敷衍地回应:"你好。"

安锦城给许梁州倒了一杯水:"你不用紧张,我们随便聊聊。"

许梁州端起水杯,抿了一小口,缓缓道:"我没有和陌生人聊天的习惯。"

安锦城笑了一下:"我们应该不算是陌生人了吧?"

许梁州的手指敲打着桌面,眸光微敛,嘴角翘起来,吐字道:"当然。"

安锦城脸上的笑意渐渐退散,他坐正了身子,盯着许梁州,一字一句道:"你并不信任我。"

少年没有想要和医生深入交谈的打算。

他防备心重、敏感多疑,不会接受任何忠告,哪怕是善意的。

安锦城首先要让许梁州明白他自身的人格缺陷。可是很遗憾,对方没有配合的意思。

许梁州挑眉,大方承认:"确实。"

"你很聪明。"

"我们把话说清楚好了,我知道你想说我有人格缺陷,对吗?"

安锦城不置可否。

许梁州站起来:"这些我都承认,也不止你一个医生这么说过。"

他还记得他小时候养了一只小博美,表妹看了也想要,一直吵吵嚷嚷要他送给她。

他当时不肯松手,表妹扯着嗓子大声地哭,用哭声把大人都吸引了过来,母亲要他让着妹妹,就让表妹把狗带回家养了几天。

他当时什么都没说,后来那只小博美就消失了。

许梁州想得简单,属于他的,别人永不能染指。他得不到,别人也休想得到。

这场谈话,最终还是不欢而散。

模拟考试的成绩,在考完的第二天便新鲜出炉。

单单捏着老师发下来的卷子,脸色不大好看,正如许梁州所说的,数学最后那道大题的答案就是六分之一。

许梁州考了理科第二名,这个成绩足以让所有人大跌眼镜。

尽管单单早有心理准备,但也没想到他能考这么高的分。

单单今早跟她妈妈提了转班的事,被她妈妈一口否决。距离高考只剩最后两个月时间,此时转班,没有任何意义。

单单一个上午都在叹气,无精打采、萎靡不振,她还没想到远离许梁州的办法。

西子看着她说:"单单,你叹气叹了一节课。"

单单趴在桌子上,生无可恋道:"我妈不让我转班。"

"都快高考了,你在折腾什么?躲谁吗?"西子眼神犀利地盯着她,像审问犯人般继续问,"说!是不是因为许梁州?"

单单没注意到身后走过来的人："我讨厌他，你别在我面前提他了。"

这句话，不偏不倚落进了许梁州的耳朵里。

许梁州本来是打算在她面前炫耀自己成绩的，没想到刚好听见这句戳心窝的话。

许梁州自带气场，板着冷脸时都没人敢靠近他，更没有人敢高声说话，生怕祸水波及自己。

西子把最后一块薯片塞进嘴巴里，干巴巴地笑了笑，对单单说："我去上个厕所。"

西子记得宋城的忠告，绝对不要惹许梁州，面对生气的他，更是要能滚多远就滚多远。

"讨厌我？"这三个字从他嘴里蹦出来，莫名让人胆战。

单单也怕，可她不能后退，喉咙发声时还有点紧："对。"

许梁州的声音冷到骨子里："玩游戏那天你怎么不说讨厌我？"

单单低下头，是她理亏，没什么好说的。

"说话。"他不带一丝感情地道。

倒霉的事接二连三，这时单单的下腹涌来一股熟悉的潮流，她顿时不敢挪动也不敢站起来。

她脸色苍白，咬了咬唇，人一紧张，小腹抽痛得更厉害。她没力气应付他，破罐破摔似的，当着他的面从抽屉里拿出卷子，慢慢地将错题写到本子上。

许梁州被忽视得彻彻底底，冷瞳盯着她的一举一动。他拽着她的手臂，将她从椅子上拽了起来，狠话还没得及说出口，余光扫到什么，顿时忘了开口。

单单今天穿的是浅色裙子，所以就更明显了。

"哦吼——"不知道是谁起头喊了一句。

许梁州耳朵红了，冷着脸把自己的校服外套脱下来，飞快地系在单单的腰上，严严实实地遮住之后，才转身："别看了，滚。"

单单的脸烧了起来，拽着衣角话都不会说。

铃声作响，上课了。

班主任拿着教案从教室外走了进来，单单已经坐回了自己的位置，只是许梁州还固执地站在她的课桌旁。

班主任奇怪地问："你怎么不回自己的座位？"

许梁州指了指单单，假咳了一声："老师，她要上厕所。"

那一刻，单单恨不得挖个坑把自己埋起来。她默默地拿起课本挡住自己的脸，不想继续丢人。

底下有人发出低低的闷笑声，许梁州扫了那人一眼，面无表情地看着对方问："很好笑吗？"

他话中带着股浑然天成的威严，教室里彻底安静下来。

班主任关切的目光落在单单身上："身体不舒服吗？"

单单缓缓地将课本往下移了点，露出一双眼睛来，涨红了脸："老师，我没事。"

许梁州张嘴还想说什么，单单没好气地踹了他一脚，暗示他闭嘴。

他看向她的视线中带着探究，倒是没再说话。

班主任让许梁州回到自己的位置，然后宣布了一个好消息。

"经过陈主任的争取，决定举行一次春游活动，为期两天。当然，春游的地点肯定不远，第一天去乌镇，第二天去浙大。"

话音刚落，教室里爆发出阵阵欢呼。

他们没想到已经到高三了还有春游。

单单也很开心，她去过一次浙大，里面很漂亮。

"不打算去春游的同学，请把手举起来，我统计名单。"

班主任环视了一圈，也没见有人举手，她笑了笑："那好，我就把我们班的人全报上去。"

这天，单单肚子疼得厉害，唇色发白，请假提前回了家。

许梁州跟着她从教室里出来，像条甩不开的尾巴，跟在她身后，和她保持着不远不近的距离。

清明时节的南方,雨天总是格外多,雨点噼里啪啦地落下来。单单听着雨声,又用余光看了看身后的少年,心里一阵烦躁。其实平常她火气不大,可能这次刚好撞上了生理期,她也有了点脾气。

单单转身:"你刚刚都听见了,我说我讨厌你。"

许梁州抿唇,眉眼沉了下来。突然,他笑了一下,微微翘起嘴角,衬着精致的五官,整张脸更好看了。他说:"其实我都不明白你为什么讨厌我,我这个人坏,可对你总不错的吧?那天还带你去打游戏。我对你向来客客气气,你可别一而再再而三地惹我,也就是你,我才没舍得动手。"

要是别人跟他来阳奉阴违这一套,他早就不客气了。

单单捂着小腹,脑仁泛着疼,说起话来就没怎么思考:"我不想和你有什么纠缠!你有把你捧在手心里的父母,有疼惜你的姐姐们,你就别缠着我了行不行?"

许梁州眯起眼盯着她,漆黑的眸子透着幽幽的光,他看着她,吐字问道:"你怎么知道我有姐姐,还不止一个?"

学校里除了宋城没人知道他家里的事情。

单单心里暗道不好。她睫毛微颤,回答得不好就会露出马脚。她倒知道许梁州不会往别处想,但他定会起疑,进而就更会关注她了。

她真是一丁点都不想要这种关注。

单单忍着小腹的痛:"我妈告诉我的。"

"你妈又是怎么知道的?"

单单犹豫了下,声音轻如蚊蚋:"我妈和你奶奶很熟。"

许梁州眉眼舒展开来,只是眼睛里的笑意有点冷。他笃定道:"你撒谎。"

以他家的特殊性,他奶奶绝对不可能把家事同外人说,一个字都不会透露,他也想不通,她是怎么知道的。

莫名地,许梁州就想到之前做的那个梦。

真实得让他发颤却又激动的梦。

单单瘦弱得好像随时都会倒下,她咬着下唇,忽然蹲下身子,捂着肚子,金豆子掉了下来,一半是被他吓出来的,另一半是给疼出来的。

许梁州也蹲下来,望着她的脸,低声问:"你怎么了?"

他扯了扯嘴角,继续说:"我还没做什么,你就吓成这样了?"

单单深吸一口气,说话间都仿佛带着疼,她慢慢道:"我肚子疼。"她带着哭腔,委屈得不得了,"我想回家。"

许梁州皱眉,看了看外面的雨,咬咬牙:"你乖乖在这儿等我。"

许梁州跑去离他们最近的那个班级门口,厚颜无耻地拿了一把别人的伞。

单单蹲在地上,双手抱着肚子,脸色惨白,额头冒着细细的冷汗,一副十分难受的表情。

许梁州把伞递给她,随后弯腰蹲下,说:"上来,我送你回家。"

现在也不是矫情的时候,单单抹了抹眼泪,很乖巧地爬上了他的背。

他身上好像有股梨花香,味道淡淡,清冽好闻。

单单对许梁州没有多少怨恨,反而是信赖的。

这个人,对自己是真心的好,可控制欲也是极端的强。

少年忽然出声:"你撑着伞。"

单单刚把伞举起来,他就一个箭步冲进了雨里,脚下生风,也不知道他在着急什么。

单单这才想起来问他:"你这把伞是从哪里找来的?"

他理直气壮地回答:"抢来的。"

"……"

雨势未见缓和,快走到家门口时,单单发现他的衬衫已经湿了一半。

许梁州怕她掉下去,双手牢牢地抓着她的腿弯。他站在房檐下,好言好语地和她商量:"你以后别讨厌我了,行不行?"

单单的手搭在他的肩上,她低声道:"你先放我下来。"

许梁州龇牙:"你先答应我。"

单单无可奈何，叹气道："我没有讨厌你，我之前说的是气话。"

许梁州的眼神顿时就亮了许多："我就知道。不过，你气我什么啊？"

"放我下来我就告诉你。"

许梁州根本不上当："我一松手你就要跑了。"

单单毫不留情地用指甲戳了下他的后背，放软了声音："你让我下来，我肚子好疼。"

沉默半晌，许梁州不情不愿地放下单单，退而求其次，抓着她的手腕。他泛着寒意的指尖贴在她肌肤上，冷得她一哆嗦。

少年微微低头，乌黑的发丝遮住了澄澈的眼睛。他说："你别把我的话当作放屁，我现在还跟你打商量，等哪天我不跟你商量了，你想哭都来不及。"

单单听完他说的话，脸色更白了。

他不打商量的模样她是领教过的，那是一种不容抗拒、不容反驳的决绝。

许梁州的手指贴着她的腕部，指尖冰凉，他一字一顿缓声说道："我觉得你这个同学还挺好的。"

单单低头，浑身僵硬。

许梁州又对她露出了个干干净净的笑，说："行了，你赶紧回家休息，好好睡一觉。"

"嗯，谢谢。"

单单回家烧了一壶热水，吃过止痛药后，肚子舒服了一点。

她拉好窗帘，爬上床，将热水袋放在小腹上，盖好被子，闭着眼沉沉睡了过去。

再次醒来，雨已经停了，窗外天色昏暗，单单眼神蒙眬地看向墙壁上的挂钟，已经是晚上九点。

这一觉睡得可真久。她下床穿好鞋子，拖着疲倦的身体去厨房找吃的。

小手搭在门把上，才刚把门打开，就听见对面父母房间里的争吵声，尽管妈妈已经压低了声音,她还是能听见妈妈说了些什么。

单妈边哭边说:"我告诉你,离婚是没可能的,我就是拖也要拖死你,我不会成全你和她的。单明,我不会让你们好过的!"说到后面,她的声音凄厉了起来。

"随便你,过两天我就会搬出去。"

屋内传来砸东西的声响,紧接着就是单妈的低吼声。

鸡飞狗跳,一片狼藉。

单单白着脸,给自己倒了一杯水,然后握着水杯忽然觉得胸口有些透不过气来。

单单喝完水就躲回了房间,她坐在窗边,看着面前的书,却是一个字都看不进去。

凌晨时分,单单才勉强入睡,一夜都没有睡好。

梦里是光怪陆离的画面,她看见了自己的墓碑,看见许梁州红着眼眶站在她的墓碑前。她从来没见过这么憔悴的他,眼睛都快凹陷下去了,他的双手撑在她的墓碑上方,手指慢慢拂过上面的照片,抖了抖唇,却没有发出声音。

她看见他缓缓举起右手,"砰"的一声,她被惊醒了。

周一,宋城和许梁州骑着车经过林荫小道。

宋城一边骑车,一边和许梁州说话,聊到一半,他忽然收了声。

宋城眯起眼睛盯着路边的人,说道:"许梁州,快看!那是不是单单?"

许梁州朝宋城示意的方向,淡淡瞥去一眼,眼神懒倦,好像还没睡醒。

"看不清。"

他加快了骑行速度,唰一下就从单单身边飞过去了。

只是经过她身侧时,他忍不住用余光多看了两眼,但一想到那天晚上她对他说的话,目光便立刻冷了几分,还轻慢地"哼"了声。

许梁州那天送她回家,说了那么多好听的话,自以为已经拉拢了她,最后自信满满地提出:"你人很好,我也很好,以后我们就好好处朋友吧。"

结果小白眼狼毫不犹豫地说了个字:"不。"

不想和他做朋友。

宋城也感觉到了许梁州的情绪不好,进了学校,许梁州还板着张冷脸,好像有人欠了他钱不还似的,十分倒胃口。

平时那个在单单面前嬉皮笑脸的他,是戴着面具的他。

现在这个冷漠的少年,才是最真实的他。

单单踩着早读课的铃声进了教室,许梁州正低着头打游戏,虽然今儿火气格外大,但运气倒还不错,一连赢了好几把。

小组长挨个收昨天老师布置的作业,走到许梁州的座位旁:"同学,交作业了。"

许梁州顺手摘掉一只耳机,头都没抬:"没写。"

小组长也不敢再问许梁州,他把自己刚收到的一沓卷子放到课代表的桌子上,又偷偷摸摸地指了下许梁州,小声说:"我们组只有许梁州没交。"

单单恰好是语文课代表,对这种状况已经习以为常。她说:"好。"

单单叹了口气,站起身来,抱着收好的卷子去了老师的办公室。

许梁州暗地里观察着她的一举一动,看到她起身的动作,心都提了起来,结果对方根本没打算来找他要卷子。

阳光穿透玻璃窗,照见少年的侧脸,他细碎的发丝落在额前,如黑曜石般的眸子泛着异样的光,幽远深邃。

许梁州捏紧了手,骨节分明的手指用力掐着课桌的边缘,眼神越来越冷。

这段时间,许梁州安分得像是变了一个人,没有再去找过单单的麻烦。

周五下午最后一节课,许梁州起身上厕所,经过她身边时,胳膊不偏不倚地碰倒了她的水杯,保温杯里的热水尽数洒了出来,溅出来的水珠烫到了她的手背,她疼得眉头一紧。

许梁州不知道那是热水,双手插兜,表情淡然地离开了教室。

单单去厕所用凉水冲了好久,手背上的灼热感才逐渐平复,放学后背着书包慢悠悠地走出学校。

不知道是不是最近运气不太好,她刚走出校门就被几个无所事事的不良少年拦住,张口问她要钱。

单单头一次遭遇这种事,认真思考过后,觉得还是老实交钱比较好。

她乖乖从书包里摸出攒下来的零花钱,很老实地交了出去,小心翼翼地问:"我可以走了吗?"

对方干这种缺德事,第一次碰到胆子这么小的女孩,忍不住得寸进尺,无比嚣张地问:"包里还有其他东西吗?"

单单下意识地捂住书包:"没有了。"

"你刚才掏钱的时候我看见里面的零食了,赶紧都交出来。"

单单没想到他们连小零食都不放过,抬眸看了眼他们不好惹的造型,不情不愿地拉开书包的拉链:"能不能不要抢我的零食?"

"什么叫抢,注意点用词,这是你自愿给我们的,知道吗?"

她磨磨蹭蹭,对方等得有点不耐烦:"快点,不然揍你!"

许梁州远远看见被一群人拦住的小姑娘,像抱着宝贝一样捂着自己的书包,孤立无援,看着十分可怜。

宋城伸手在他眼前晃了晃:"兄弟,看什么呢?该走了。"

许梁州双手插兜站在原地,本来想装作什么都没看见,懒得多管闲事,但脚下像扎了钉子,死活迈不开腿。

他抿了抿唇:"等等。"

宋城不解:"怎么了?"

"没事,你先走吧。"

许梁州烦躁地靠近了那群人,冷着一张脸,眉梢都带着冷冰冰的寒气。

他挡在单单的身前，面无表情地问了句："你们这是在干什么？"

不良少年嚷嚷道："和你没关系，少来逞英雄，快点滚。"

许梁州气笑了："你知不知道在欺负谁啊？"态度十分嚣张，"打听打听这里是谁的地盘。"

"你吹什么牛？"

"把钱还给她。"

几个不良少年似被他猖狂的态度惹恼，决定要给他点颜色看看。

许梁州一点也不怕，动手之前还让单单躲远点，免得被误伤。

他漫不经心地挽起袖子，手腕白皙精瘦，胳膊线条流畅。他出手就是一拳，丝毫没收力道："谁给你脸欺负她的啊？下次敲竹杠前做点功课，我的同学，我罩着，懂吗？"

对方反击。

这一架，打得轰轰烈烈。

不知道是谁喊了句"保安来了"，吃了亏的不良少年们就赶紧跑了。

许梁州受了点轻伤，靠在墙壁上喘气，单单看着他脸上青一块紫一块，欲言又止。

她沉默了一会儿，转身便要离开。

许梁州叫住她："你怎么这么没良心，我好歹帮了你。"

单单捏紧手指，停下脚步，往回看了一眼，犹犹豫豫过后问了句："你还好吧？"

许梁州捂着胸口，装作快要断气的模样："不太好。"

单单拿他没办法，咬咬唇，想了想之后提议道："我送你去医院。"

"我不去。"

"那我走了。"

许梁州"嘶"的一声，伸手就去抓她："不许走，我都这样了，你走了不会良心不安吗？"

知道他在耍无赖，单单生气了，口不择言："你明明就学过格斗，你现在这样子就是自找的。"

许梁州眯起眼睛，也不装了，掐着她的手腕，冷声问："你怎么什么都知道？"

单单仓皇无措，哑口无言。

许梁州说："之前我就奇怪你知道我有两个姐姐的事，现在连我学过格斗都知道得这么清楚？"

单单甩不开他的手，急得红了眼。

许梁州看着她的视线越发锐利，如毒蛇一般缠绕在她周身，死死咬住就不放开："你之前认识我？"语毕，又自顾自地否认，"不对，我们以前根本就没见过面。"

单单心慌意乱："我瞎说的。"

许梁州的手指缓缓往上移，凉凉的指尖引得她阵阵战栗，他淡淡问道："你都瞎说好几回了，我不信你。你跟我说实话，到底怎么知道得这么清楚的？老实点，我就不为难你，你明白，我这个人不太正常。"

单单听完他的话，甚至有一瞬间认为他也和自己一样，做了很多个光怪陆离的梦。

此刻他身上散发出来的气息太像梦里的那个成熟男人，她哆哆嗦嗦地说："我没有骗你，我真是胡说八道的，你冷静一点。"

许梁州垂下眸子。

过了几秒，他收敛好情绪，也没有再难为她，只是摸摸她的头发，笑了笑："被吓着了吧？只是我受了伤，你得负责送我回家。"

说完，他也不管单单同不同意，自顾自地将大半个身子的重量都压到她肩上，他伤得没多重，但是装得像。

男孩比她高出许多，高大清瘦，骨架很沉，单单只觉得自己的小身板快要被他给压垮。

单单扶着他，慢慢地将他送到家门口。

少女前脚刚走，许梁州立刻便不再装孱弱，他活动了下筋骨，慢悠悠地进了屋。

一进客厅就看见某位不速之客，许梁州眉头一挑，问："您怎么来了？"

许父穿着正式的西装，冷冷地看着他五颜六色的头发："我来这边开会，顺便过来看看你。我劝你趁早把头发给我染回来。"

"爸，这是个性。"

许父懒得理许梁州，生出这么个让人不省心的儿子，他十分头疼。他怒道："丢人现眼的东西！"又注意到许梁州脸上的伤，他略带讽刺地笑了笑，"被人打了？"

许梁州当作没听见，抬腿往楼上走。

许父这才想起来要和他说正事："高考结束就回首都。苦头也吃了，记性也长了，回去之后给我安分点。"

许梁州一顿："知道了。"

春游那天，天气晴朗。

两个班级合坐一辆大巴车，刚好宋城他们班和单单的班级被安排在一辆车上。

西子第一个挤上车，占了个好位置。单单上车时，她跳起来，连忙挥手："这里！"

西子把靠窗的位置让给了单单，满脸兴奋，扯着她问："我记得你以前去过乌镇，对吧？"

单单浅浅一笑："嗯嗯。"

西子心情很好，笑哈哈地说："那你给我当导游。"

"好啊。"

许梁州坐在她们斜后方的位置，他忽然起身，打断了两个人的对话，对西子说："跟你换个位置。"

西子都不知道他从哪里冒出来的，吓了一大跳。她摇摇头："不换。"

她怕他欺负单单。

许梁州指了指身后:"看见了吗?我旁边坐的可是顾勋,你真不打算跟我换?"

西子纠结了不到两秒钟,火速抱着包站起来,捂着脸也不敢看单单。

许梁州重新坐下,跷着二郎腿,嘴角扬起得意扬扬地笑。他侧过脸,说:"跟你说件事。"

单单把脸转向窗户那边,声音很小:"什么事?"

许梁州将她的脸转过来,面对自己,然后龇牙露出一抹特别纯良的笑容:"从今天起,我宣布我们就是好朋友了。"

单单想都没想:"你做梦。"

许梁州泄愤似的揉了揉她的脸:"我又不是跟你商量,这是单方面告知,懂吗?"

单单好不容易才把自己的脸从他手中解救出来,怒道:"你有病!"

她早就想说这句话了,简直不吐不快。

许梁州眸色暗了暗:"行,有病就有病吧。"

语罢,他往前靠了靠,将上半身凑过去,也不管面前的人有多不情愿,靠着她的肩,另一只手也没闲着,偷偷掏出手机,"咔嚓"一声,拍了张两人的大头照。

许梁州故意把手机举在她眼前晃了晃,说:"这就是证据,你不愿意也不行。"

单单伸手要抢他的手机,他伸腿将她一绊,她就不受控制地往他身上栽倒。

班长恰好在过道上清点人数,看见这幅画面,还以为自己在做梦。

许梁州火上浇油般,当着班长的面,对单单说:"我们得低调。"

单单刚抬起头想解释,却又被他按了回去。

班长讪讪笑着:"我是个透明人,不用管我死活。"

单单气得用拳头狠狠地捶许梁州,班长嘴上没个把门的,肯定会添油加醋地在班上胡说八道。

许梁州捏住她的小拳头，笑道："再拍一张？"

"滚。"

大巴车在高速上飞驰，清早的日光渐渐洒满整片大地，透过玻璃穿透窗帘缝隙争先恐后地照进车里。

单单闭眼靠着窗，脸色越发苍白。她晕车严重，此时胃里阵阵翻涌，好像有酸水要从喉咙里冒出来。

许梁州坐在一旁，见她这样，关切地问："怎么了？"

单单实在撑不下去，抬起眸，湿漉漉的眼睛看向他，里面充满了祈求。她一字一句道："麻烦你帮我要个塑料袋。"

许梁州二话不说，起身去找老师要了几个塑料袋，中途还强硬地把宋城唯一的一瓶水据为己有。

他把塑料袋撑开放在她面前："吐出来就不难受了。"

单单捂着胸口，"呕"的一声就将卡在喉咙里的东西吐了出来，吐了几分钟，吐得眼泪都出来了。

许梁州轻轻拍着她的背，替她顺气，用哄人的语气说："好了，不难受了。"

等她吐完，他拧开矿泉水递过去："漱口。"

单单仰头含了一口水又吐出来，整个人顿时舒服了许多，只是脸色依旧苍白。她抬头看了眼许梁州，声音很低："谢谢你。"

许梁州扯了扯嘴角，忽然有些心疼她。他问："还撑得住吗？"

单单点头："嗯，比之前好很多了。"

他"嗯"了声，伸手接过那个她用过的塑料袋，也不嫌弃，起身丢到了前面的垃圾桶里。

他站在过道里，不知道跟谁在说什么，片刻之后，手里提着个纸袋子回到原位。

单单脑袋昏昏沉沉，快要睡过去的时候被许梁州叫醒，他递过来两片药："吃了再睡。"

她皱眉,对她来说吃药一向就跟要命似的,所以这次自己都没有买晕车药,想硬扛过去。

单单抿紧了嘴巴,嘟囔道:"我不想吃,我已经好了。"

许梁州置若罔闻:"吃了。"

单单偏过头:"不吃。"

许梁州拇指掐上她的下巴,逼得她张开嘴巴,然后动作飞快地将药塞进去,看着她咽下去才松手。

单单的眉头打了结,被药苦得舌头发麻,一路上她再也不肯搭理许梁州。

两个多小时的车程,除了用手机看电影、打游戏的人之外,其他人都慢慢睡了过去。

单单找到了一个舒适的睡姿,头往窗边一倒,整个人蜷缩在座椅上。

车上的空调开得比较低,许梁州收起手机,抬眼就看见她冷得蜷缩的模样,便将头顶的小空调给关了,又把自己的校服脱下来,盖在她身上。

做完这一切,许梁州就托着自己的下巴,眼睛眨也不眨,直勾勾地盯着她看。

他发现,她的睫毛很长,皮肤也很细腻,白白净净的,长得真可爱。

许梁州喜怒无常,忽然又有点不高兴。这人脾气太倔,睡觉时都防备着他,作恶心起,他不动声色地伸手轻轻将她的脸给掰过来,坐直了身体,把她的头靠在自己的肩上。他这才觉得满意,露出一个得逞的笑。

宋城坐在他前面,探出半个身体,声音不大不小,问:"兄弟,开黑吗?"

许梁州横了宋城一眼:"声音小点,她睡着了。"

宋城用口型说了句不太文明的话,深深悔恨,真受不了许梁州这德行。

宋城精神奕奕,许梁州不跟他一起开黑,他一个人玩又觉得没意思,于是就躺着看电影,还没过十分钟,他的座椅就被身后的人用力踹了一脚。

宋城回头,把声音压到最低:"你踢我干什么?"

许梁州答道:"戴耳机。"

宋城没好气地说："没有。"

许梁州很无情很冷漠："那别看了，你吵到她了。"

宋城简直被逼疯了："你真是够了，以前怎么没发现你这么矫情？"

嫌这嫌那，怎么不上天？

又过了半个小时，车子停了下来。单单刚好也醒了，但她的脑子还是很混沌，她迷迷糊糊地睁开眼，瞧见许梁州正笑眯眯地看着自己。

许梁州指了指她的嘴角："口水流出来了。"

单单下意识地用手去擦，什么都没有，就知道自己被骗了，梗着脖子道："无聊。"

许梁州低头闷笑，而后又摊手正色道："没骗你，我肩膀上还有证据。"

单单都不知道自己怎么就睡到他那边去了。

下车之后就可以自由活动。四月底的艳阳天，潮湿闷热，头顶的太阳有些毒辣。

单单的脸蛋被日光晒得发红，她的书包里放了遮阳伞。此刻，她正站在树荫下，好声好气地和许梁州谈判："你把我的书包还给我。"

许梁州仗着身高优势举高了她的包："这么沉，把你压垮了怎么办？还是我帮你拿吧。"

单单踢了他一脚："不用你，我拿得动。"

"你能拿到我就还给你。"

单单蹦跶了好半天都够不着他伸长的手。

许梁州看得好笑，假装遗憾："你自己够不到就不能怪我了。"

"你有本事就一直举着手。"她咬牙切齿，又接着说，"欺负我算什么本事。"说完气呼呼地走开。

许梁州大步跟上她，与她并肩而行，歪头问："你要从包里拿什么？"

单单这会儿热得不行，被日光晒得眼睛疼，她停下脚步，很生气："伞，我的遮阳伞。"

她很委屈："我都要被太阳晒化了。"

许梁州顿了下,打开她的书包,从里面翻出黑色遮阳伞,递给她："给你。"

单单打开伞挡在头顶,顿时舒服了许多。

许梁州一只手拎着她的小背包,一只手忽然伸过去抓住伞柄,低沉的嗓音落在她的耳畔："我来。"

许梁州和单单走在一条道上,途中碰见了许多同校的学生,有些女生认识单单,看见有人给她背包打伞,心里或多或少有些羡慕。

许梁州这样的男孩子,就算性格不好,也比太阳还要耀眼。

单单被这些目光看得浑身不自在,许梁州没什么表情,时不时还对她笑笑。

白天的乌镇,人流不比晚上少,可尽管是这样,这里的风景依然美得让人移不开眼睛。

许梁州悠悠道："这儿还挺漂亮的。"

单单依然对他没什么好脸色："嗯。"

许梁州脸色微沉,容忍不了她对自己的忽视,却还是心甘情愿地当贱骨头："你渴不渴?我请你喝汽水。"

单单舔舔干巴巴的唇,摇头拒绝："不用了,我自己有钱。"

许梁州很霸气："花我的。"

他好不容易找到一家卖汽水的店,从冰柜里拿了两瓶汽水。

老板娘说："一共十二块。"

许梁州从裤兜里掏出银行卡,丢在桌面上："刷卡。"

老板娘算着账本上的账目："刷卡的机器坏了。"

他正准备掏出手机,又听见老板娘说道："手机支付的付款二维码还没做好。"

"……"

老板娘这才抬起头："怎么,小伙子,没钱?没钱就让你身后的小姑娘来。"

单单忍着笑，戳戳他："你把身子低点。"

"干什么？"

她淡淡道："我拿钱。"

许梁州乖乖地蹲了下来，让她从书包里拿出小钱包，又亲眼看着她递过去一张十块钱和两个硬币。

许梁州觉得窝火，真的太丢人了。

买完喝的，许梁州继续跟着单单瞎晃荡。这里满是青瓦白墙，诗情画意，越往偏僻的地方走，游客也就越少。

许梁州伸手搭着她消瘦的肩："别过去了。"

单单动动肩膀，把他的手给甩下去："把我的书包还我，我们各玩各的。"

许梁州挑衅似的扬扬眉："想得美。你饿不饿？我们去吃饭。"

说不饿是假话，毕竟一路上体力消耗还挺大。

但她正经地否认："我不饿，你自己吃吧。"

话音刚落，她的肚子就出卖了她，"咕噜咕噜"叫出声来。她立马低着头，不让他看见自己脸上渐渐腾起的潮红。

许梁州弯下腰毫不留情地笑了，笑声低沉沙哑。

单单面红耳赤，下意识就拧了一把他的胳膊："不许笑。"

这是她在梦里养成的一个习惯，喜欢掐他拧他，不过对他来说也不疼。

许梁州直起腰，说："好好好，我不笑了。"

话虽如此，可他嘴角的笑意还是抑制不住。

许梁州把她拽进了一家小饭店。

单单像个挂件去哪儿都被许梁州带着，她问："你有钱吗？"

"你有不就行了。"

单单说："那是我的钱，我不给你用，你就饿着吧，或者你去找宋城。"

许梁州厚颜无耻道："没关系，我可以看着你吃。"

他如沐春风般眉眼带笑，俯身低头："我饿死没关系，可不能把你给饿着。"

"……"

单单不知所措,他真是太不要脸了,什么话都说得出来。

景区里的饭店价格偏贵,精致安静的小院落里,还架着一个双人秋千。

单单坐在藤椅上,许梁州坐在她对面,撑着头什么事都不做,似笑非笑地弯起眼眸,直直地看着她。

单单的脸皮没有他厚,她别开脸,拿起菜单开始点菜。

菜单上都是些特色菜,单单随便点了几样,然后抬头看向他:"你要吃什么?"

许梁州穿着白色的衬衫,清爽干净,衬衫袖口轻轻挽了起来,手指修长漂亮,手腕消瘦白净。

"不是不给我吃吗?"

单单把菜单往他那个方向推了推:"你自己点。"

许梁州看都没看,就交给一旁的服务员:"加两瓶冰果啤。"

小饭店只他们两个客人,安静祥和。

天空蔚蓝,阳光正好。

单单托着下巴望着墙壁上嫩绿的藤蔓,金色光圈笼罩在上面,倒映着斑驳的枝影。

许梁州摸出手机,偷偷拍下她在阳光下发呆的模样。

美好宁静得就像一幅画。

菜还没上,顾勋和西子推开院门走了进来。

西子叽叽喳喳地说着话,顾勋虽然没开口,但显然也有在认真听。

这次相遇的确是巧合,单单加了几道菜和一些喝的,四个人就坐在一起吃饭。

顾勋和许梁州其实早就认识,他转校的第一天就和顾勋打过篮球。

不过，现在许梁州的心情就没有之前那么愉快了，他很不喜欢被外人打扰，他身体微微往后仰了仰，脸色微沉，满脸生人勿扰的表情。

西子还嫌不够热闹，把落了单的宋城一并喊了过来。

原本的两个人就变成了五个人。

没过多久，服务员上齐了菜。许梁州开了两瓶冰果啤，在这种天气喝冰镇过的果啤，简直就是一种救赎。

许梁州拿起玻璃杯，仰头灌了一口。

西子蠢蠢欲动："我也要喝。"

顾勋拍下她伸出来的手："不行。"

西子搓着手指头："我就喝一点点。"

单单道："不行，太冰了，我们最好都别喝。"

西子双手合十做出祈求的表情："求求你。"

单单不擅长拒绝，隐隐动摇。

宋城用余光扫了扫许梁州，见他笑得深不可测，心里就有了计较，也跟着起哄："这玩意儿和水没区别。"

单单自己也馋，舔了舔唇："那我们都只喝一点点。"

西子点头如捣蒜："好！"

单单先是抿了一小口，觉得口感还不错，忍不住就多喝了几口。

许梁州看她像只小动物似的谨慎试探，觉得好笑。

不知不觉，单单就喝了小半瓶果啤。

餐桌上只听得见西子和宋城说话的声音，许梁州低着头刷手机。

许梁州从相册里翻出刚刚偷拍的照片，设为屏保，指尖漫不经心地在屏幕上滑动。

这张照片拍得真好看，她一双水眸亮晶晶的，好像在对他笑。

等许梁州抬头，西子和顾勋已经不见了。

他的视线转向单单，发现她好像困了，脸蛋红润，眯着眼睛，嘴角也弯了起来，看上去心情很不错。

只不过她蒙眬的目光是朝宋城看去的。

她的目光太过火热直接，就连宋城也注意到了不对劲，打了一个寒噤。

单单忽然出声："宋城哥哥。"

她声音清脆，这一句哥哥差点把宋城给叫跪下。

许梁州半笑不笑地盯着宋城看，眸光如星星般璀璨，他懒散地靠着椅背，好似什么都没听见。

单单脑子有点糊涂，忽然扑到宋城面前，扒着他的手："宋城哥哥，我好想你。"

想起梦中那些漫长无望的岁月里，他帮她劝解许梁州，还疏导她。

宋城赶紧将人往许梁州身边推："我尿急，去上个厕所，再见！"

单单反应极大，扯着宋城的衣服不让他走，带着哭腔道："不要他！我不要他！"

她躲在宋城身后，身体摇摇晃晃都站不稳。她忽地低低笑起来，对宋城勾了勾手指头："嘘，我告诉你一个秘密。"

宋城顶着许梁州刀子般锐利的视线，问："什么秘密？"

单单指了指许梁州，然后摇头说："我不要他，他会把我关起来。"

"对对对，他会把我关起来的。"说到第二遍的时候，她竟然哭了。

宋城震惊，望着她的目光顿时复杂了起来。

许梁州的惊讶一点都不比宋城少，他将人从宋城身后揪出，指腹用力地替她抹了眼泪。

单单看出了他是谁，边挣扎边喃喃："你离我远点。"

许梁州动作一顿，按住她乱动的手："不关，不怕。"

单单闻言，身体没之前那么僵硬，整个人也安分了下来，不哭不闹地坐在一旁，低头也不知道在想什么。

宋城表情严肃，问了声："她是什么意思？"

许梁州拧眉："我不知道。"

沉默半晌，他不豫道："你走吧，这里我看着。"

宋城也不好再说什么，拍了拍他的肩："那我走了。"

许梁州将她放在秋千上，他安安静静地坐在她身侧，低头望着已经睡着的人，忽然开口："我有点生气。"

许梁州黑眸深如海，抓着她的手腕，忽然用力，故意将人给弄醒。

单单眼皮缓缓抬起来，许梁州带着玩味的笑渐渐漾开，对上她尚未清明的眸，像是在哄，却又带着让人胆战的强势和冰冷。他说："来，喊声'梁州哥哥'听听。"

单单还是稀里糊涂的状态，她展颜一笑，手伸在半空中，就要去碰许梁州的那双眼睛，偏生手短又够不着，只得在空中乱抓："你长得真像他。"

许梁州套她的话，紧跟着问："像谁？"

"他。"

"他是谁？"

单单做疑惑状，眼神懵懂："对啊，他是谁？"

她认真想了想，忽地浑身一僵，太多的画面在她脑海里交织着，有好的有坏的。她好像认出了他，挣扎着就要爬起来："你走开。"

许梁州将人拽了回来，他盯着她干净澄澈的水眸："怕什么，我又不会打你。"

单单四肢软绵绵的，手上也没什么劲，她现在显然不知道自己在说什么。她歪歪扭扭地看着眼前的人，又转变了情绪得意扬扬道："我不怕你！"对上他含笑的眸子，又重复了一遍，"我真的不怕你，我告诉你，我都想好怎么办了。"

许梁州眯着眼，嗓音深沉沙哑，他边抚摸她的秀发边问："说来听听，你要怎么对付许梁州？"

她神神秘秘地说："我告诉你，高考结束之后我们再也不会见面……"

听着她絮絮叨叨的话，许梁州的眼神逐渐变暗，扯起嘴角冷冷笑了声。

单单耷拉着脑袋，合上眼又要睡过去。许梁州回神，好笑地拍了下她的脑袋,启唇道:"还没喊哥哥,不喊不让你睡。"

许梁州低头凝视她:"快喊。"

单单困得睁不开眼睛,她很不舒服,半逼半就地顺了他的意,轻轻吐字:"哥哥。"

## 第三章
## 春日喜你

许梁州起身,去水池边装了一瓶水来,拉过单单白嫩的手,将凉水浇下,仔细地将她的手洗了一遍,又从裤兜里拿出纸巾,将她的手擦干净。

他坐在秋千上,伸长的腿随意交叠在一起,懒洋洋地看着身侧的人,眸子深不可测。

许梁州在回想她刚才说的每一句话,她怕他,同时又非常了解他。

这种了解程度让他吃惊。

他厘清思路。

从两人第一次见面开始,她对他就有种莫名的畏惧,她的种种表现就像是早就认识他这个人一般。

就好像是了解未来的他。

对,未来。

许梁州总算是想通了一些事,但他还不敢也不能确定,因为这很不可思议,也难以让人接受。

过了许久,许梁州将睡着的人背了起来。她个子小骨架轻,背起来也没什么重量。

许梁州将她背到客栈开了两间相邻的房,安顿好她后,自己去隔壁房间,睡了个午觉。

再次醒来，天已经黑了。

客栈临河而立，推开木质的窗，就能看见外面被红色灯笼照亮的整个镇子。许梁州一双手搭在窗台上，吹了会儿凉风，才转身去了隔壁的房间。

单单显然也是刚醒，眼神放空在发呆。

许梁州斜靠在门边，慢悠悠地开腔："睡饱了吗？"

单单揪着床单："嗯。"

他看着她故作镇定的样子，笑了笑，漫不经心道："你还记不记得你睡着之前说了什么？"

"我说什么了？"

许梁州无聊地摆弄起手里的打火机，然后往前走了两步，刻意散发出迫人的气势："你说……"

他拖长了尾音，故意吊人胃口。

单单也吃不准自己有没有把不该说的话说出口，心里特别紧张。

"你说让我不要考上这里的D大，让我不要把家搬过来。"

单单仰头望着他，下意识道："不可能，你根本……"

她知道他是要回首都的，他从来没有要永远留在这边的念头。

单单触及他玩味的笑容，猛地收住了音。

许梁州一步步逼近她，她几乎退无可退，他沉声问："你不记得自己说了什么，又怎么敢肯定不可能？"

他的人生轨迹早早就定好了，将来铁定是要进北方最好的院校，他在拿假话试探她，她果然中计了。

"你套我的话！"单单反应过来，小脸一白。

许梁州露出一抹无辜的笑容，语气轻松："没有，逗你玩呢，你什么都没说就睡着了。"

单单挥开他的手，侧过身，气呼呼地说："一点都不好玩。"

单单真生气了，一言不发地从客栈里跑出去。

她快撑不住了,许多秘密深藏在内心深处,谁都不能说。

许梁州没有追出去,只是立在原地,低头垂眸,神情不明。

她知道的事情比他想象中的还要多,若是平常人可能会觉得害怕,可许梁州不会,更多的反而是兴奋,是觉得有趣,有种让他深挖下去的欲望。

而且,他总算是能弄清楚,她不是没来由地讨厌他,对吧?

过了十来分钟,许梁州也出了客栈,慢悠悠晃到街上去找人。

他双手插兜,不紧不慢地走在青石板路上,身边的人和事激不起他的半点兴趣。

许梁州的脖子上挂着一个玉佛,有时候他很相信"缘分"这两个字。他就是想试试,不打电话,不问别人,就这样漫无目的地走,能不能遇见她。

忽然间,许梁州在河畔停下了脚步,轻绽笑容,深色的眸子看向廊楼底下的人,眼里有光微微闪动,他看见了她。

少女眉眼弯弯,一个高瘦的男孩站在她身侧,两人并肩而立,那人的手搭在她的肩头。


单单沿着河道在廊楼下走着,是赵尽叫住了她。

单单回过头,赵尽露出腼腆的笑,他笑起来时脸颊有两个浅浅的酒窝。

他说:"学姐,好巧。"

单单恍惚了下,回过神来,对他点点头:"好巧。"

赵尽是她的学弟,现在读高二。其实单单和他并不是很熟悉,只一起代表学校参加过一次市里的朗诵比赛,那次单单拿了二等奖,赵尽拿了一等奖。

赵尽往前走了两步:"我和他们走丢了,刚好看见你,我还以为是自己看错了。学姐,你怎么也是一个人?"

单单随口道:"我也和她们走散了。"

"学姐,我们一起逛逛夜市?好久没见了。"

他丝毫不觉得自己提出的请求有多突兀。

单单愣了下,还没点头,赵尽就上前,白皙修长的手指搭在她的肩头,在她诧异不解的目光下解释道:"你肩上落了好多柳絮。"

许梁州恰好看见的就是这一幕。

尽管他面上还和和气气,可内心无端的暴戾已经达到顶峰。

他不喜欢她碰别人,包括宋城,更讨厌别人碰她。

许梁州压着心里作怪的想法,迈着步子走到两人面前,伸出长臂一把将单单扯到了自己这边,半笑着问她:"这是谁?"

单单面无表情道:"说了你也不认识。"

许梁州的目光在赵尽身上扫了一圈,冷嗤了声:"确实,平平无奇的无名之辈,非常普通。"

单单抬眸盯了他半晌,死都不吭声。

赵尽却主动伸出手:"学长你好,我是高二(1)班的赵尽。"

许梁州忽略了他的手,说:"噢。"

赵尽一点都没生气,说:"学长,你要是不介意可以和我们一起逛逛。"

许梁州冷笑:"不好意思,我介意。"

他拉过单单的手:"走了。"

单单不想对他言听计从,就像青春期里叛逆的孩子,她也有脾气冲的时候。

许梁州见她一动不动跟块石头似的伫立原地,嗓音冷了不少,带着震慑人的威力,重复了一遍:"走了。"

单单被他吓得一抖,仰起头,硬气回道:"我不走。"

赵尽笑了笑,客客气气地对单单说:"既然学长介意,我就先走了,你们不要因为我而吵架。"

赵尽一走,单单转身也要跟着离开。

她决绝的姿态彻底惹怒了许梁州,他将人按在廊下的长椅上,摘下温和的面具,居高临下地看着她,一字一句道:"离他远点。"

单单的眼前有两个重叠的人影,一个是现在的他,一个是梦中未来的他。

单单此时此刻却冷静得不得了:"你管不着我。"

许梁州怔了怔,她掷地有声的这几个字好像砸在他心上,又好像会应验一般。

"我不想吓你,但我不凶点你根本不会听我说的话。"他紧跟着说,"单单,我说了好几遍,我脾气真的不好。"

单单垂眸,泄气和挫败席卷全身。

许梁州见好就收,眉眼舒展了几分:"为什么要避我如蛇蝎?我品行真的还不错。"

她干净的眼眸定定地对上他的眼睛:"你不懂。"

她只是害怕,结局会如梦中那般惨烈。

她害怕,他永远都不会改变。

自由和他。

她要自由。

许梁州冷不丁地抛出一个问题:"你梦见过我吧?"

单单不解,可这样的反应落在他的眼里就是心虚。

她故作镇定,反问道:"梦见什么?"

许梁州寸寸逼近她:"别急着否认,也别急着撒谎。"

单单低眉垂眼:"我不知道你在说什么。"

许梁州眸光深深。

过了好一会儿,他慢吞吞道:"你不说,那就我来说说我的梦。"

"我……"她才张开嘴就被他打断。

"不许不想听。"他的手指轻轻点了点她的额头,"乖,说和听只能选择一个。"

单单戒备地往后缩了缩,不情不愿:"那你说吧。"

他将脸往前一凑,鼻尖几乎要碰上她的脸颊,他偏了偏头,那几个字就全数落进了她的耳朵。

"我梦见……"停顿几秒,他继续说,"未来的你说你十分仰慕我,疯狂地追求我。"

单单屏息，憋了好半天，红着脸打断了他："你真不要脸。"

她趁他不注意推开他，抬脚跑出很远，才大声道："你也就只能做做梦。"

许梁州环抱着手，看看她气急败坏跑远的模样，愉悦地笑了起来。

第二天清早，全班集合，上车前往浙大。

这一天，许梁州竟然没有缠着单单不放，而是带着宋城、顾勋和浙大的篮球队打了一场三对三的篮球赛。

单单没有去看篮球赛，西子从篮球场回来之后还很兴奋，精神亢奋地和她描述激烈的赛况。

吃过午饭，单单才看见这三个去打篮球的人。顾勋和宋城回到了自己的班级，跟着班主任去大门处拍集体照。

许梁州身上的运动服还没有换，径直走到她身边，抢过她手中的水杯，仰头咕噜咕噜喝了一大口。他问："你怎么不去看我打球？我打球的时候可帅了。"

单单踮起脚，发现自己够不着他手里的水杯，索性放弃："无聊。"

轮到他们班拍照的时候，许梁州换好了衣服，白T恤黑裤子运动鞋，在阳光下显得十分青春年少。

单单个子矮，站在第一排最右侧，许梁州默默地站在她旁边，低低道："你站过来点。"

单单反而把身体往离他更远的地方移动。

许梁州薄唇微抿，在快门按下的瞬间，大力将人往自己这边一扯，伸手把她的头往自己的肩膀上一按，然后笑出一口大白牙。

五月很快来临，天气也越发热。

从乌镇回来已经两个星期，转眼之间，二模都结束了。

越是临近高考，众人的紧张感反而没有之前那么强烈。

而许梁州也整整消失了两个星期，单单有时候上完厕所回教室，看到那个空空的座位，心里难免有些怪异的感觉。

炎热的午后，天花板上的风扇呼呼作响，正值午休时间，教室里安安静静的，蝉鸣声、风声穿过玻璃窗传了进来。

单单趴在桌子上，却是没睡，手里拿着笔戳着洁白的纸张。

西子也没睡，她看着手机傻乎乎地笑了起来，转头看了看单单，她压低了声音，问："单单，你知道许梁州这两个星期为什么没来吗？"

单单把手中的笔放到桌面上，垂眸道："不知道。"

西子嘿嘿傻笑，将身子往她这边凑了凑："我那天不小心听见宋城和他打电话，他好像看病去了。"

单单吃惊："看病？"

西子撑着头："嗯，好像是去看心理医生，大概是高考压力太大。"

单单握紧了手，思绪复杂。

她心里清楚许梁州去看医生绝对不是因为高考。

西子问："你怎么一点都不关心他啊？"

单单别开眼："我和他不熟。"

西子敲了敲她的脑门："你蒙谁！瞎子都看得出来，许梁州和你的关系根本就不一般。"

"啊？"

"啊什么啊，春游的照片你难道没看见？你们两个靠得最近。"

"那是他硬将我扯过去的。"

西子说："他为什么拽你不拽别人？"

单单认真回答："因为他脑子不好。"

"……"

许梁州再次出现在学校里，刚好是毕业典礼那天。

他约宋城去了一趟花店。

宋城很闲，他早就被高校提前批录取，不用参加高考。

这是许梁州头一回去花店，少年看着颜色鲜艳的花，眼花缭乱，分不清品种。

宋城问他："你要买什么花？"

"玫瑰。"

宋城一听就知道他要送给谁，白了他一眼，唾弃道："庸俗！玫瑰都给送烂了。"

电视剧里的男主角送女主角的花都是玫瑰，一点新意都没有。

许梁州好整以暇地看着宋城，反问："那你有什么更好的建议吗？"

宋城用力想了想，摇头，摸了摸鼻子，悻悻道："没有，你还是送玫瑰吧。"

许梁州没有听从店员的建议买十一朵，而是非常豪气地买了九十九朵。

这个时候宋城才意识到许梁州为什么会把自己也叫过来，他就是一个免费的劳动力！

这一大束花捧在手中，都能将两人的脸给挡住。许梁州将花塞进宋城手里，上了自行车，他有些嫌弃："上车，我带着你，你帮我拿着花，我们去学校。"

宋城很不情愿地跳上车后座，左手抱着花，忍不住抱怨了一句："咱们俩这样，别人看见了会误会。"

许梁州骑得飞快："误会什么？"

宋城撇嘴，小声嘀咕了句什么。

闻言，许梁州气得差点升天，看在这束花的面子上，才没有把宋城从自行车上踹下去，吐出两个字："滚蛋。"

宋城也不知道许梁州骑得快飞起来是要怎样，他快被风给吹傻了，玫瑰花也被风摧残得厉害。

被他抱起来的一大束花没什么大碍，但他自己买的那一枝玫瑰，被风吹秃了，花瓣随风而去，只剩下带刺的枝丫。

"许梁州，你能不能慢点？

"我的花！我的花！"

处于兴奋状态的许梁州根本不听宋城的叫唤，他迫不及待地想把这束花交到单单的手里，他得意扬扬地想，她肯定会喜欢。

单单形象好成绩也好，毕业典礼上，要作为学生代表上台演讲。

单单坐在第二排，手中的稿纸被她捏皱，稿子已经背得滚瓜烂熟，但临上台时还是害怕自己会忘词。

许梁州和宋城偷偷摸摸地从后门溜进大礼堂。宋城用花挡住脸，摸到自己的位置，至于许梁州，大大方方地坐在他旁边。

校长说完一大串祝福词，就轮到单单上场。

单单脱了校服外套，里面是白衬衫百褶裙，马尾辫高高扎起，露出她小而秀气的脸庞。

单单本质上还是一个腼腆的人，鼓足了勇气才站上主席台，不急不缓地背出演讲词。

她声音软糯，透过话筒传到空气中更显悦耳。

许梁州看着她哪儿都是好的，脸蛋是他看着顺眼的，别扭的脾气也是他喜欢的。

他深呼吸两口气，沉下心，想到安锦城跟他说的话。

安锦城让他保持冷静，要大度，心胸要宽阔，有些必要的社交都是正常的，不能让内心里的阴暗想法滋生，要能控制住自己的情绪。

许梁州自认为已经能照安锦城说的做了，他强烈的掌控欲好了许多，才又回学校。

他用胳膊肘顶了顶宋城："等她说完，你就上台把这束花送给她。"

宋城不可置信地指了指自己："我？"迅速摇头，"我不敢。"

"让你去你就去。"

"你确定你不介意？"

许梁州嘴角一沉:"不介意。"

宋城反正是不相信许梁州说的话,死鸭子嘴硬,他敢保证自己上台送花肯定会被许梁州给踢下来。

单单的演讲不长,结束之后,底下掌声雷动。

宋城起身,步子还没迈开,原本淡定看着的人,一脚就踹了过来,幸亏他早有准备,敏锐躲开。

许梁州阴着脸,把花抢了过来,飞速朝主席台走去。

过分出色的男孩子总能吸引他人的关注,他长相英俊,肆意随性,惹是生非的尺度又把握得精准,最重要的是,他并不是一无是处的痞子,他聪明、成绩好,他的将来是光明的。

许梁州把这束能把单单大半个身子挡住的花递给她,说:"单同学,毕业快乐。"

单单呆愣在台上,才两个星期没见,却觉得已经过去了很久。

她木讷地接过花。

"哇哦!"

不知道是谁带头起哄了一声。

紧跟着就是响彻整个礼堂的起哄声。


毕业典礼结束后,许梁州就又不知道去了哪里,单单没看见他人。

单单抱着花,十分为难。

这束花她肯定不能拿回家,但不知道该怎么处理。

她推了推西子:"这花你拿回家好不好?"

西子连忙摆手,坚定拒绝:"我不要,这是许梁州送你的。"

单单皱紧了眉头:"我怎么拿?我妈真会打死我的。她轻易不发火,发起火来我真的害怕。"

西子同情地搓了搓她的小脸蛋,说:"我也不知道该怎么办了。"

同学们陆陆续续从大礼堂出去,到操场上拍毕业照。

烈日悬空，天气闷热。

西子拉着单单找宋城找了好几圈，被太阳晒得额头冒汗，最后索性买了两根雪糕坐在树底下，她纳闷道："这宋城跑哪儿去了？找了半天，都找不到人。"

单单舔了口雪糕，边吃边说："不清楚，可能跑出去玩了。"

西子叹了口气："人比人气死人。要说起来我和他也算是青梅竹马，怎么他脑子就那么好使，考试什么的都不用担心。"

单单想了想："你也很好，画画很厉害。"

"你说得我都不好意思了。"

"我说的是实话呀。对了，你不去找顾勋吗？"

提到顾勋，一直在树上挂着的人就坐不住了，三两下从树上跳下来，把她们两个人吓了一大跳。

宋城和许梁州在树上坐了好一会儿，不仅能吹风还凉快。

西子跳起来拍了一把宋城的后脑勺："你把我吓死了。"

宋城挑眉："你打算去找谁？"

"顾勋。"

"找什么找？他和老师谈话呢，没空搭理你。"

"那算了，我不去了。"

西子听见"老师"两个字就害怕。

单单默默地把雪糕啃完，低头看着自己的脚尖，也不去看站在身侧的许梁州，说："花我不能要，你拿回去吧。"

许梁州转过身，神色淡淡，好像丝毫不介意她说的话："你不要就扔了。"

单单是真的不能要，也是真的舍不得扔，即便是别人扔的她也觉得心疼，更何况还要自己动手。

"太浪费了。"

许梁州扬唇一笑："那你就收着呗。"

单单心道你说得轻巧。

最后单单还是将花扔到了垃圾桶,趁着许梁州没注意的时候。她没想那么多,他既然同意扔了就应该不会生气,何况他就算生气也跟自己没关系。

黄昏时分,许梁州才从操场迈着步子慢慢地往家的方向走,余光一闪,脚步顿下来,视线所及的一个垃圾桶里,一束艳丽的红玫瑰可怜兮兮地被扔在那里。

他嘴角微沉,冷笑连连。

花让她扔她就扔,平时怎么没见她这么听话?

单单还没走到家门口,在巷口被人喊住,她转头就看见是那个腼腆的男孩——赵尽。

此时的赵尽很狼狈,嘴角眼角处带着青紫的伤痕,她看得一诧,问:"你怎么了?"

赵尽眼眶微红,故意伸手挡了挡脸上的伤:"学姐,我没事。我知道你快毕业了,所以忍不住跟上来想跟你说说话。"

单单看着他身上惊心触目的伤痕:"你要跟我说什么?"

赵尽低下头:"学姐,我很舍不得你。"

单单沉默一阵,安慰道:"没关系,我们以后有机会见面的。"

赵尽抬眸:"真的吗?"

单单对他点头:"真的。"

赵尽笑了,可爱的两个小虎牙露了出来:"学姐你真好。"

单单还没有忘记他的伤,问:"你这些伤是谁弄的?"

赵尽垂眸:"没事,我习惯了。"

每个人都有小秘密,单单也不好继续追问下去。

赵尽的脸红了又红,欲言又止了好半天,单单想忽视都难。

"你要说什么就直说吧。"

"学姐,我能请你吃顿饭吗?"

单单有些犹豫，赵尽大步上前，忽然抱住了她。

许梁州定定地站在不远处，面无表情，双眼平波无绪，仿佛在酝酿着什么，骨节分明的手紧紧握着一束花，是那束被她扔进垃圾桶里的花。

夜幕降临，路灯亮了起来，昏黄的灯光微微闪动，吊在半空的灯泡发出了"吱呀吱呀"的响动。

许梁州将花丢至一旁，上前提起赵尽的衣领。

赵尽说："学长这是什么意思？"

严格意义上来说，许梁州的自制力其实还不错，但在单单的事情上，他总是会失去控制，做一些不理智的事情。

许梁州用嘲讽的眼神冷冷瞥了赵尽一眼，他吐字道："我什么意思我以为你刚才已经感受得很清楚了。"

"君子动口不动手。"

"我说我是君子了吗？"

单单苦笑，都不知道这两个人在闹哪一出。

许梁州犀利的目光盯着赵尽："在她面前装可怜、装柔弱，你也不嫌自己恶心。"

许梁州又缓缓地将视线移到单单身上，幽深的眸光盛着柔光。他面目阴沉，松开赵尽，大步上前，几乎是用拽的，掐上她的手腕将人给拖走。

许梁州不管不顾地往前走，她的手腕都让他给抓得通红。

走到巷子尽头，许梁州停下脚步，却没有放手，他大力地将她抵在墙壁上，死死地抓住她的双手，没了平时的玩笑样，一开口就咄咄逼人，他问她："你瞎吗？他装的你看不出来？"

"我只是觉得他可怜。"

"他可怜？哪里可怜？就因为他脸上的那些伤？"

单单抬头，微仰脖颈，眼神不避不躲："你有什么立场干涉我做什么？许梁州，我向来对你敬而远之，你何苦巴巴地凑上来。"

明知道现在说这些不合适，可她还是忍不住想反击一次。

他周身的气势骤然冷了下来。

过了很久，才听见他低沉沙哑的嗓音，里面少有地带着泄气："我现在觉得我比他还可怜。"

许梁州有些生气，说话的语气就不怎么好听，他冷冷道："你扪心自问我对你怎么样，我这个人真的有那么差劲吗？"

"不差吗？"

轻飘飘的反问犹如伤人的利剑。

安静片刻后，许梁州垂眸低语："真遗憾，我还要纠缠你一辈子。"

单单背后就是坚硬的墙壁，她被硌得很难受，院墙里有开门的声音，紧接着又听见一些声响。

她心下一紧，这个时间点，怕是她妈妈要出来丢垃圾了。

单单赶紧推他，口气发急："你快给我让开。"

许梁州往大门那里瞟了一眼，圈着她的力道极大，就是不肯如她所愿，反而说："你求我。"

单单压低嗓音："你别闹了。"

"我不闹，你不说我就一直这样，让你妈看见也不关我的事。"

"求你了。"

"没听见。"

她用力踩了踩他的脚，咬牙道："我求你了。"

许梁州将外套一脱，猛地盖在两人的头顶，他的大半个身子将小小的她给遮住。

单单不敢出声，生怕发出丁点动静就把她妈妈引过来。

单妈下班回家时才不过五点，卧室里一团糟，昨晚跟单爸又是哭又是闹地发了一通脾气，玻璃的相框也被打碎，散落一地。

单妈先是煮了晚饭，在餐桌上摆了两套餐具。她知道单爸今晚不会回来吃饭，他的态度决绝得让人心寒，现今她只能尽量瞒着不让女儿知道。

做完晚饭，单妈拿了扫把进卧室，清理好垃圾，用袋子装起来拿去门口扔。

打开铁质的院门，将垃圾放在门边等着明天清洁工过来收，转身之际，余光扫见两个人影。

单妈只看见男生的背，肩宽腰窄，身量极高，视线再往下些，就看见一双抖动的白皙细嫩的小腿，女孩被遮得严严实实，连头发丝都看不见。

单妈摇摇头，那个男孩子她倒是认出来了，不就是对门王奶奶家的孙子嘛，听说成绩很好，就是人有点混账。

院门被关上。

许梁州将头顶盖着两人的衣服扯开，低头望着单单泛着薄红的脸，问道："怎么样，好玩吗？"

单单瞪他："你滚。"

她差点被吓死，她妈妈出来时，她浑身都在发抖，眼睛不争气地红了，整个人迫不得已地往许梁州那边靠，指望着她妈妈赶紧回去。

许梁州低声问："是我可怜还是赵尽可怜？"

"无聊。"

许梁州一副破罐破摔的样子："行，我喊了。"

他张大嘴巴，作势就要把她妈妈引出来。

单单踮起脚，一双手捂在他的嘴巴上："你闭嘴！"

许梁州得意地笑笑，将她的小手拉下来，不依不饶："谁更可怜？"

"你。"

"我对你好不好？"

"好。"

"以后还躲不躲我了？"

单单侧过脸，喉咙干涩得出不了声。

不论回答躲还是不躲，答案都是违心的。

许梁州低声又问了一遍:"躲吗?"

单单赶在他耍无赖之前回答:"不躲,你别叫了。"

许梁州也明白这句不躲并非出自她的真心,但是就架不住的高兴。他敲了敲她的额头:"这就对了。你以后也不要太作,哥哥带你吃香喝辣,我有一块钱就给你一块钱。"

"一块钱能来干什么?"

他边笑边说:"你还看不上我的一块钱?不过没关系,我肯定不止这点钱。"

单单被他念叨得耳朵疼:"你好烦。"

"我都能总结你的口头禅了。"他学着她的语气,"'你能不能离我远一点''你想干什么''你好烦'。"

许梁州学完,把自己给逗笑了,乐不可支。

单单绷着脸,踢了他小腿一脚:"懒得理你,我回家了。"

许梁州止住笑,将人给拉回来,眸光暗暗:"以后别搭理赵尽了,要不然跟你不客气。"

单单一顿,甩开他的手,噔噔噔地跑回了家。

单妈躺在沙发上,电视开着,也没看。

单单洗好手就乖乖地坐在餐桌前,单妈起身走过来将纱罩拿开,把骨头汤推到她面前:"先喝汤。"

单单用小汤勺搅拌着碗里的热汤,低着头闷声闷气地问:"妈,爸爸呢?"

单妈停顿了片刻就恢复如常:"你爸今晚不回来吃饭了。"

单单小口抿着汤,说:"妈,爸爸已经好几天没回来吃饭了,他有这么忙吗?"

"你别管这些。马上高考了,调整状态,好好迎接考试。"

"妈妈,我很努力。"

单妈满意地点头:"这一年你多辛苦我都知道,妈妈就想你能考出这个小地方,去大城市里看看,将来你选择的机会也多些。好了,不说这些了,吃饭。"

单单埋头吃饭，鼻头发酸。从前不理解父母的苦心，只认为他们硬逼着她学习，有着上不完的补习班，到后来才会明白，这是父母在教她在社会上立足的本领。

夜里，单单刚洗完澡，单妈敲门进屋。

"妈，怎么了？"

单妈看着她桌子上摊开的作业本，说道："不要学得太晚，保持好睡眠。"

单妈以前也当过高三年级的班主任，其实到现在这个时间段，学生们的成绩都稳定下来了，不会有太多的变数，剩下的就看运气和心态。

"嗯。"

单妈退出去的瞬间刚好看见她衣架上的校服，想了想："我听说今天有人给你送花？"

单单紧张："是啊，不过……"

单妈没等她把话说完，打断："虽然是学校安排好的流程，但你还是得注意影响，等上了大学，你也得保护好自己。"

单单松了一口气，笑了笑："妈，我不会乱来。"

单妈对她很放心，当惯了老师就喜欢举例子："那就好，别像对门的那个男孩子就谢天谢地了。"

单单试探地问："他怎么了？"

单妈用一种恨铁不成钢的调调说："提起来我都觉得生气，你不知道我刚刚出门丢垃圾看见什么了。"

单单艰难地咽了下口水。

"反正没眼看。"

单单无比庆幸许梁州用衣服遮住了她的脸。她将她妈妈推出房间："妈妈你去休息吧，我要写作业了。"

她害怕妈妈继续说下去，她会露馅。

许梁州应该是良心发现,知道快要高考,没整出什么幺蛾子来烦单单。

只是每天清早他都骑着他的自行车堵在巷子口,等她经过时,拼命地按响铃,他一开始还让她坐他的自行车上学,被宋城骂了才罢休。

就这样又过了两个星期。

临近高考,学校放了假。

西子把单单约出来逛街,说是要好好放松,等单单到了约定好的路口,才发现许梁州和宋城也来了。

西子提议去市中心的商场逛逛,两个男生没有什么意见,单单就更不好开口说不去。

宋城带着西子,单单自然是坐许梁州的车后座。

天空湛蓝,空气清新,骑着自行车特别舒服,单单观望着路边的风景,许梁州的声音通过风传进她的耳朵里:"抓紧我,我要加速了。"

单单拒绝:"我不要。"

许梁州破天荒地没有勉强她,笑了声就加快了车速。

单单抓紧车座的两端,僵硬着身子,任他带着她在路上穿梭。

两辆自行车并立而行,西子用手做喇叭状,对着单单喊话:"我们看谁先到商场。"

许梁州一口应下:"好啊。"

宋城也来了拼劲:"行啊。"

说罢,就超过许梁州往前骑去。

许梁州反而没有再加速,单单都握紧了车座两侧,做好被风吹的准备,好半天没等到他加快速度。

"他们要赢了。"她忍不住开口。

"没事,让他们慢慢等着我们,反正输了也没有惩罚。"

单单忍不住吐槽:"你心机好深。"

许梁州:"抓紧我,哥哥带你起飞。"

在商场门口等了十来分钟，还没等到人，宋城就知道自己是被许梁州耍了，大手搭上西子的肩："别等了。"

西子不解："去哪儿？他们人还没来。"

"等个屁，各玩各的，到时候再碰头。"

"不行，我不放心。"

宋城觉得好笑："你不放心什么啊？"

西子用胳膊肘撞了下他，认真地说："别跟我打马虎眼。你有没有良心，单单好歹是跟咱们从小就认识的同学，你忍心看着许梁州欺负她？"

宋城一本正经地摇了摇头："不忍心，所以要怎么办？"

西子拧眉："等，总之不能让他们两人单独一起，太危险了。"

她是说许梁州太危险了。

宋城生无可恋地买了两杯柠檬水，两人靠在休息区的椅子上，抱着手机，边吹空调边等。

许梁州领着单单进了商场大门，一眼就瞧见"葛优躺"的那两个人，吹了个口哨，慢步往那边走过去："还在呢？耐心够可以。"

宋城翻了个白眼，指了指手机屏幕："你爬过来的吧？我游戏都连赢三把了。"

许梁州目光瞄上他手中的冷饮，侧头看着身边热得脸色泛红的单单，然后又问宋城："你手里这饮料在哪儿买的？"

宋城抬手指着他背后的方向。

许梁州大步流星地往冷饮店去，还特地嘱咐单单一句："等我。"

点单的时候，他忽然想起昨晚陪奶奶看电视时看见的一个桥段，打了个响指，对服务员说道："一杯饮料，两根吸管。"

"冰的还是常温？"

"常温。"

许梁州将买好的柠檬水递给单单，笑得像不怀好意的大尾巴狼："给你的。"

单单接过来,低声说谢谢。

他拖着她往电梯的方向走:"去三楼。"

西子迅速挡住他:"三楼全是男装,你想干什么?"

许梁州把她推开:"请你不要当电灯泡。"

宋城眼疾手快地拽住西子,给许梁州行了个方便:"我们还是赶紧滚吧。"

单单看着杯子上多出来的那根吸管也没多想,也许是店员放多了。她低下头含住其中一根吸管,喝了一小口柠檬水,口干舌燥的感觉缓解了不少。

许梁州见状,学着电视剧里男主角的样子,也飞快地低下头,含住另一根吸管,两人四目相对。

他笑眯眯地看着她说:"真甜。"

单单无语。

他好幼稚。

正如西子所说,三楼全是男装店,单单有脾气都没地方发。

"我要买件衣服,你帮我挑。"许梁州说。

"我瞎了。"

许梁州一只手插在裤兜中:"没关系,我也瞎。"

他将固执体现得淋漓尽致,说要她挑那就一定要让她来挑,不挑?也可以,那两个人就都不要走了。

单单拗不过他,帮他选了件平平无奇的衬衫。

不过许梁州继承了他父母的优秀基因,长得好看、身材好,是天生的衣架子,穿什么都不会难看。

他换上单单挑好的衬衫,站在镜子前像模像样。

他对着镜子一丝不苟地整理领口,面色冷峻,眉眼清淡。

许梁州骨架好,穿衬衫也比旁人要周正清爽。

他将手腕处的袖子轻轻挽起，对她挑挑眉："帅吧？"

单单嘴角一抽："我瞎，看不见。"

单单早就发现了一个问题，她所认识的许梁州和梦里的那个许梁州有许多不同。

梦中，上学时的他扮演的是一个什么事都听她的好朋友，他暖心、体贴，从没表现出强势的一面，不像将来的他那么喜怒无常、变化多端。

结婚后的他也只是暴露了本性，占有欲极强，但对她依旧温柔，只是普通情侣之间的小约会在婚后几乎就没有了。

她想看电影，他就准备了个家庭影院。甚至连衣服也不需要她出门去买，每个季度都有专人上门填满她的衣柜。

他给她的物质生活是前所未有的好，可是没有他的同意，她想做什么事情都难如登天。

许梁州在事业上一帆风顺，不仅因为背靠父母，其实他本身能力也不差，善于伪装，左右逢源，莫约就是书里写的那种两面三刀的笑面虎，悄声无息除去商场上的对手。

他这样的人，不管做什么，都会做得很好。

单单本就不聪明，是最普通的那种渴望通过努力得到回报的女孩，怎么斗得过这只狐狸？

婚后第三年，单单实在无法忍受这样病态的生活。她是在某天吃早饭的时候，提出的离婚。

当时，许梁州放下手中刀叉，笑弯了眼睛，像是看一个闹别扭的孩子。他用纸巾擦了擦嘴："瞎说什么呢，我家单单是不是睡傻了？"

尽管他面上堆着笑，但单单就是知道他怒了，那双深沉得望不到底的黑眸，仿佛在酝酿着惊涛骇浪。

单单实在是被压抑得太狠了，说出的话掷地有声，决绝道："我要离婚。"

许梁州起身，拉开椅子，笑容渐渐消失了，冰冷的掌抚着她的发丝，而后又用双手撑着她的椅子两侧，低低道："别耍小性子，晚上等我回家，我上班去了。"

那个夜晚怕是单单此生都不会忘记,算是秋后算账。

许梁州在此之前从来没有让她那么难堪过,可那天他全然没了顾忌,她的哭闹哀求通通没有用。

最后许梁州精神奕奕,心情很好地吻了吻她的侧脸,吐出的四个字敲打在她的心口,他说:"你乖一点。"

从那之后,单单就再没有提过离婚的事。

西子和宋城一起逛街时完全没了正形,尽买些稀奇古怪的东西。宋城也没拦着她,她开心就好。

许梁州和单单下楼时,西子蹦到他们面前,扬了扬手中的袋子:"单单,我们去放孔明灯吧!"

单单眼神一亮,点头:"好。"

不过,她又问:"可是我们要去哪里放?"

西子想了想:"我记得这附近有一所职校,要不去那儿的操场上放?世纪广场离这里太远了。"

单单点点头,同意了。

四个人又风风火火地跑到那所学校的门口。学校大门紧闭,假期不开门,门卫守在安保室,宋城磨破了嘴皮子,门卫也不肯放人进去。

他挫败地从里面出来,对他们三个耸耸肩。

这个时候许梁州忽然问单单:"你穿安全裤没有?"

单单面皮薄,支支吾吾不回答。

"穿没穿?"他继续问,又想到不妥之处,拍了拍宋城的头,警告,"你把耳朵捂上。"

宋城大叫两句许梁州疯了,不过还是自觉地把耳朵给捂住了。

他实在不懂这种掩耳盗铃的行为有什么意义。

单单低下通红的脸,说:"穿了。"

她今天穿了条到膝的百褶裙，怎么可能不穿安全裤，不过许梁州问这个干什么？

许梁州眯着眼，目光越过她的肩朝后望去："那好，我们翻墙。"

尽管西子平时不怎么喜欢许梁州，但也不得不说这个建议简直太棒了。

西子在宋城的帮助下，毫不费力地翻过了围墙。

单单蹬着帆布鞋，半天爬不上去。

许梁州抱着她的小腿弯，将人给举了起来："不要怕摔。"

单单捂着裙子，耳朵微红。

已近黄昏，大地都染上了金黄的颜色。

顺利翻过围墙，他们坐在操场中间等天黑。

许梁州两条腿一伸，懒洋洋地躺在草地里。

单单想起自己的水杯还放在西子的背包里，她正要起身，就被许梁州按了回去。她开口解释："我不是要走，我是去拿水。"

"一起。"

"我忽然就不想喝了。"

许梁州似笑非笑地看了她一眼："也行。"

天黑之后，许梁州带着她找了个最好的位置放灯。

买来的孔明灯是半成品，需要自己组装，这难不倒许梁州，他三两下就装好了孔明灯。

许梁州还在灯上写了一句法语，可惜单单看不懂法语，不知道他写了什么。

许梁州用打火机点燃烛火，没过多久，孔明灯冉冉升起，越飞越高。

单单仰着脸，痴痴地看着夜空中的灯笼。

许梁州侧过头望着她，嘴角微翘，忍不住笑起来，看来她真的很容易满足。

一直到灯笼消失不见，单单才恋恋不舍地把目光收回来。

她问:"你刚才在灯上写了什么?"

"我不告诉你。"

"不说拉倒。"

许梁州不想浪费这么好的气氛,他问:"你准备报考哪所大学?我可以提前告诉你,我不喜欢不同校。"

"我不告诉你。"

他笑了声:"你不说,也会和我考同一所大学。"

单单不开心地抿唇:"不要。"

许梁州板着脸说:"别想摆脱我。"

临近考试本来就够心慌,这会儿被他说得更加心烦气躁,她脱口而出:"跟你一起我会死。"

医院的味道,病痛的折磨,手臂上数不清的针孔,比现实还真实的梦境,她不愿意再经历一次。

细碎的梦境里,她彻底闭眼之前,忍着剧烈的痛还是要开口说话,看着他脸上痛不欲生的表情,说:"许梁州,我活着真的好累。"

两个人陡然安静下来。

许梁州也回忆起那些古怪的梦,她躺在病床上瘦骨嶙峋的样子,每次都会把他吓得从梦中惊醒。

他恼怒道:"老子去学医,你要是病死了老子跟你姓!"

单单一愣:"你说什么气话。"

许梁州敛好情绪:"以后你就知道是不是气话了。"

单单看了眼手表,已经晚上八点,她要回家了。

明天高考,今天还敢这样疯,她不得不佩服自己。

许梁州跟在她身后,慢悠悠地开腔:"你不是想知道我在灯纸上写了什么吗?"

单单沉默了一会儿,说:"好奇害死猫,我现在不想听了。"

他少见地没有逼迫她听,闭了嘴。

其实许梁州在孔明灯上,用法语写的是——

我的女孩。

初夏的天气闷热潮湿,可高考这天天气好得出奇,厚厚的云层遮住了热辣辣的太阳,阵阵风吹过来,很是凉快。

单单七点起床,七点半的时候已经坐在餐桌前。

这是她近些天来头一次见到爸爸。她爸爸好像胃口不好,面前的早餐一口都没有碰。

单爸神色复杂地看着她,伸手想摸摸她的头发,被她不着痕迹地避开了。

单爸略微尴尬地收回手:"我送你去考场。"

单妈在厨房里躲着没出来,怕自己会失态。

单单闷头喝粥,生硬疏离地拒绝:"爸爸,不用了,考场就在本校,很近。"

单爸给她剥了一个鸡蛋,放在她的小碗里,不容置喙:"今天这个日子这么重要,爸爸送你。"

单单看着碗里多出来的鸡蛋,想了想还是没吃:"太麻烦了。"

单爸搓了搓手指:"麻烦什么,谁会嫌自己的女儿麻烦。"

单单争不过单爸,吃完饭后就跟着单爸去了学校考场。

因为她家离学校不远,所以她每天都是走路上下学。单爸平时上班都是骑老式自行车,今天就陪着她一起走路。

单单的书包里只装了必备的文具和垫板,单爸固执地给她拎着书包。

从前他在家里并不是一个多话的人,可今天这一路上都在絮絮叨叨,先是问她昨晚有没有睡好,紧跟着又叫她不要紧张。

最后单爸又问:"准考证带了吗?"

单单轻声轻语:"带了。"

单爸在心底叹气,还是听出来了女儿话语里的疏离,她心思敏感,想来一定是知道了什么。

路途本就不远,很快就到了学校大门前。单单就读的高中门前竖立着一个老牌坊，此刻牌坊两侧搭了不少帐篷，不是送水的志愿者，就是送伞的志愿者，对面站着几排前来送考的家长。

单爸临走前，还嘱咐了一遍："放松心态，不要害怕，爸爸相信你可以。"

他眸中的关切是真心的，这一字字的叮嘱也都是带着感情的。

单单勉强扯了一抹僵硬的笑："爸爸，你回去吧，我会好好考的，你放心。"

单爸紧握着她的双手，抖着唇，终究没再说什么。

单单在门口被戴棒球帽的小姐姐拦住，小姐姐递过来一瓶已经撕了标签的透明瓶装矿泉水："同学，这是免费送的水，考试加油哦！"

单单收下矿泉水，说了声谢谢。

第一场考试在九点钟。

单单找到自己所在的考场，不紧不慢地走过去，她掌心里握着的矿泉水忽然被人抽走，她回头一看，少年眯眼对着她笑。

"早啊。"

单单绷着小脸，一个好眼色都不愿意给："水还我。"

许梁州难得这么好说话："行，给你。"

单单接过水，继续往前走。

许梁州紧随其后。

单单找到自己的座位，坐姿如同教科书般标准，挺直背脊，表情严肃，看上去就像是来受刑的，而不是考试的。

许梁州坐在桌子上，歪头盯着她看，情不自禁地说了一句："你长得真好看。"

单单很淡定，觉得他又开始抽风了。

许梁州的抽风远远没有结束："女娲是不是照着我的审美捏的你的脸？太顺眼了。"

单单心里一颤，面上不动声色："比我顺眼的人太多了。"

他张扬一笑，眼睛弯弯的，恍如星辰。他忍不住伸手捏了下她的小脸，意有所指道:"我就认定你一个。"

单单打掉他不安分的手,想起梦中的自己因为他的"顺眼"而被他禁锢,浑身都冷了下来。她对上他的眼,喉咙干涩:"但是我觉得你不顺眼。"

许梁州笑容僵硬,随即又恢复如常,看不出喜怒:"故意惹我生气?算了,我大人有大量,现在不跟你计较。"

考完了再算账。

他哼笑一声:"我有的是办法收拾你。"

单单瞪他:"你除了欺负我还会什么?"

许梁州抬眼看看挂在墙上的钟,从桌子上跳下来,轻轻松松落地。虽然说有点变态,但他还是非常喜欢看她气急败坏、无可奈何到快要哭的样子。他淡淡道:"我一无是处。"

单单被他堵得无话可说,气得两边的腮帮子都鼓起来了。

"你去你自己的考场待着,不要烦我。"

许梁州笑容荡漾:"你记得好好考试,我可不会因为你就少做几道数学大题的。"

单单白了他一眼:"谁稀罕!少自作多情!"

他作势就要离开,脚步落在门边又飞快地转了回来,趁她不注意的时候,揉了揉她的脸。

考生陆陆续续地进了教室,有个男生显然认得许梁州,意味深长地"哦哟"了一声。

许梁州心情大好,指着单单说:"我妹妹,跟你一个考场,别欺负她。"

男生爽快接话:"收到。"

许梁州这才不慌不忙去往自己的考场。他一点都不紧张,高考的难度对他来说算不上什么。他从小接受的就是精英教育,顶级的教学资源,脑子又足够聪明,应付高考绰绰有余。

第一场考语文,这算是单单的强项,所以她比较有信心,做起题目来也没有慌。

不过卷子偏难,尤其是后面有几道极为灵活的问答题,她写得不是很顺。

两个半小时的时间一到,监考老师就收了卷子。单单坐在座位上,忍不住掉了两滴眼泪,然后开始收拾东西。

或许是情绪憋得太狠,边哭还边打起嗝来,看着可怜巴巴的。

单妈中午什么都没有问,不想再给她心理压力。

还好下午的考试她考得很顺利,勤能补拙,好多类似的题型她曾经做过好几遍。

就这样,高考的其中两场过去了。

单单吃了晚饭就跑回了房间,没看书也没做题,只开着窗户发呆,玻璃窗外的天空中闪耀着一大片星星。

其实对于自己的弱小,她也觉得遗憾。

单单没有特别伟大的追求,这辈子只是想活出自己的人生。

一种有独立人格的生活。

不依附谁,也不用讨好谁。

晚上八点,单单洗好澡从浴室出来。

窗户边传来"咚咚"的响声,她警惕地往窗边走过去,玻璃窗上映出的人脸把她吓了一大跳。

许梁州扒着边沿,拉开窗户从外面跳了进来。

单单怕被她妈发现,压低了声音:"你疯了吗?"

她飞快地套了件衣服,又怒声道:"你爬我家窗户干什么啊?!"

许梁州回头,摸着下巴,眉间的笑意加深了不少:"来找你算账。"

她还没回话,房门被人从外面敲响:"单单,睡了没有?妈妈进来了。"

单单陡然一惊,慌慌张张地对门外的人高声道:"妈妈,你等一下,我在换衣服。"

她四下张望着,粉色的衣柜闯进她的视线。

单单推着许梁州:"你快躲起来!"

许梁州背靠着衣柜,脚始终不肯伸进去,高大的身躯也挡在衣柜门前不让她拉开,看着她急得跳脚。

她狠狠拧了一把他的胳膊,抬头瞪着他,凶巴巴道:"赶紧进去!"

许梁州不怀好意,享受着她靠近自己时的样子,他挑了挑眉:"给点好处。"

"你有完没完!"单单真是服了他,这种时候还有心思和她开玩笑。

许梁州这厮站着纹丝不动,双手环抱着:"我早就想和伯母打声招呼,借此机会……"

单单拿他没办法,他看起来高高瘦瘦的,但死活推不动。

门外又是一阵敲门声,想来是单妈等急了。

单单咬牙跺脚,干巴巴开口:"我以后再也不叫你滚了。"

许梁州满意地点点头:"行。"

单单趁机拉开他身后的衣柜门,一把将人推了进去,然后又飞快地将衣柜关起来。

刚做完这些个动作,房门就被单妈从外面推开。

"怎么换这么长时间?我差点都以为你出什么事了。"

单单掩饰着脸上的不自然,转移话题:"妈,有事吗?"

单妈坐在她的床边,正对着衣柜:"没事,怕你失眠,进来陪你说说话。妈妈当年带高三的时候,许多学生考试之前都来找妈妈谈心。"

单单松了一口气:"妈,我心态很好,今年考不好大不了就再来一年。"

单妈颇为欣慰:"那就好。对了,考完试了不许和对面那个男孩子来往,离他远点。"

单单下意识地看了眼紧闭的衣柜,急忙解释:"妈,你不用多说。"

"我还不是怕你被他带坏。总之,不许靠近他。"

单单真是怕了这样的耳提面命,忙不迭点头:"好。"

许梁州在衣柜里本来就待得不舒坦,狭小的空间逼得他不得不缩起来,而且里面黑漆漆的，什么都看不见。

单妈一走，单单打开衣柜把人放了出来。

她皱着眉："你赶紧回去。"

许梁州双手撑着衣柜的把手，好半天没起来。他耸了耸肩，无辜又可怜道："腿麻了。"

单单想了想，略带嫌弃地伸出手，他顺势握住她的手，借着她的力气从衣柜里钻了出来。

她别开脸："你快点走。"

许梁州管不住自己的嘴，他本来打算说的"我这就滚"到了嘴边硬是变成了"一起滚吧"。

单单睁圆了眼睛，恼羞成怒地伸出手就要往他的脸上抓，他轻而易举地拦住了她的手。

许梁州按着她手腕："我真的马上就滚。"

单单已经很不耐烦，拉开窗户："跳吧。"

许梁州双手插兜，立在床边，含着淡笑，半带玩笑道："算完账再跳。"

单单拿起床头的台灯，在空中扬了扬，吓唬他："你别找打。"

许梁州两三步向前，拍拍她的头："不吓你了，我是来给你画题的。"

单单质疑他："你不会从非法渠道弄来题和答案了吧？"

她越想越觉得有可能是这样，脸色不太好看："这是要坐牢的！"

难道许梁州年纪轻轻就想去吃牢饭吗？

"这不好吗？你不就盼着我进监狱吗？"他回想起她妈妈刚刚说的那番话，嘴边的笑冷了冷，"你妈刚说什么来着？让你离我远一点对吧。"

单单沉默下来，很久之后才低低出声："你气什么？你如果是个乖孩子，我妈会讨厌你吗？"

许梁州眼睛一眯："我还不够乖巧？"他头一次对自己的长相产生怀疑，"或者是我长得不好看？"

他摆摆手，不等她回答："算了，先给你画题，这些事以后再说。"

单单头摇得跟拨浪鼓似的，正经得不得了："我不要，我不当从犯。"

许梁州忍俊不禁，和她开玩笑："放心，我不会供出你的名字。"

单单有些迟疑，抿着嘴不说话。

许梁州微抬下颌："把教辅书拿出来，我猜考题一猜一个准。"

单单将信将疑地从抽屉里拿出教辅，递到他手里。

许梁州拿着笔，周身透着冷冷淡淡的疏离感，让人不敢轻易靠近。

他的指间握住黑色的水墨笔，字迹和线条在上面晕染开来，静谧的房间里只剩下翻动纸张的声音，几分钟后，他就画完了题目。

"今晚，把这几个题型过一遍，保准明天卷子上有差不多的题型。"

单单粗略地扫了扫许梁州打钩的地方，身体放松了下来，这些题型她之前做过不少次。她并没有发现，自己对许梁州就是有一种莫名的信任。

画完题后，许梁州还得原路返回。他走到窗边，动作轻巧地跳到院子里，消失在夜幕之中。

单单重新看了一遍那些题目，她看得极为仔细，一题题地弄懂步骤和原理，做到最后一道题时，发现题目旁边有一行字。

她一眼就认出那是许梁州的笔迹。他的字很有笔锋和韵味，大气连贯而且好看。

上面只写了一句话："不用谢我。"

单单真的有种许梁州是不是提前看过卷子的疑惑，因为他押的题实在是太准了。

下午五点，考试结束。

众人脸上都是轻松的神色。

单单和西子在校门口会合。

傍晚时分，金色的光洒在她们的脸上，衬得皮肤更加白皙。

回家的路上，西子忍不住问："单单，你放假打算做点什么吗？"

三个月的假期,是从前奢求不来的。

单单认真思考了一番:"不知道,可我不是很想待在家里什么都不做。"

西子点头:"待在家里确实无聊,我打算去画室给画手当助理。"

单单羡慕的同时也敬佩她:"你真的好厉害。"

西子早前艺考成绩下来时就被艺术类高校预录取,艺考时专业课全国第一。

"一般般,其实我以后想当漫画家。"

"你一定可以。"

西子傻笑了两声,理了理被风吹乱的头发:"但愿如此,这些话我还没跟我爸妈说过。"

她父母经商,家庭条件很好,她父母很是开明,一直秉承着女儿开心就好的原则。

"如果你成为漫画家,你爸爸妈妈也一定会很开心。"

西子挽着单单的臂弯,笑容明亮。她问:"那你呢?你暑假想做什么?对了,你可以去教小孩子跳舞。"

单单叹气:"我自己还是个半吊子呢。我先去超市找个收银员的工作干干吧。"

西子很仗义:"到时候我去你工作的店里给你捧场!"

两人在巷口分开,单单回家时,发现家里的气氛不太对。

她父亲站在门边,身旁立着两个大大的行李箱。她母亲坐在沙发上,头发披散着,双眼又红又肿,应该是刚刚哭过了。

"妈,怎么了?"

单妈没吭声,倒是单爸出了声,说:"我走了。"

单妈没有挽留。

单单上前拉住单爸的手,不可置信地看着他,问:"爸爸,你不要我们了吗?"

沉默良久,空气仿佛陷入一阵死寂。

单单眼角渐渐湿润，手紧紧抓着他的衣角，还没开口说话，就听见她妈妈的一声低喝："你让他滚！"

单单睫毛一颤，缓缓松开了手。

男人拉开门，头也不回地离开了。

两人已经签好了离婚协议书，存折和房子留给她们母女。

单单从小就有些怕父亲。

父亲是个很严肃的人，在她很小的时候，就逼她学习看书。记忆中最深刻的事，就是在她十岁生日那年，她因为一点小事发脾气，把自己反锁在房间里。

那是父亲唯一一次打了她。

他一脚踹开薄薄的房门，她缩在床上怕得发抖。

那个时候她最讨厌的人就是父亲。

可现在父亲真的要离开这个家，她心里特别难受。

单妈捂着脸，低低啜泣了一阵，过了良久，缓缓抬起脸。她看着单单，眼圈泛红，喉咙哽咽："以后就剩我们俩相依为命了。"

单单忍着泪抱住了妈妈。

她不会让梦里那些遗憾再发生，更不会让她的母亲孤苦无依地度过下半辈子。


许梁州考完之后，就溜达到单单的考场，没别的事只是想见她。

不过他去得有点晚，单单已经离开学校了。

许梁州也就作罢，骑着自行车回了家。

到家后他迫不及待地去找了父亲，乖觉地站在父亲跟前，好声好气地对父亲说："爸，我有……"

许父表情冷漠，随口打断："先说说考得怎么样？"

许梁州满脸无所谓地点点头："还行。"

许父站在书桌前练毛笔字，见他跟个木桩子似的伫立跟前，放下毛笔：

"还有事？"

许梁州收敛好情绪，盯着他父亲，一本正经道："爸，我想学医。"

许父先是一愣，全然当成玩笑话来听："学医自救？不错，身为你的父亲，我很高兴你能有这种觉悟。"

许梁州皱了皱眉头："爸，我很认真，没跟你开玩笑，我想学医。"

"以后当医生？"

"对。"

许父掂了掂手边的石墨，往他那个方向一砸，吐字冷然，犀利冰冷的视线射在他身上："我看你是真病得不轻。"

许梁州身手矫健地躲过这飞来横祸。他就知道他爸会是这样的反应，可他也不打算妥协，他比谁都固执："爸，我和你一样，为达目的不择手段。"

"我没你这么不要脸。"

许梁州笑了笑："爸，你别对我的志愿表动手脚。"

许父眯眼凝视着他，再也不能把他的话当成玩笑："我真的没看出来你还有救死扶伤的志向。"

许梁州耸耸肩："谁知道呢。"

许父一字一句："我不会同意。"继续道，"在你高考之前我就跟你说过希望你学法律，你并没有提出过异议。"

"现在有了。"

"现在晚了。"

许梁州往前走了两步，冷声说："不晚，只要你同意就不晚，我不想给你惹麻烦，我希望你能同意。"

这不是一次愉快的谈话，许梁州的性格早就被他的母亲养歪了，他随性、崇尚自由，做什么事都是临时起意，并且他这个人还十分固执，饶是许父活了这么多年，也没见过比儿子还固执的人。

许父了解他儿子，是个继承自己衣钵的好料子，但是他确实逼不了许梁州做不喜欢做的事情。

于是他提出了个折中的法子，说："你要真想学也不是不可以。"顿了顿，又说，"修双学位，除此之外，没有商量的余地。"

许梁州挑了挑眉："可以。"反正先同意，到时修不修全看自己乐意。

暑假的第一天，许梁州决定去剪个帅气拉风的发型。

他戴着墨镜出门，穿过曲折的小巷，余光瞥见躲在角落里抹眼泪的少女。

许梁州停下脚步，走过去。

他忽然出现在单单面前，把她吓了一跳。

他问："你哭什么？"

单单没想到会撞见他，她还在为父母离婚的事难过，在家里不能掉眼泪，只能躲起来哭。

她抬头看见他鼻梁上架着的墨镜，不禁好奇："又没太阳，你戴什么墨镜？"

许梁州脸色不大自然："为了帅。"

单单没再搭理许梁州，埋着脸不说话。

少女发出的细小抽噎声，弄得许梁州心里闷堵。他咬咬牙，把墨镜取了下来，眼下一团青黑色。

这是他昨天半夜起床喝水，迷迷糊糊撞上门框，撞出的伤。

特别丑，本来不想让她看见。

许梁州觉得自己的牺牲巨大："来，笑一个。"

单单的心情莫名好了些，她想笑，却忍住没有笑。

许梁州哄不来人，从小都是别人哄着他，把他当成祖宗供着，含在嘴里捧在手心里。他把手上的墨镜塞进她怀里，拉过她细白的手腕："不笑就跟我走。"

单单妄图挣脱他，但力气比不过他，几次都没能成功。她无奈道："我笑还不行吗？"

许梁州没有松开她的手腕，停下脚步，转过来盯着她的脸："给我看看。"他不是真的要她笑，只希望她不要难过了。

单单的视线往他青紫的眼角望去，低头，嘴角慢慢露出浅浅的笑来，额边细碎的发丝散落下来，被暖光照耀着。许梁州呆愣了一下，不由自主地伸手将她的发丝别到耳后，指尖触碰上她的脸颊，仿佛带着灼烧的温度。

许梁州眉眼微弯，握紧她的手腕，领着她继续朝前走。

单单傻眼："我都笑了你怎么还拽着我不放？"

他回头，笑盈盈道："我什么也没有说，是你自己喜欢脑补，笑不笑都得跟我走。"

单单认真地问："你的良心不会痛吗？"

许梁州往前凑了凑，贴近她的耳边，半带玩笑半是诱惑，勾唇笑道："我的心在你身上。"

单单的脸红了又红，支吾半天，最终从嘴里蹦出三个字："你恶心。"

巷子里的小店老板，都是老熟人。

两人恰好站在一家早餐店门前，阿姨拎着水桶从里面出来，看见还在纠缠不休的两人，也没有多想："单单，男朋友？长得挺俊。"

老板娘说的是方言，许梁州听得懂但是说不来。

单单却以为他听不懂，急急解释："放假了，这是我表哥。"

"哦，吃过饭了没有？"

单单连连点头："吃过了。"

说罢，她迫不及待地推搡着许梁州离开这里，扭头说："阿姨，我带我表哥去街上逛逛。"

许梁州很乖巧地让她推着往前走，他忽然歪头问她："刚刚你们叽里咕噜在说什么？"

单单停下脚步："你不是很厉害吗？自己猜。"

她说这话时很是自信，神色间多了些许骄傲。

许梁州抿唇轻笑，清淡的眉目间多了些风情，眸光隐含着笑意："我知道，她说我长得俊。"这还不算完，存心想要逗弄她，"你是不是也觉得你表哥很俊？"

单单迟钝了几秒，立马想明白了他话里的意思，他听懂了她刚刚撒的谎。她的耳朵红得能滴血，脸颊烧成一团，滚烫火热。

许梁州一直没松开她的手，抓着她也不知往哪里去。

两人七拐八拐走到一家理发店门前，店面很小，门牌看上去也很老旧。

许梁州边走边问："成绩出来之后，你打算填哪里的学校？"

单单低下头，浓而密的睫毛一下下抖动着。

过了好久，才听见她作答："不是还没出来吗？"

"没估分吗？还是说你不想告诉我？"

单单微仰小脸，表情柔和地对他笑笑，语气轻巧，吐露出来的字眼却如刀般锋利："估分了，不过不管我考多少分，肯定不会跟你读一个学校。"

这么长时间的隐忍退让，就是为了最后的绝地反击。

单单是绝不可能和许梁州填一个学校的，如果可以，她甚至都不想跟他在同一个城市，只不过她不会为了这一时意气，放弃更好的求学机会。

她性子软，但也不是不敢反抗。

许梁州松开她的手，脸上的笑顿时消失，五官冷峻，下颌紧绷绷，全然没了刚刚玩笑时的神情。他俯视着她，逐字逐句，清晰吐字："你就可劲作，别怪我到时候弄得你哭天喊地。"

单单脸色一白，他不开玩笑时说的话，向来都是真话。

许梁州不打算在这件事上跟她客气，他笑了笑，澄澈的笑容就似天使般耀眼。他语气轻松继续说："你要是敢耍我，腿都给你打断。"

他继续吓唬她："然后弄根链子把你拴起来，让你每天第一个看见的人就是我。"

单单往后退了几步，心不断地往下沉，眼睛里充满了畏惧。

许梁州伸手碰了碰她的脸颊，扬唇道："吓傻了？逗你玩呢。"

单单的额头开始冒冷汗,浑身冰冷,身躯僵硬,动都动不了。

这不是他第一次说这样的话。

以后他也会说,还会这样做。

那段昏暗无光的日子,她甚至都不敢回忆。

支离破碎的梦境,在她提出离婚之后的几个月,两人的关系很冷淡,准确些来说,是她单方面的冷淡。

不过那个时候许梁州还没有限制她的出行。

单单的脾气是好,但不是没脾气。大学同学打来电话,邀请她去参加同学聚会,她本来没打算去,这种聚会去了也没意思,但相比之下,她更加不愿意一直待在家里。

那晚许梁州恰好加班,她出门也没有告知他。

同学聚会无非就是喝酒唱歌,她平日里几乎不喝酒,那晚忍不住喝了一点,喝得微醺。

聚会结束时,一位绅士的男同学主动接下送她回家的任务。

本来这也没什么,却让许梁州看见了她从男同学的车的副驾驶里出来。

她那时还在小区门口和男同学聊了两句,聊到学习和工作,相谈甚欢。

最后,她笑了笑,和同学挥手告别。

她一转身,就看见了站在路灯下的许梁州。

许梁州没有发脾气,甚至连个生气的表情都没有,他笑了笑,却还不如不笑:"怎么这么晚才回来?"

单单答道:"玩得太开心了。"

许梁州"哦"了一声,就没再吭声。

夜里,沉沉入眠时,他圈住她的腰,在她耳边呢喃道:"我不喜欢。"

她困得什么都没听清。

"不喜欢你对除了我之外的人笑。

"你是我一个人的。

"我会对你好的。

"对不起。"

第二天早晨，单单就发现自己出不了门了，别墅外多了几个保镖，身材魁梧，面无表情地守着大门。

她为此闹过。

可是，没有用。

眼泪哭干了，都没用。

…………

单单及时从回忆里抽身，身子却还在不自觉地抖。

许梁州也注意到了她刚刚的失神，试探地问：“真被吓到了？还是说……你梦见过？"

单单回神，应付了句：“嗯。"

许梁州开始好奇的同时也有些怀疑：“你到底梦见了什么？居然这么怕我。"

单单抿唇，苍白如雪的脸上没有一丝生气：“我不会说。"

许梁州是个细致到可怕的人，他想或许她从来没有做过梦，因为她刚刚那副模样就像在回忆，像是亲身经历过一样。

最重要的是，那种荒谬的梦他只做过一次，得到的信息寥寥无几。

可是她对自己的了解已经超出了该有的范围。

他想，自己总会弄明白的。

许是刚刚他的那一番话震慑到了她，故而他扯着她进了理发店，她也没说要走。

理发店店面小得只能容下几个人，墙壁上贴着的海报颇有七八十年代的气息，理发师是个五十多岁的男人，和蔼可亲，店铺被他打理得整洁干净。

男人手中拿着剃刀，镜子面前坐着一个顾客。他应该和许梁州很熟，边替顾客弄头发边说：“小许，我这正忙着，你先等等。对了，你今天是洗头还是剪头发？"

许梁州指了指自己的头发:"我来染头发。"

"哦,那你要什么颜色?"

"金色,金灿灿的金。"

要亮瞎他们的狗眼。

"……"

"说笑而已,黑色吧。"

男人为难道:"那你要等一段时间,我这会儿真的太忙了。"

许梁州侧头,瞄了瞄身侧还在发呆的女孩子,笑道:"没事,我们自己来。"

男人见他牵着个女孩子,意味深长地笑了笑:"小许,今天还带了姑娘来,你朋友?"

许梁州只是笑,也不解释。

单单摆手否认:"我才不是。"

许梁州往洗头的椅子上一躺,很大爷的躺姿,他心安理得地使唤她:"表妹,帮哥哥洗头。"

单单忍不住说:"你不要太过分了。"

许梁州闭着眼,漫不经心道:"做人要讲良心,高考谁帮你押题的?哭鼻子的时候是谁在哄你?"

单单还没回话,许梁州继续唠叨:"很不巧,都是我许某人。"他的话不是一般的多,"不过,你如果真不讲良心,我许某人又有什么办法呢?我只会以德报怨罢了。"

单单听不下去,抿了抿嘴角:"你消停点。"

她深呼吸两口,不情不愿:"仅此一次,下回不要向我讨债了。"

许梁州非常乖巧:"好的,表妹。"

单单踮起脚生疏地将挂在墙壁上的喷头拿下来,打开后用手试了试,水温刚好。她用温水打湿他的头发,然后抹上洗发水,打出许多泡泡。

她半蹲着身子,水灵灵的眼和他对视,他的眼角微微翘起,眼睛特别勾人。

许梁州享受着单单的洗头服务时,也很聒噪:"表妹,水温有点高,我的头发很金贵,您能对它们温柔点吗?"

单单忍住没理他。

许梁州自娱自乐:"表妹怎么哑巴了?"

他睁开眼睛,一动不动地望着她的脸:"真的烫,凉点可以吗?"

单单明明试过水温,就是刚好。她忍着脾气调低了水温:"可以了吗?"

许梁州满意了没多久,又开始挑毛病:"表妹,多给我上两遍护发素。"

单单忍无可忍:"你怎么'娘唧唧'的。"

"用护发素就是'娘唧唧'吗?行吧,那我不用了。"许梁州又说,"渴了,想喝水。"

单单觉得就是太给他脸了。她停下手里的动作,全然不顾他满头的泡沫:"我不干了。"

她擦干净手上的水珠,说走就走。

许梁州惊觉自己过于嘚瑟,把人气跑了。

他现在这个样子也不方便追出去,只能吃了这个哑巴亏。

六月二十四日上午十点,高考成绩放榜。

单单坐在电脑前,深呼吸后,才将准考证号输入,按了确认键,然后就跳出了她的分数——623分。

这个成绩比她预估的分数要高几十分,她仔细对了遍分数,数学竟然有一百三十多分。

单单整个人放松下来,她出门买了午饭,吃饱喝足后,美滋滋地睡了个午觉。

六月下旬的天气,越来越热。

许梁州站在树荫下等了好久,对面的门才有了动静。

单单打着遮阳伞准备出发去学校填高考志愿预填表,现在她看见许梁州时,不会那么明显地躲着他,反正过不了几个月就见不上面了。

单单是不够聪明,但真的不笨。

最重要的是,她了解许梁州,所以她一直都没有松口告诉他自己要报考的院校。

许梁州的头发染回黑色之后,气质成熟不少,尤其是他安安静静不开口说话时,就显得更加深沉。

他大步朝前,迅速钻进她的遮阳伞下,用很随意的语气问她:"想好填什么学校了吗?"

单单拧眉,想了想,才慢吞吞地说:"应该会填首都的学校。"

许梁州高挑眉头,眼底深不可测,又意味深长地对她笑了笑。

单单捏紧自己的手指头,试图转移话题,转而问他:"你考了多少分?"

许梁州慢悠悠说:"六百多吧。"

"六百几?"

"六百七八十?"他皱眉回想了下,还是没能想起来具体数字,"没注意看。"

"……"


单单真的好嫉妒,这种平时根本就不好好复习的人为什么随随便便就能考到高分?

再次回到教室,大家好像都有一种兴奋感。

班主任给每个人发了一张预填表,单单拿着笔好半天没写。

西子的座位被许梁州抢了过去,他不断往她这边挪,就是想看她到底填了哪个学校。

单单将预填表捂得严严实实:"你再看我就不填了。"

许梁州收回目光,转动着手中的笔:"行,那我先填我自己的。"

首都T大被端端正正地写在纸上,他同时钩了医学的志愿选项。

单单侧过身,挡住他的视线,也写上了首都T大。

预填表是预填表，等到真正上机填学校的时候还可以改不是吗？

单单还在写字的时，许梁州忽然问她："你觉得是 T 大好还是 H 大好？"

单单心里一紧，喉咙干涩，发出来的声音微微沙哑，她想了想说："T 大吧，毕竟 T 大更出名。"

"是吗？"他问。

单单艰难点头，一撒谎就浑身不自在："对，如果是我，我也会这么选。"

许梁州没再作声。

交了预填表，单单着急忙慌地回了家。

许梁州去隔壁班等宋城，他们两个人还有一件大事要做。

宋城和顾勋站在教室门口说话，看来两个人应该也填好了预填表。

宋城实在看不懂顾勋，也搞不懂西子怎么会喜欢纠缠这么个油盐不进的人。

他面对顾勋的时候嘴角挂着笑，只不过笑容非常虚假，没有几分真诚。

许梁州过去拍了下宋城的肩膀："走了。"

两人肩并肩经过走廊往老师办公室的方向而去。他们俩凑在一起时，十次有九次是干坏事，还剩下的那一次就是干大坏事，反正是从来没安过好心。

宋城放风，许梁州做贼。

快走到教务处门口时，许梁州忽然往回走了几步，拿了两把扫帚。

宋城不解："你还想着进去帮老师打扫卫生？"

许梁州呵呵冷笑："以备不时之需，明白吗？"

"我不明白，我无语。"宋城想了想说，"我可太了解我们亲爱的老师了，他从来不锁门。"

"是吗？"

许梁州走到门前，拧了两圈门把手试着往里推，却没有推开。

宋城毫不留情地嘲讽："丢人。"

许梁州很不耐烦地把扫帚一扔："你来？"

"你起开。"

宋城走过去，用胳膊轻轻一撞，门就被他打开了。他得意扬扬："这叫什么？实力。"

许梁州插兜看着他："呵呵。"

两人鬼鬼祟祟地摸到班主任的办公桌前，各自找到想要的东西后，同时低声骂了句。

许梁州觉得非常不可思议，他没想到单单真的填了首都T大，怎么看她都没那么老实。

至于宋城是真的要被气死。

西子填了T大的美术专业，这也就意味着她放弃了更好的学校。

许梁州瞟了瞟宋城手里握着的纸张，凉飕飕地问："你生什么气？这不是挺好的，你和她一个学校。"

宋城心塞，脸色难看："好个屁，她又不是为了我。"

他紧跟着又说："那你呢？单单不也如你所愿。"

许梁州摇头，做沉思状："我总觉得哪里不对劲，她没这么老实。"

"你什么意思？"

许梁州沉声："我觉得她在给我下套。"

给他一种她也要去T大的错觉。

两人各自沉思，办公室走廊外传来一阵脚步声，保安忽然出现在门口，大喝一声："你们俩在干什么！"

两人对视一眼，很有默契，拔腿就跑。

这天晚上，许梁州一整夜都没睡着。他躺在床上，掏出手机，屏幕的亮光照着他的脸，他先是点开单单的朋友圈看了看，但一无所获。

她无非就发了些"少壮不努力，老大徒伤悲"之类的刻板而又励志的话。

许梁州嫌弃她连张自拍都不发。

凌晨四点钟，许梁州依然没有睡意，他打开微博，想起今天填完志愿后无意间瞥到她手机屏幕上的内容，试探性地输入了他看见的ID——"南方的猫"，搜索用户，然后点了进去。

主页面很干净，只发了几条微博，没有照片。

看风格应该是她。

许梁州一条一条地往下看，胸腔里的怒火却越烧越旺。

"那是我们正式在一起的第一天，他很开心，我也很开心。"

"那时候他很温柔、贴心，哄着我，不会凶我。"

"后来他变了，虽然不明显但我有感觉，可我仍然喜欢他。"

"有时候想想，当初弄成那样，也怪我自己太软弱。"

"我想要重新开始。"

里面的博文更像是一种纪念。

许梁州不知道单单所写的"他"是谁，他只知道他十分不喜欢这种感觉——她暗恋过别人的感觉。

深更半夜，许梁州做不了什么，只忍着气很幼稚地把自己的ID改成了"猫的爱人"。

然后他隐藏好自己的真实信息，在最新一条博文下留言："那就和我重新开始。"

屏幕显示"评论发送成功"这几个字之后，许梁州就把手机放在一边，起身下床，走到窗边，默默地注视着对面那扇漆黑的窗。

其实从乌镇回来之后，许梁州尝试过几次想要再做那种诡异的梦，可一次都没有再梦见过。

一般情况下梦境里的画面很容易就会被遗忘，但是他没有，反而记得十分清楚，一遍遍地回味，一次次地认为那是真实发生过的事情。

许梁州忽然想起一直被自己忽略的一幕，他记得在梦里最后她死了……

有种猜测在他脑海中一闪而过。

西子过生日那天,恰好是他们正式填志愿的那天。单单填了首都 H 大的代码,然后毫不犹豫地点击提交。她刚从多媒体教室里出来,就正面遇见了不紧不慢而来的许梁州。

他眼睛底下的青黑还挺明显,看上去有些憔悴,应该是没睡好的缘故。

许梁州见了她,眼神一亮,挡在过道上,笑眯眯地问了声:"填好了?"

单单点头:"嗯。"

"填的 T 大?"

单单别开眼,撒谎的时候终究是不敢看他的眼睛:"对啊。"

许梁州若有所思地点点头:"挺好的。"

宋城在后面听傻了,许梁州那天偷看人家的预填表时可不是这副样子。

"你什么意思?你不是说她在套你吗?"宋城紧跟着他进了多媒体教室。

许梁州随意坐在一台电脑前,点开页面:"所以我不能让她套住。"

没多久,他就收到一张照片。

他安排了人,坐在单单身后,在她填报志愿时拍照发给他,这样他就能知道单单到底填了哪个学校。

许梁州点开照片:"我就是看看她填了什么学校。"

宋城对他竖起大拇指。

许梁州看见照片上单单填报的学校,气极而笑。

单单果然骗了他,防他像在防狼。

宋城偏过身体,凑上前看了两眼:"你真精,她摊上你也是倒血霉了。"

"我可是三好学生。"

过了一会儿,宋城填好自己的志愿,见许梁州一动不动,便问:"你怎么还不填?她不也填了首都的大学吗?不是很好?"

许梁州嗤笑一声,毫不留情地打击他:"你这种没有情商的人不会懂。"

宋城呸了声，怒道："你一个妄想狂也没比我好多少。"

许梁州只报了一个志愿——首都 H 大。

宋城起了一身鸡皮疙瘩："你真可怕。"

即便宋城知道许梁州对单单有不同于常人的好感，也没想到上个大学还非要在一起不可，两所大学就隔了一道围墙，也不舍得分开。

更重要的是，宋城觉得，许梁州他父亲如果知道他擅自做主填了 H 大，他肯定少不了一顿打。

许梁州起身，丝毫不为自己的未来担忧，非常自信："放心，在我爸打死我之前，我妈会拦住他。"

填完高考志愿，宋城要去给西子过生日。许梁州破天荒地跟着他一起去凑了个热闹，美其名曰："我怕你们这群人生吞了单单那朵小白花。"

宋城成功地被他恶心到了。

两个人过去的时候，KTV 包厢里乱哄哄的。顾勋也在，坐在沙发的最边缘，他的脸上仍然没什么表情，与包厢里的气氛格格不入。

单单坐在西子边上，面前摆着一杯橙汁，她低头摆弄着手机。

宋城将早就准备好的礼物递给西子，伸手还想抱她，却被她一把推开："宋城，男女授受不亲。"

宋城掩下尴尬："你是女的？"

"……"

许梁州刚来就霸占了单单身边的空位，瞥了一眼她手里端着的饮料："好喝吗？"

单单往旁边挪了挪："还可以。"

这个时候恰好有人喊许梁州唱歌，同学们从来没见过他来这种地方，逮到机会就要整他。

许梁州想了下，说了声"好"。

他随即把单单从沙发上拉起来："来唱歌。"

单单义正词严地拒绝："我不会唱。"

许梁州手痒，忍不住轻轻捏了下她的脸："那你听我唱。"

单单倒吸一口气，有些心疼自己的耳朵。

许梁州的唱功，她真的不敢恭维。他应该也知道自己几斤几两，到底哪里来的自信？

许梁州点了一首《告白气球》，很臭屁地把手机丢给宋城，让他把自己唱歌的画面录下来。

他开口唱了没两句，宋城最先受不了，不留情面地叫停："你快别唱了，你是来索命的吧？"

论扫兴，宋城是专业选手。

许梁州这下想唱也懒得再唱，抬手关掉音响，整个包厢安静了下来。

许梁州踹了宋城一脚，脸色不大好看，任谁都看出来他这会儿心情不好："怎么不笑死你。"

宋城把手机还给他，拍了拍他的肩膀，语重心长："听我一句劝，以后能不开口就别开口，咱丢不起这个人。"

许梁州直接叫宋城死远点，他扯了下单单的衣角："跟我出去，我有话跟你说。"

宋城开口依然作死："有什么话要单独说？我们都不配听吗？梁州哥哥。"

单单咬唇低语："有什么话以后再说吧。"

许梁州也不是讲道理的人，拽着她的手腕将人带到了走廊拐角处。他问："你跟我说你填了T大？"

她抿着唇，没有回话。

许梁州低下头，往前凑了凑，热气洒在她的脸上："说话。"

"跟你没关系。"

"是没关系还是你心虚？你骗我。"

单单紧张地抠手指头，仰起头："我没有。"

"我看见的，你填了H大。"

单单被吓了一跳："你怎么知道？你改了我的志愿？"

她越说越觉得有可能，一时恼火，语气不太好："你凭什么这么做？许梁州，你简直太可怕了。"

许梁州心里郁闷，特别难受，他低声下气地解释了句："我没有。"

她没听清："什么？"

许梁州看着她一副不相信自己的模样就更不好受："老子填的也是H大。"还厚颜无耻地邀功，"你看我都为你这样付出了，感不感动？"

单单的脑子还有些蒙，脸上的表情憨憨傻傻，乌黑的眸中溢着水光。许梁州盯着她的脸，忽然问了句："我可不可以抱抱你？"

没等她回答，许梁州就又自顾自说："问可不可以是礼貌，但我一向不是礼貌的人。"

他张开双臂，将她圈了起来，用力地抱住了她。他嗅到了她身上独有的馨香，是一种淡淡的梨花香："我问你，我和你填了一个学校，你开不开心？"

单单此刻的心情极度复杂，一方面她很害怕噩梦成真，另一方面又对挣脱不得的现状充满了无力感。

她实在不是他的对手。

听到两人将来可能还要在一个大学的消息，她真是觉得累了，躲不动了。

她咬紧牙关，没说开不开心。

许梁州也不介意她赌气不说话，好心替她整理好头发，明知故问："不开心对不对？"

单单正眼看他，一双眸子里充满了控诉以及不解。

许梁州眸色沉了沉，用淡淡的语气紧接说："你骗我的时候，我也很不开心。"

他说话语速很慢："我这人记仇，锱铢必较。"

单单过了好一会儿，不紧不慢地吐字道："你也讨不了好。"

他爸不会放过他。

许梁州的手指顿了顿,而后微微收拢了放在她腰间的手:"你别幸灾乐祸,我没得好,就从你这儿讨回来。"

单单气愤,这还真是他能做出来的事,憋了半天憋出四个字:"你太坏了。"

许梁州莞尔,极其敷衍:"嗯。"

单单气结:"你别挡我的路,我要回家了。"

许梁州依言放开她,跟在她身后:"一起。"

单单没说话,腿长在他身上,她有什么办法?而且两家就住对门,躲也躲不开。

两人走在路上,谁都没有开口,安安静静。

过了一会儿,许梁州忽然开腔,似乎是随口一提:"单单,明天我就要回首都了。"

单单的睫毛颤了颤,她垂下眸子,心想你最好是赶紧走,走了以后别回来。

她低着头:"哦。"

## 第四章
温柔的风

许梁州知道单单的性格,稍有松懈,她就跑远。所以临走前他不得不多多叮嘱:"不要忘了我,记得和我打电话。"他嫌自己说得不够明白,又重复了一遍,"只准给我一个人打电话。"

单单用看傻子的眼神看着他。

许梁州不依不饶:"答应不答应?"

单单只想快点应付他,胡乱点头敷衍道:"听见了。"

不知不觉间,他们已经走到家门前。许梁州趁她不注意把她拉到自己家的院子里,将人拉到院子里的杨树旁。他也没做什么,就盯着她看,声音沉闷:"我舍不得你。"

几个月前他父亲把他扔到这边来读书,他心里有千万个不愿意,但是没想到会遇见她,更没想到自此念念不忘,一发不可收拾。

单单心里一颤,知道他说的是真话。

这个人对她的感情,她从来没有怀疑过。

他的真心和维护,她都知道。

只是他这个可怕的性格,没有一个正常人能受得了。

许梁州见她失神,自嘲一笑:"算了,你肯定巴不得我快点走。"

单单被他戳中心里的小算盘,表情略显窘迫。

许梁州叹了口气:"虽然我不知道你为什么一直躲着我,但我还是想说,我真的没有那么差劲。"

他漂亮的眼睛里满是真诚,那切实的柔意让人难以忽视。

单单的心好像被针刺了一下,脑子也乱了起来。

许梁州抬手,指腹蹭了蹭她嫩滑的脸颊:"回去吧,开学见。"

单单心绪杂乱无章,从他家出来后,惊觉后背已出了很多汗,冷汗黏着衣服,湿漉漉的有点难受。

王奶奶从屋内走出来,喊他:"进来吧,人都走远了。"

许梁州收回视线,又听见奶奶笑眯眯地说:"装可怜装得蛮像。"

许梁州也没觉得难为情,问:"奶奶,我演得好不好?"

王奶奶无奈地笑笑,她也不好继续说他,只得换了话题:"今晚几点的飞机?"

许梁州眉头一皱:"晚上七点。"

"行李都收拾好了吗?"

"收拾好了。"

"回去多听你爸妈的话。"

"知道了,奶奶。"


许梁州落地首都机场时,已经接近晚上十点。

他往家里打了个电话,是家政阿姨接的。

许梁州不死心地给他姐姐打了电话,这回倒是本人接的。

"难得,一连几个月都没理我,怎么一回来就给我打电话了?"大姐许茗慢悠悠地在电话那头说。

"姐,你是我亲姐,你得救我。"

"别说笑了,小祖宗,我们家真的有人敢拿你怎么样吗?不都把你供着的吗?"

"姐，救命……"

许梁州叽叽呱呱说了一通后，女人悠悠道："你都有胆子一声不吭填了学校，还需要我帮？"

然后，她又问："是为了个姑娘？"

许梁州不以为耻："是的。"

"出息。"许茗说，"我帮不了你，爸说要打死你，你自求多福。"

"你是我亲姐。"

"飞机上信号不好，拜拜。"

"……"

许梁州回到大院的宅子里，灯火明亮的家中只有他面色如霜的亲爸，他拎着行李箱要逃，一声冷呵如魔音灌耳："站住！"

许梁州转过头，强装淡定："爸，你要算账也得等我将行李放回房间。"

许父站起来，威严颇深："不必，是你主动过来，还是我过去？"

"有什么区别吗？"

"有的，力道区别。"

许梁州不大笑得出来，他亲爸这是铁了心要揍他，还特意把他妈妈以及姐姐提前支开。

自他懂事以来，就没再挨过打。

这次许梁州被他爸揍得不轻，夜里趴在床上疼得睡都睡不着。

深更半夜，他从枕边掏出手机，拨了那个熟记于心的号码，电话响了很久才被接通。

她像是被吵醒了，声音娇憨，软软糯糯："谁？"

"是我。"

单单脑袋清醒了一点，看了眼手机上的时间，嘟囔了句："你神经病。"

凌晨一点，他难道不用睡觉吗？

许梁州低声闷笑，这一笑扯到伤口，浑身都痛，她听着他的笑声："你无聊,我挂了。"

"等等,我今晚被我爸打了,特别疼。"

许梁州不想白挨打,利用身上的伤还能使一个苦肉计。

他没有等来想象中的安慰和心疼,只听她吐了两个字:"活该。"

"行,我活该我认了,你现在陪我说说话。"

单单把手机放在枕头边,脑子迷迷糊糊,她半睡半醒间听着他低沉的嗓音,分不清是梦还是现实。

"我要睡了。"她说完按了挂断键,盖好空调被,调整了一个更舒服的姿势就重新闭着眼睡觉了。

许梁州却难以入眠,想她想得睡不着觉,听见她的声音后思念也并未得到缓解。


单单清早醒来时,看见手机上的通话记录才确定昨晚那通电话不是做梦。

高考志愿已经填好,她也要回乡下外婆家过暑假。

单单简单收拾好行李,然后出门去汽车站坐车。三个多小时的车程,她提前下载了几部电影,来消磨时间。

汽车站里的人倒没有很多,与节假日相比甚至可以说空荡。单单上车后,找了一个靠窗的位置坐了下来,她打开微博,打算写点东西,忽然发现微博上有两条提醒。

留言和新关注的粉丝。

她没怎么仔细看就把粉丝给拉黑了,又冷酷地将评论删除。

这个微博号她不想让任何人知道,也不需要任何人关注。

删完这唯一的粉丝,单单就发了一条微博。

"老天爷愿意多给我一次机会,我肯定不会重复之前的悲剧,我肯定可以活出不一样的人生。"

到外婆家时已经是下午四点,单妈站在乡村路旁的公交站牌底下等她。

单妈的气色看上去比之前好了许多,虽然皮肤黑了不少,但眼神明亮,不再是刚离婚那几天的灰败。

单妈问:"志愿填好了吗?"

单单一怔,挽着妈妈的手,乖巧道:"填好了才回来的。"

单妈很满意:"填的首都 H 大?"

"嗯。"

单单的外婆家是一栋两层的房子,青瓦白墙,很有古韵,外公和外婆进山采茶了。

单单肚子早就饿了,进了门放好行李,就抱着单妈的手撒娇:"妈妈,我饿了。"

单妈笑了笑:"我去厨房给你下碗饺子。"

单单将身子往她妈妈身上靠,甜甜道:"妈妈,你真好。"

"我是你妈,我不对你好,谁还会对你好?"

她妈妈这句简简单单的话,差点将她的眼泪惹了出来。

这个世界上只有父母会毫无保留地对你好。

她已经没有爸爸了,对她好的只有妈妈。

等单单回过神,单妈已经在厨房给她下饺子了。她摸进厨房,抱着妈妈,像个小孩子一样撒娇:"妈妈,我舍不得你。"

单妈一边煮饺子一边说:"妈妈也舍不得你,上大学之后得等到寒暑假才可以回家。"

"妈,你一个人在家真的没关系吗?"

单妈顿了半晌,而后渐渐笑开:"没关系。"

单单喉咙酸涩:"你放心,我放假就回来。"

"好,先吃饺子。"

单单把饺子端上桌,单妈说:"我去园子里帮你外公外婆采茶,你看家。"

"好。"

其实单单也喜欢采茶,下午四五点的时候天空还很明朗,阳光一点点退散,正是凉快又舒服的时候,茶园里还很漂亮。

许梁州挨了顿打,第二天就溜走了。

从家里那群门卫的眼皮子底下溜出去也是不容易。

许梁州从前没觉得自己患得患失,这次倒是离了一天都不行,看不见她就难受,脑子里时常冒出来些难以启齿的念头。

他知道这很危险,但是他克制不住,心理问题总是影响着他。

许梁州一下飞机,就迫不及待地打车往奶奶家跑,路上还不忘刷了遍单单的微博,想看看她有没有发什么动态,但只看见了一片空白。

他不怎么用微博,没明白这是什么情况,还以为自己的账号出问题了,完全没意识到自己已经被单单拉黑。

他又试着给她打电话,提示一直在占线中。

此刻他才反应过来,自己已经进了她的黑名单。

真是不错,居然一声不吭拉黑他。

确认这件事后,许梁州相当不爽。

此刻,看着她家紧闭的院门,许梁州眼神阴郁,沉着脸拿出手机,不死心地继续给单单打电话,耳边依然是冰冷的机械女声:"您好,您拨打的电话正在通话中,请稍后再拨。"

许梁州静默好久,立在院门前,垂下的眼皮遮挡住了他内里的情绪,忽然他抬手狠狠地将手机往墙壁上一砸,坚硬的手机四分五裂。

他绽出一抹笑,那双阴沉漆黑的瞳孔里翻涌着惊涛骇浪。

他看她的演技也不差,之前是一副乖顺纯良的样子,转身就连人都找不到了。

许梁州一直压抑的戾气还有蠢蠢的心思全都被挑拨了出来,他十分不喜欢找不到她的感觉。更为准确地说,他想时时刻刻知道她在哪里、在做些什么。

许梁州找到宋城问了下。

宋城无能为力地表示自己也不知道。

这下子许梁州连冷笑都笑不出来了。

明知道她不可能消失一辈子，但心里还是不踏实。

宋城已经很久没看见这样的许梁州，不禁问："怎么了？"

许梁州没说话，冷着脸去了缘和巷里的五金店，年轻的老板懒洋洋地靠着躺椅，一派闲适自在。

许梁州似乎和老板是熟识，开门见山地问道："上次让你给我准备的链子呢？"

男人掀起眼皮，淡淡道："抽屉里。"

许梁州从抽屉里找出做工精致的链子，随口敷衍了句："谢了。"

宋城瞄了一眼，内心直觉不妙，又有些许无语，沉默过后问道："兄弟，咋了？你还真想把她用链子拴起来？"

许梁州绷着脸，没搭理他。

宋城打了一个寒噤："兄弟，别闹，这样不行。"

许梁州眯着眼，像是在深思，而后语气认真地反问了句："为什么不行？"他板着张很不高兴的脸，拿着东西就往外走，"她躲我像在躲贼，我真咽不下这口气。"

宋城叫住他："你去哪儿？"

许梁州握紧手指，冷哼了声，说出的话半真半假："去拴她。"

许梁州的手机被他自己给砸坏了，他先去商城买了一部新手机，冷静下来后开始谋划之后的事情。

事实上，许梁州不知道单单去了哪里。

他的怒火一半来自她悄无声息地没了行踪，另一半就是她还是那样防备着他、欺骗他。

许梁州沉默不语，周身散发着一股让人战栗的森冷气息。

他慵懒的站姿好看极了。

过了一会儿，少年抬起眸，明锐的目光看向了宋城。

宋城被他看得心里发毛:"你看着我做什么?"

许梁州高挑眉头,勾唇笑笑。

宋城却宁愿他不笑,这阴不阴阳不阳的样子真是可怕。

"需要你帮忙。"

宋城往后退了几步,防备地盯着许梁州:"我能帮你什么?我又没在她身上装定位。"

许梁州敛了敛眸,低低笑出声,沙哑沉闷,带着执念带着兴奋:"你倒是提醒我了。"

宋城这人精,一听许梁州说这话就知道坏了。他恨不得给自己一个耳光:"别,你别乱来,我胡说八道呢。"

"帮不帮?"

宋城拉下嘴角,头疼得厉害:"我怎么帮?"

许梁州沉着脸,眉间隐隐显露出些许不耐还有烦躁:"我不知道她去了哪里,总有别人知道。"

宋城装傻充愣:"谁?"

许梁州狭长的眸中带着嘲讽的笑意,反问:"你会不知道是谁?"


宋城苦笑,耷拉着脑袋:"成,但你千万不能做蠢事。"

他其实不太想帮许梁州,刚才许梁州那副样子把他都震慑住了。

许梁州的声音听不出情绪:"我知道。"

宋城随后领着许梁州去了西子家。

两个人站在别墅外的台阶下面等着西子。

小姑娘穿着热裤吊带就跑到了家:"有屁快放!"

宋城抿唇:"暑假在家不是无聊嘛,打算喊你出去玩。"

西子也是一个喜欢热闹的人,点头:"好,我回去换套衣服。"

宋城表现得很自然,像是随口一提:"我刚刚去喊单单的时候,她怎么不在家?"

西子顺口道:"她回老家了,昨天才回去。"她一顿,"以前你出去玩可从来没有喊过单单,今天是怎么了?"

宋城尴尬地别开眼:"心血来潮。"

许梁州没绷住,用硬邦邦的语调问:"她老家在哪里?"

西子向来和他不是很对付,呛他一句:"我为什么要告诉你?"

"地址。"

西子心想,黑脸给谁看呢?

还是宋城机灵,上前拉开针锋相对的两人:"你把地址写下来,刚好他有东西寄给单单。"

西子狐疑,但还是半推半就地把地址写了下来。

笔尖离开纸张还没多远,小纸片就被许梁州抽走,他人也立马消失不见。

西子抱怨了一句:"他赶着投胎?"

许梁州从西子这里拿到地址时已经是下午五点钟,早就没了去乡下的汽车。他抢了宋城的车子就上路了,导航还算是好用,没走错路,只花了两个多小时就赶到了乡下。

小乡村房屋的建造很有特色,家家户户都是青瓦白墙。

许梁州将车子停在村庄入口的大广场里,他下了车,对着纸上的地址也犯了难,有点难找。

村庄的住户由一条小河分开,中间有一座桥。闷热的夏天,村民们坐在桥墩下乘凉闲聊。

许梁州显然与这里格格不入,他一出现,吸引了大片人的目光,但打量着他的眼神倒没有恶意。

许梁州忍着不适,露出一个让人松懈的笑来,他问了坐在最边上的人:"大爷,您知道汪越明家在哪里吗?"

他来之前就查清楚了单单外公的名字。

"你找他做什么?"大爷操着一口不怎么标准的普通话。

"我是他外孙女的同学,来找他外孙女聊聊天。"

大爷连连点头:"原来你是找那个女娃娃。"他往桥的另一边指了指,"那娃娃正在祠堂小广场前和小孩子们跳绳。"

许梁州礼貌地道了谢,大步朝那边走。

单单扎着马尾,跳绳跳得满头大汗。

许梁州一眼就看见了她,暗黄的灯光下,她的肌肤被衬得更加白皙,黑发随着跳跃,眼神明亮,整个人绚丽得让人移不开目光。

他靠着柱子看了很久,来的时候火急火燎,真正见到了反而沉静了下来。

他迈着步子,一步步踩在坚硬的石板上。

单单像是有所察觉,往这边看了一眼,目光瞥见许梁州时,脸色立马就白了,连脚底下的绳子都没有注意,差点被绊倒,还好许梁州伸手扶了她一把。他的声音听不出异样,甚至可以说得上是平和的:"怎么这么不小心?"

单单想推开他,可他的手坚硬如石,一时弄不开。她抖着身子,问:"你来干什么?"

他异常温柔,如情人般低喃:"这不是你逼我来的吗?"

单单怎么会听不懂他话里的意思。就是知道他会烦她,所以她才拉黑了他的联系方式。

连过个暑假都躲不开他,真是让人无语。

许梁州掐着她的腰,把她往人少的角落里带:"跟我过来。"

这毕竟是自家地盘,单单也不怕他会做什么。

静谧的角落里只听见两人沉重的呼吸声,远处的人声鼎沸仿佛与这边没有关系。

许梁州凝视着她,眸色暗沉。

他不开口,单单就更不会开口。

他忽然将手掌摊开在她眼前:"看看喜不喜欢?送给你的礼物。"

单单匆匆瞥了一眼，脸上血色全无，抖着唇，不可置信地看着他。想起梦里某些让她后怕的画面，她猛地挥开他的手，链子被打落在地。

"你滚开！"她的声音嘶哑而绝望。

许梁州眸光微微闪动，像刻意刺激她一般，他蹲下来把链子捡了起来，作势就要往她脚上套："怎么，你不喜欢？没关系，我还可以为你设计个其他样式的，你尽管挑，挑到你喜欢为止。"

单单的脚腕被他的手掌控制着，动弹不得。她双手紧紧抱着自己，通体发凉，快要哭出来："你疯了，真的疯了。"

不得不说，这根链子给单单的刺激不小，在那些如梦似幻的画面里，他就是用这种链子桎梏了她的自由。

而他现在的样子和梦里几年之后的他的神态实在太像，她仅剩下的那点冷静都没有了："许梁州，你别这样。"

许梁州心头颤颤，这才算是完全肯定了自己的猜测。

竟然真的是这样。

他低声安慰："别怕。"

怎么可能不害怕？单单号啕大哭："你别这样吓唬我，我受不了的，真的，许梁州，我害怕。"

许梁州扯了扯嘴角："所以你就是因为这个才怕我？远离我？"

单单红着眼，咬牙切齿："不然呢？"

许梁州掐着她的下巴，一字一顿，认真无比："我不会真的这样对你。"

"你会。"

单单作势就要离开。

许梁州整张脸隐藏在夜色之下，讨厌极了这个油盐不进的她。他拦下人，讽刺地笑笑："跟你好好说你不听，那我就不客气了。"

他抱着她，密不透风地吻着她，连她的脖颈耳后都未能幸免，她不停地挣扎着。他嗓音沙哑得不行，说："别乱动。"

单单惊恐道:"你别乱来。"

许梁州低声笑起来,平息之后,才又好好地跟她说:"礼尚往来懂不懂?我对你好,你就得对我好,没有道理可讲,我不讲理。

"我将来会对你更好,我在看病,在吃药。

"你……你不能嫌弃我。"

单单吸了吸发酸的鼻子,听见他说看病吃药这句,心陡然疼了一下:"我回家了。"

许梁州想,总能等到她心软的那天。

现在的他不还什么都没做吗?

许梁州笑笑,把链子往她手里塞:"信物带着。"

单单剜了他一眼,扔了回去,骂了一句:"你滚。"

乡下空气清新,窗外的天空中闪耀着点点繁星。

单单抱着半个西瓜在二楼的阳台上吹风乘凉,她也没想到今天许梁州居然会来故意吓唬她。

单单深深叹了口气。前路迷茫,她也不知道该怎么办,只能走一步算一步。

夜里,她躺在床上,了无睡意,脑海的意识却一点点剥离,就像是灵魂被别人抽了出来,这感觉太真实,不是梦,也不是错觉。

她飘在空中,看着静静睡在木板床上的女人,还没弄清楚是怎么一回事,身体就好似被大力一扯,转而就换了一个场景。

这个地方她很熟悉,是梦中的她待了好几个月的病房。

病床上的她面孔不再稚嫩,苍白憔悴,一动不动地躺着,紧闭双眸,医生急急忙忙将她推进手术室抢救,许梁州被堵在手术室门口,不能进去。

单单知道,这是梦中的自己死的那天。

她不是很想再看见这番场面,惨烈可怖,她直视不了自己的死亡。可她好像被圈在这小小的空间里,出不去,只能眼睁睁地看着。

许梁州坐在长椅上,白色衬衫黑色西装外套,肆意张扬的少年气已经离他很远很远了。

他脸色冷峻惨白,双手掩面,垂下头,不知在想什么。

他周身有一股浓烈的挫败气息,还有绝望。

是的,那是绝望。

此刻的他很狼狈。

过了一会儿,他抬起脸,目光朝单单这边看过来。

有那么一瞬间,单单甚至以为他看见了她。

他双眸死寂,曾经亮晶晶的眼此刻暗淡无光,像是一团墨色,漆黑无底,仔细一看,眼底存着深深的痛苦和恐惧。

他眼睛猩红,紧握着双手,袖口的扣子掉落了一颗都没有发觉。

时间不知不觉地过去,许梁州没了耐心,起身就要往手术室里冲。与此同时,戴着口罩的医生从里面走出来,神色凝重,摘下口罩:"抱歉,我们尽力了。"

许梁州浑身的力气都被抽干,眸中最后一点点期盼也消失得干净。他身体发抖,不受控制地往后退了两步,脚下跟跄,直直地跪了下来。

他低声呢喃:"怎么可能呢?不可能的……不会的。"

单单心里难受,活了这么久都没有见许梁州掉过眼泪,却在这个似梦非梦的世界里看见了。

他抱着她的尸体,不肯让其他人靠近。

她忽然间很想上去抱抱他。

画面开始扭曲变化。

这是一个墓地,准确来说是她的墓地。

不像在医院里那天的狼狈,此时的许梁州很帅气,收拾得干净利落。他眼含柔光,静静凝视着墓碑上的照片,手指轻轻地碰了一下,而后弯下腰,将唇凑了上去:"我爱你。"

紧跟着就是一声剧烈响动。

不似上回,这次单单没有被惊醒。

鲜红的血缓缓滴落,慢慢地染红了他的脸,弄脏了他洁净的衬衫。

单单先是呆滞,跟着就是尖叫,疯狂地尖叫。

他死在了她面前,就这样死了。

即便在被他关起来的那段日子里,她骂过他,但也从来没有产生过让他死的念头。

单单哭着醒来,哭得稀里哗啦,即便回过神来,难受到窒息的感觉还是挥之不去,眼泪停不下来……

单单起床时,单妈和外公外婆已经去了茶园。

餐桌的罩子里头留了一碗粥,她吃完之后也打算去茶园,帮忙采茶。

勺子还没拿稳,门口就有了动静。

乡下家家户户都敞开大门,所以许梁州大摇大摆地就走了进来。

单单愣愣看着他,梦中满脸是血的他和现在的他在她脑海中交织撕扯,她连勺子都快握不住了。

许梁州问:"刚吃?"

单单庆幸家里没有人,心情复杂地点头:"嗯。"

许梁州察觉到她细微的软化,心想这趟真是没有白来。他笑眯眯的,拖了张椅子往她身侧一坐:"我也饿了。"

许梁州在车上睡了一夜,别的倒没什么,就是有点饿。比较心塞的是,早上醒来时才发现自己没有带钱,一分钱都找不出来。

单单回答得很认真:"只有一碗。"

不过最后单单还是不能忽视他可怜兮兮的目光,给他煮了一碗速冻饺子。

许梁州三两下就把饺子给吃光了,单单盯着他看了好半晌,忽然问:"你什么时候回去?"

他放下碗，伸出手来："你先把你的手机给我。"

单单戒备："干什么？"

许梁州搭着手，眯了眯眼，直截了当道："你把我拉黑了。对吧？"

"我的手机你管不着。"

许梁州把椅子往她那边移了移："把我从黑名单里挪出来，你拉黑我把我刺激得不轻，你要是再想玩一把刺激的，就尽管把我留在黑名单里。"

单单不悦地抿唇："知道了。"

许梁州好笑地问："什么叫知道了？"

"一会儿就把你放出来。"

许梁州吃完饺子，单单开始赶人。她去楼梯底下找到小背篓和草帽，然后就将他推了出去："我要去采茶了，你也回去吧。"

她戴着草帽，背着小背篓的模样还挺可爱的。

许梁州没打算多留，他没地方住，一天不洗澡还能忍，两三天不洗就不如让他死过去好了。可他就这么回去也还有点不甘心，眼前的姑娘就是只鸵鸟，遇事只知道躲，不说开，怕她下次再躲，而他不是次次都能那么好脾气好说话的。

他拉过她的小手，粗糙的指腹蹭着她白皙圆润的手指头，出人意料的是，她没有反抗。

"我们好好谈谈吧。"他说。

"有什么好谈的。"

他想都不想道："大学不得谈恋爱？"

单单仰起头，清澈的水眸对上他的眼睛，看着他微微翘起的眼角，看着他执着而又满藏感情的目光，她语速极慢，吐字清晰，问："你昨晚跟我说看病吃药的事是真的吗？"

许梁州怔了一下，立马恢复如常，笑意渐渐消去："真的，我没骗你。"

看是看了，但是治不好。

她像是深思熟虑般，自顾自点点头，咬唇："那好。"

许梁州晃神,语气沉静:"你答应了?"

单单垂眸:"嗯。"

就试试,他会变好的,对吧?

单单说完就转过身,快步往茶园走去。许梁州跟了上去,好似她背后的小尾巴,甩都甩不掉。

单单回头,颇为无奈:"你赶紧回家,别跟着我了。"

"不。"

许梁州得寸进尺:"你让我亲一个。"

单单不想理他。

"就亲一下。"

"你不要烦我。"单单板着张严肃的脸,"再烦我,刚才的话就不作数了。"

许梁州抄着手,淡笑了声:"好吧。"

单单在乡下待了一个暑假,八月底才打算和她妈妈回城。

单妈的状态显然比之前好了许多,至少提起单爸的时候能面不改色,不似之前连提都不能提。

再重的伤,时间总是能让它愈合。

单单回城的前一天晚上,许梁州雷打不动地又打了电话过来。

单单将手机夹在耳边,一边收拾衣服一边听他说话。

手机里传来的声音有些兴奋,他问:"你明天上午什么时候到汽车站?我去接你。"

单单"唔"了声,算了算时间,但还是拒绝了他:"不用,反正汽车站离我家又不远。"

而且她是和她妈妈一起回去,他来接她,被她妈妈看见,没法收场。

许梁州沉默了下:"我要去。"

他从来不知道自己会这么有耐心,这两个多月以来只能打电话看不见人,主要是小姑娘不愿意跟他视频。为什么不愿意?自己还能吃了她?

之前卖乖已经卖过了，他想发脾气然后再恶狠狠地威胁一通都没有办法。只因为是她，才甘之如饴。

单单没有松口："你来了也没什么用。"

"我想看你。"

说话的时间里，单单已经把行李箱整好了，她握着手机，躺到床上："你好黏人。"

而且是一天比一天黏人，每天电话打不停，短信也是隔一小时就来一条。不回他，他还会不开心。

虽然他没说自己不开心，但单单就是能感觉到他的情绪变化。

许梁州忽然问："你在房间里？"

单单也没多想："是啊。"

他静默一阵，语气变得郑重："你去窗台边看看。"

单单手一紧："怎么了？"

他不会在窗台底下等她吧？

"你去看看就知道了。"

单单将信将疑地下床，"噔噔噔"地跑到窗户边，拉开厚重的窗帘，月光洒在她的身侧，楼底空空荡荡，什么都没有。她伸长了脖子，又仔细地看了看，还是什么都没有。

她的一系列动作发出来的声音，通通落进他的耳朵里，他闷声笑，开怀自得。

单单停下来，抿嘴不悦："你笑什么？"

"傻子。"

单单这才反应过来自己被他耍了，脸红了红，气鼓鼓道："你无聊。"

许梁州顺其自然地接话："我是很无聊。真想你了，也不知道你胖没胖，胖了也没关系，我不嫌弃你。"

单单嫌他话多："你很聒噪。"

她挂了电话。

还没过一分钟,手机又响了起来。

单单看着闪亮亮的屏幕,没有挂也没有接通,许梁州坚持不懈地打了十来个,耐心十足,不达目的誓不罢休。

单单叹气,认命地接起电话。

她还没开口说话,就听那边说:"我错了,别挂电话,让我听听声。"

单单叹气:"这么晚,你不用睡吗?"

许梁州怕她一言不合又挂电话,只得好好说话:"还不困。"

单单却有点困,强撑着精神跟他打电话,一时没听清他说什么:"啊?你说什么?"

"我没说什么。"他语气中隐隐带着不悦,又问,"你是不是困了?"

单单忙不迭地答:"对啊,困死了。"

许梁州从来不是好心的人,尤其是他心情没那么好的时候:"再陪陪我,别睡过去。"

可惜,单单已经是秒睡的状态。

他后来絮絮叨叨说了许多话,单单是一个字都没听进去。

许梁州好半天没得到回应,不由得气恼,她这是谈恋爱的态度吗?一点都没把自己放在心上!

许梁州一直都没挂电话,听单单睡觉时的呼吸声都听了两小时。

伴随着她的呼吸,他非常想她。

然后他对着电话轻轻说了句:"晚安。"

单单和单妈搭乘早上的第一趟班车回城,外公外婆依依不舍地送她们上车。

单单也舍不得他们,下次再来就得等到大一的寒假了。

外婆在她书包里塞了很多特产,红薯条、柿饼还有茶叶。

单单挺爱吃这些,就是背着有些沉。

两人上了车,外婆在车门外对她说:"放假记得来外婆这里玩。"

"嗯,外婆您赶紧回家,外面日头大。"

"不用管我,我没事,你平时吃饭要多吃点,现在太瘦了。"

"好。"

汽车徐徐发动,中午十一点钟左右,汽车开到了客运站,单单拎着行李下了车。

太阳火辣,晒得人眼睛都快睁不开。

单妈去附近的商店买水,单单找了个阴凉的地方等妈妈。

许梁州忽然从单单的背后跳出来,吓得单单把手上的东西都丢了。

他无视周围的人,搂着她的腰,埋在她的脖颈中:"好想你。"

单单使劲推他,眼睛不忘往商店那边瞄:"你走开,一会儿我妈过来了。"

许梁州哪有那么容易松手,好不容易才抱到人,闷声闷气:"再让我抱一会儿。"

单单推搡着他,发急跺脚,掐他腰上的硬肉:"不行,赶紧松开,我被你抱得热死了。"

许梁州疼得倒吸一口气:"下手这么重。"随后乖乖松开了她。

单单立马跳开,她妈妈刚好拿着买好的水从商店里走出来。

她又是做手势又是做口型,赶他走。

许梁州沉下嘴角,双手插兜,不太开心,但还是乖乖地进了一家店,没敢让她妈妈看见。

单妈和单单打了车回家。

许梁州也跟着回去了。

从巷口回家的路不近不远,许梁州和她们保持着恰当的距离。

单妈没发觉,单单小心翼翼地回了头,手往外摆了摆,大概的意思是让他离得远一点。

许梁州装作什么都没看见,依然跟在她们身后。

到家之后，单单吊在半空的心才算放下来，她真的不希望她妈妈和许梁州的关系僵硬无比。

这样不好，至于哪里不好她没有细想。

沉重的行李才刚刚被放下，单单手机就"叮"地响了一声，是一条短信。

利落的两个字：

"出来。"

单妈喝完水，看着她，笑着道："同学？"

单单咬牙，点头："嗯，同学。"

单妈善解人意："约你出去玩？去吧，早点回来。"

单单犹豫了下："妈妈，我很快就回来。"

"注意安全。"

许梁州靠在墙壁上，低头踢着石子，脸上挂着不怎么好看的笑容。

单单刚走出去就被他拉住手，抵在墙边。他看着她，直白道："我不开心。"

单单垂下眼帘，没什么反应："哦。"

许梁州忍着没发作，咬了一口她的下巴，有点委屈又说得理直气壮："你怎么不晓得哄哄我？"

单单叹气："你怎么又不开心了？"

"不想告诉你。"

单单撇嘴，干巴巴地说："那我也不想哄你。"

许梁州笑了一下，捏了下她的脸颊，又恶意地揉了揉她头顶的发，故意弄得乱糟糟："你好狠心。"

单单拍开他的手："你别胡闹。"

许梁州点头承认："我就喜欢无理取闹，或许你抱抱我，我就开心了。"

"不抱。"

他伸出手想要去拉单单，单单动作飞快地将双手藏到背后。

他硬邦邦地开口："把手给我。"

单单仰头看着他，现在也没有之前那么怕他："不给。"

许梁州冷脸唬她："给我牵一牵，你怎么那么小气？"

单单依旧藏着手，他索性直接动手，一把抓过她的手腕："我们去轧马路。"

她咬唇，乖乖地跟着他往前走。

许梁州兴致很好，两人手牵着手逛了不少地方，直到天色渐黑，他才不舍地放她回家。

少年放她进屋之前，也没有让自己吃亏，抱了她很久。

他把头深深埋进她白皙柔嫩的脖颈，亲了一下，柔声道："进去吧。"

单单瞪了他半晌，理好衣服，突然踮起脚来，泄愤似的在他的下巴处咬了一口，是真的咬，留下了牙印。

许梁州乐见其成，一点都不介意。

她咬完就落荒而逃，许梁州笑吟吟看着她落跑的背影，什么都没有说，只是拿出手机发了条短信过去——"跑什么？下次多咬几口。"

当然，他等了一个晚上也没有等到回复。

H大的报到时间是在三天之后，单单早就买好了火车票。北上路程遥远，坐火车要坐十小时，因为坐飞机实在太贵，她没舍得花钱买机票。

这三天里，单单一次都没有搭理许梁州，反正到了首都她想躲开他都躲不开。

临走那天，单妈叫了车把她送到了火车站。

单妈本来还想跟着去首都H大，被单单好说歹说给拦下来了，天气那么热，坐火车也不舒服，她实在舍不得妈妈受这个罪。

单单的行李不少，有两个大箱子，小小的她拖着两个箱子看上去很吃力，进站前，她没想到还能见到她爸爸。

单爸身边还站着个男孩子，清秀高大，身上穿着高中校服，神色淡漠。

单爸明显有些局促,话却一如既往地少,往她手里塞了一个信封:"这钱你拿着。"

单单没跟他客气,这是她该拿的钱:"爸爸,还有事吗?"

单爸自小和她就不怎么亲,这下子也没什么话可以说,好半天吐不出一个字来,这时,广播提醒进站了。

"我走了,爸爸。"

她拎着两个大箱子就要往进口处走,单爸拍了下身侧的男孩子:"去帮你姐姐拖行李。"

单单一顿,被这句话刺激得红了眼,嗓门不由得变大:"不用了!"

她对上单爸的眼睛,生怕他们两个听不清,特意说得清楚:"我不是他姐姐。"

单爸硬生生停下脚步,长相清秀的男孩扯出一抹笑,露出一口白牙:"很好,我们算是达成共识了,我也没把自己当成你弟弟,你走好。"

单爸怒道:"你闭嘴。"

单单抿唇,什么都没再说,也没什么好说。

她进了站,吃力地把两个箱子拖上火车,然后开始找自己的位置,3车6A。

找到位置后,这两个大箱子让她犯了难,想了想,她准备找乘务员帮忙。

忽然间,一双手搭上她的行李箱,一股熟悉的味道萦绕在她周围。

许梁州不知何时出现在她身边,白色的袖子被撸到肩膀上方,坚硬有力的手臂露了出来,额头的汗水打湿了刘海,应该是在火车上闷出来的汗。

他的双手揽过她的行李箱,轻易地就举起来往上一放。

单单呆滞,不明白他怎么出现在了火车上。

虽然知道不应该,但她还是想用"娇气"这两个字来形容许梁州,用的吃的都要最好的,不肯将就也不愿意勉强。出去旅行时,头等舱、大酒店都是最基本的配备。

她实在想象不出他也有挤火车的这天。

"你怎么在这儿？"

许梁州得意地对她亮了亮手中的火车票："我买了票。我给你念念我的座位号，3车6B。"

单单才不好奇他怎么和自己买到邻座，这事对他来说不难。

她安然自若地坐在自己的位置上，忍不住提醒他："你肯定没坐过火车，这可没有多舒服，而且要坐十小时，你撑得住吗？"

许梁州往她身边一坐，揉搓着她的小脸："你一个女孩子都能坐，我一个大男人怎么就不行了？"

单单喝了口水："自找罪受。"

他一乐："我是想带你享福，你不是不乐意嘛。"

前两天他是有发短信来，说买好了机票，不过她没有回。

"我又没有疯。"

她妈妈送她到机场，他们的事就败露了。

许梁州热得不行，说实话坐火车确实不太好受，听见单单这声小小的嘟囔，带点认真又有娇憨，他又觉得没那么难挨。

"来，帮我擦擦额头的汗。"见她不动弹，他又说，"听话，帮帮忙，我难受。"

许梁州的声音要多委屈就有多委屈。

单单本来就容易心软，从口袋里拿出纸巾，轻声道："你把头低下来点，我够不着。"

许梁州弯下腰，打趣道："小矮子。"

"你才矮子，全家都矮。"

"我全家里还有你。"

"再胡说八道我就不理你了。"

他做了个噤声的手势："好，我闭嘴。"

单单好像做任何事都很温柔，两人靠得很近，许梁州能闻到她身上清香的味道，飘入他的鼻尖，让他沉醉。

他很享受她亲近的时刻。

那会让他有一种她完全属于他的错觉。

许梁州的尖锐和森冷从来都没有消失,那些阴暗的念头也只是被掩藏起来。

车窗外的景致飞逝而过,铁路两旁栽种的郁郁葱葱的树,给炎炎夏日增添了一丝凉意。

单单一直在喝水,热得吃不下午饭。

许梁州也没怎么吃,有些心疼她:"要不寒假的时候你把我们的事跟你妈说了吧?"

单单无精打采地掀起眼皮,扫了他一眼:"我妈对你什么印象你难道忘了吗?"

许梁州眸色微黯,手随意地搭在双腿上。他没忘记,那天晚上她妈妈让她离他远一点。

"那好,先不说。"他开腔。

单单应了声,然后趴在桌子上:"我睡了。"

许梁州的手指有一下没一下地敲打桌面。怎么可能不说?他不想一直搞地下恋情。

明的不行,就暗戳戳地来。

许梁州此刻的眼神完全变了,方才和她说话时,他干净单纯好说话,现在的他阴沉沉的,深邃的黑眸像是躲在暗处的兽,盯着自己的猎物。

窗缝透进来的风吹散了她的发丝,许梁州揽着她的腰,轻轻地将人抱起来,让她睡在自己怀里。

下午四点半,两个人到了首都火车站。

许梁州牵着单单的手,不让她乱跑,另一只手拿着电话不知道在打给谁。没多久,跑来几个人,将他们两人的行李扛走了。

单单认识那几个人,是他的保镖。

她脸色白了白，指尖发凉。

许梁州吩咐他们把两人的行李送到学校，然后就带着她去吃饭。

单单不太舒服，说："我想回学校。"

或许是因为在首都的缘故，许梁州比之前态度强硬了一点："去吃饭吧。"

这不是商量的语气。

单单心一沉，咬字道："我要去学校。"

许梁州深深地看她，终是妥协："好，听你的。"

H大历史悠久，大门很气派，这个点前来报到的新生不多，大部分早上就报过到了。

不过学校还是安排了迎接新生的学长学姐。

经过明月湖时，许梁州戳了下单单的腰："往左边看。"

单单余光往那边瞥去，一对小情侣躲在树干后接吻。

"这有什么好看的。"

许梁州笑眯眯的，眼睛像月牙儿弯："下次我们也试试。"

"……"

她就不能指望他脑子里想些好的事。

单单被外语学院录取，学的英语，迎新的是两名同系学长。

学长们都挺高的，长得也还可以，目测有一米八左右，不过还是比许梁州矮了一点。

单单个子娇小，长得也好看，说话软糯，很招人喜欢。

学长们献殷勤，登记完表格之后，又是送水又是嘘寒问暖。

"小学妹，你没有带行李吗？拿不动的话，学长可以帮忙，随传随到。"

单单腼腆地笑笑，摆摆手："不用了。"

他们是好心，也是想在美人面前露露脸，谁不喜欢这样可爱的女孩子？

其中有一个大胆的学长，上前问她要手机号。

"学妹,加个微信,以后有什么问题可以问我。"

单单掏出手机准备扫码时,被许梁州按住了手。

许梁州原本站在一旁抽烟,起初见了那两人嘘寒问暖的样子就黑了脸,压下暴躁,忍着没上去,告诫自己这是她正常的社交活动。

只是说说话而已。

慢慢地,那人的态度表现明显,摆明不安好心想撩她。

许梁州将人弄到自己身后,遮得严严实实,微眯的凤眸中隐着讽刺的笑意:"你瞎吗?看不见我这个大活人站在她旁边是吧?"

许梁州的醋劲很大,黑着脸唬人的模样还真的有些可怕。

单单拽着他的衣角:"你别闹了,走了。"

许梁州面色缓了缓,也没再说什么,冷哼了声,从那两人身边走过。

单单总觉得之前就是因为自己什么都不敢说,胆小怯懦,他才会得寸进尺。走到一半的时候,她停下来,神色认真:"你刚刚怎么能骂人?他们是好心。"

许梁州不悦地弯下嘴角:"他现在是要你的号码,之后就是上门要人了。"

单单想了想,自己从小到大也没招几个人喜欢,这学长也是今天才见的第一面,哪里有他说的那么夸张。

"是你想多了,下次不要这样。"说着她便开始叹气,"那两个学长指不定要怎么看我呢。"

许梁州巴不得男生都离她远远的,说:"别搭理旁人,爱看不看。走了,去你的宿舍。"

单单诧异,指了指他问:"你也去?那是女生宿舍。"

许梁州不自然地点点头:"嗯,我过去有点事。"

"你能有什么事?你又不住女生宿舍。"

许梁州还没想好怎么跟她说,自己先斩后奏让保镖把她的行李直接扛到自己的公寓里,又暗地里把她的宿舍给退了。

虽说这样做不太好,但他还是做了。

毕竟,机不可失,失不再来。

他说:"走吧,我带你去宿舍。"

"你知道怎么走?"

单单是纯好奇,他和她都没来过H大,他怎么会对H大这么熟?

许梁州得意一笑:"我没少来。"

他的大姐夫在H大外语系当教授,他的法语这么好,也有大姐夫的一半功劳。

到了宿舍门口,对着宿管大妈,是他先开的口:"阿姨,我来确认名单。"

宿管大妈警惕地打量着他,又将目光看向他身后的单单,问:"你是她什么人啊?哥哥?还是叔叔?"

许梁州弯唇一笑,温柔和善:"我是她家人,她不住宿。"

单单拧了一把他的腰,他疼得龇牙。

单单连连摆手,解释道:"阿姨,别听他胡说。我是新生,今年就是住这里,不信您查查。"

宿管大妈从抽屉里拿出一个本本,低头翻阅着:"名字。"

"单单。"

宿管大妈把手里的本本翻了个遍,最后抬头:"没有你的名字,你是不是走错楼了?柳园还是桃园?"

单单拧眉:"没有走错,就是这里。外院宿舍楼今年都在柳园,我真的没走错,阿姨您再帮我找找吧。"

宿管大妈耐着性子又给单单找了一遍:"真没有,不信你自己找。"

单单接过小本子,确实没有自己的名字。

她侧过身,沉下小脸,有些不开心:"是你干的?"

虽是问句,但基本能确定是他干的好事。

许梁州把她从女舍大堂拉了出去,眼神无辜:"宿舍环境不好,六个人挤一间,我怕你不习惯。"

单单环抱着手,冷着脸,反问道:"那你觉得哪里的环境好?"

许梁州一点都不觉得难为情:"我家。"

他跟着又说:"你别误会,是我自己的公寓,买了两年。我一个人住有点害怕,你搬过来和我一起住吧?你这样还能省下住宿费。"

单单皮笑肉不笑:"我告诉你,把我的行李还给我。"

"还给你也没用。"

"我就睡楼底下、睡地上,我就不信没地方睡。"

许梁州叹了口气,好笑地看着她扬起小脸的模样,捏着她的下巴问:"不愿意搬出来和我住?你从小就没住过校吧?真住了问题多多。"

单单对出去住这事不是不心动。梦中,她住过三年学校宿舍,大三的时候才搬出去和许梁州一起。那三年的住校经历实在说不上好,她们宿舍有两个喜欢熬夜和男朋友打电话的女孩,还有个女孩子睡觉从来不脱鞋……总之宿舍关系很一般,而且气氛压抑。

其实她也纠结,不过她还是没那么容易松口:"不行。"

许梁州的手指缠绕着她乌黑的发丝,想到了她的顾虑:"你是担心我会对你动手动脚?"

他语气诚恳:"你放心,我不碰你,只要你没同意,手我都不敢拉。"

单单哪能这么轻易就相信他,坚决道:"不行。"

她都做好被他吓唬的准备,他却开始卖乖:"你陪陪我嘛,我一个人太孤单了,我还可以照顾你。

"你也可以监督我吃药。

"我不会对你做什么,你别担心。"

单单又一次心软了,明知道他说的是假话,却还是同意了。

许梁州的公寓不大,两室一厅,还有一个小小的厨房,是冷色调的装修风格,黑白灰,并不是单单喜欢的那种。

两人的房间就一墙之隔,这件事他蓄谋已久,所以她的房间是重新装修过的,粉调的装修很有少女感,细节之处也很用心。

许梁州这个男人，真想讨好或者说真的决定为一个女人付出，他能把人的心给融化。他的全身心付出，要的是等同甚至更多的回报。

许梁州把她送到公寓后又回了一趟 H 大。

他去办入学手续的时候，碰到了他的大姐夫席竟，显然，这不是巧合。

席竟的鼻梁上架着一副金丝眼镜，手里拎着黑色的电脑包，高大修长，生得唇红齿白，看上去就斯文。

"姐夫。"

席竟笑笑："来报到？"

他挑眉，吃不准他姐夫想做什么，准确来说，是弄不清楚他姐想怎样。

"对，姐夫现在没课吧？"

"谁说的？大二大三的已经开学了。"

许梁州长长地"哦"了一声，然后说："姐夫还有事？没事我走了。"

席竟提了提鼻梁上的镜框，嘴角含着若有似无的笑意："有的。"

"什么事？"

"我听你姐姐说，你选了临床医学是吗？"

许梁州眯着眼："对。"

席竟侧过身："那就跟我走吧，我带你去看看你将来要上的课，以及必修的书。"

席竟带许梁州去看了一节解剖课，器官解剖、缝合，以及头骨和骨骼的辨认，解剖教室里福尔马林的味道很重。

许梁州看得很认真，没有恶心不适的反应，眉宇间隐隐有了兴趣。

是的，他觉得很有意思。

从解剖教室出来，席竟直接说："你必修的书有三十六本，选修的书有十七本，你真的要学？"

"为什么不？"这对他来说很有挑战，说要学医从来不是随口一提，他是铁了心地要学。从第一次梦见单单生病，他心里就起了学医的小火苗，之后就是操场那次,她脱口而出自己会死,他就想,自己绝对不能让她死。

"不害怕?不恶心?我记得你可是有严重的洁癖的。"

"姐夫,你一个法语教授看着这些都不害怕,我怎么会害怕?"

"好,我知道了。"

"姐夫,我先走了。"

"嗯。"


席竟给许茗打了个电话。

她在那头问:"怎么样?"

"求我我就告诉你。"

那头的人沉默,然后说:"不说我挂了。"

"别白费心思,他乐在其中,很喜欢这个专业。"

电话那头的人毫不留情地挂了电话。

席竟笑着摇摇头,他老婆真是无情。


许梁州再次回到公寓,单单在厨房里做饭。

他一进门就看见她系着围裙忙活的样子,闻着香味,她应该是在煮粥。

首都在北方,她自小在南方长大,肯定会吃不习惯。

他站在她身后看了很久,觉得她这样真贤惠。

单单煮了一小锅排骨粥,她不喜欢吃面食,许梁州也不喜欢。

冰箱里有不少东西,应该是许梁州提前让人放了些食材进去,厨房里的厨具却是崭新的,没被人动过。

单单盛了一碗热乎乎的粥,转身往餐桌方向走,一眼就看见靠在门框边的人,她微讶:"你这么快就回来了?"

许梁州没有回答,上前拉过椅子坐在她对面,托着下巴,盯着她面前还冒着热气的粥,舔了舔嘴角:"我也饿了。"

单单拿好勺子,低头吹了吹:"厨房里还有,自己去盛。"

许梁州摇头，一口回绝："我不要，我就要喝你的。"

单单没好气，眼皮都未抬起："那你就饿死好了。"

许梁州伸长了手，从她眼皮子底下把她面前的碗给抢了过来，然后用双手护着："我的了。"

单单白了他一眼："幼稚。"

两个人简单吃过晚饭，单单收拾好碗筷，许梁州没让她洗，不准就是不准。这一点，他倒是和梦里一样，不喜欢她碰这些琐碎的家务活。

单单也没有非做不可，她又不是来给他当保姆的。

许梁州抱着她，把人按在沙发上，开了电视机，强硬地让她靠在他的胸膛上。他忽然开口说："这房子是我妈送给我的。"

"嗯。"

他妈妈是个很温柔的女人。

单单很喜欢他妈妈。梦中，她和许梁州吵架的时候，他妈妈瞒着许梁州，帮她买了机票，让她出去散心。

她散心回来之后，许梁州又和她大吵了一架，还把她的护照和身份证当着她的面全都烧了。

许梁州的手指缠绕着单单的秀发，淡淡地说："这房子还是太小，以后我们换个大房子。"

单单从回忆里抽身，稍微调整了下坐姿，试图让自己坐得更舒服。听见他的话，她觉得有些奇怪。听他的口气好像两个人将来一定会走到最后，可那天她说的明明只是试试看。

"你开心就好。"她犹豫半晌，"和我没关系"五个字终究没有说出来。

电视机里播放着家喻户晓的综艺节目，单单早就看过其中的片段，觉得没那么好笑，至于许梁州，能让他真心实意地笑出来，从来就不是简单的事情。

许梁州垂眸，见她兴致缺缺，就关了电视，提议道："我们去外面散散步？"

单单从他怀里爬起来："好。"

单单穿着他的大拖鞋，去卧室里换了衣服，然后出门。

两人的影子被路灯拉长，许梁州个子高挑，单单才到他胸口的位置，踮起脚来头顶都不见得能到他下巴。这段时间他好像又长高了，力气也变大了，坏脾气也懂得了收敛，单单不知道这对她来说是好事还是坏事，他的行事作风越来越沉稳，很多事情都能不动声色地去处理。

一切都仿佛没有改变，他渐渐地成为梦中那个"他"。

不一样的是，他对她的掌控欲没有那般浓烈。

九月份的夜晚，边散步边吹风，还算惬意。

蝉鸣声不停，许梁州也没有带着她走远，只在小区里面逛了逛。这里离H大不算远，骑自行车大概十五分钟，还有不少H大的老师住在这里。

小区底下的小公园里有人在打太极，也有小孩子你追我赶地玩闹。

他们应该是在玩老鹰捉小鸡的游戏，"抓小鸡"的那个男孩子撞在了单单的腿上，胖墩墩的身子撞得她腿骨疼。男孩屁股着地，在单单说话之前，哇地大哭起来："你走路不看路！"

单单没跟小孩子打过交道，有点无措："你疼不疼？"

"疼，我要去告诉我妈妈！"

单单扶额，这分明就是个熊孩子。

许梁州没她这么客气，拎着小孩的衣领将他提了起来："小小年纪就会倒打一耙了。"

小孩明显憷他，不过还是梗着脖子，特别硬气："你快放下我，我要去告诉我妈妈，让她打你。"

许梁州松了手，小孩的屁股又一次"开花"了，扯着嗓子哭得惊天动地。

"走了。"

单单不安："这会不会不太好？"

许梁州笑了笑："如果我留下来，真要揍他。"

单单垂头，想起梦中的他不喜欢孩子，是个坚定的丁克族。

可她不是。

单单越想越觉得那天不该松口答应他，两个人之间的问题从来就不少。

半夜，单单睡得迷迷糊糊时，感觉后背黏糊糊的，还有点凉。她不舒服地嘤咛了声，翻了个身，接着睡。

没一会儿，那种冰凉凉的感觉又来了，她费劲睁开眼，发现许梁州躺在了身旁。

她记得自己睡之前明明锁了门，锁都管不住他吗？！

单单无奈："你起来，回你房间睡去。"

许梁州平日里看起来漫不经心，骨子里还是个难缠的男人。

"起不来。"他直愣愣地盯着她，"我想和你睡。"

单单小脸爆红："流氓。"

她慢慢地把被子拉过来盖在自己身上："那你别再闹我了。"

许梁州看着她软软糯糯的样子，心软成一潭水，他好声好气地哄着她："好好好，我不闹你了。"

第二天早晨，两人同时被闹钟闹醒，许梁州有起床气，粗暴地按了闹钟，但单单几乎是立马就清醒过来了。

已经七点半，她从床上弹起来，又被他按了回去。他声音懒倦，语气不耐烦："再睡会儿。"

"再不起要迟到了。"八点半要到班集合，然后领军训服，下午就要进行军训。

许梁州睁开眼，窗外透进来的光打在她的侧颜上，皎洁清透。

她真好看，他忍不住舔了舔唇角。

医学院和外院隔得比较远，一个文科类一个理科类，许梁州换了辆自行车，单单以为也就千把来块，实际上，这车十万多，是许茗送给弟弟的升学礼物。

许梁州先把她送到外院门口，在外张望片刻，看见了不少男生。他像宣示主权一样，拉过她就亲了一口，声音大得像二百五："这是我女朋友。"

其实根本没人问他。

H大人才辈出，富家子弟就更不少。他的这句话吸引了不少的目光，男生们盯着他的车，女孩们则是看着他那张帅气的脸。

这种长相着实少见。

单单顿时想捂脸，从这丢人现眼的场景里逃离。


外院分了好几个班，不同的语种在不同班级。

单单是在英语教育班里，教室里已经来了不少人，放眼望去，男生也不少。

单单找了个后面的空座位坐下，她身边坐着个短发女孩，头发染成了白色，很有个性。但这种个性，单单向来是欣赏不来的。

女孩很热情，自来熟地拍了拍单单的肩："你叫什么？"

单单笑笑，也没有很排斥："你好，我叫单单。"

女孩嘴里还嚼着口香糖，白净的脸笑起来很秀气："你好，我叫程浔。"

"很好听。"

程浔歪着头，她挺喜欢这个看上去文文静静的女孩："你的名字也好听，很好记。"

两人说到一半，班助和辅导员进了教室。

辅导员是个三十多岁的男人，长相斯文，说起话来慢吞吞的："同学们，我先做个简短的自我介绍。我姓赵，叫赵平更，你们喊我赵老师就行了。因为下午一点半就要开始军训，我也就不多说了，待会儿每个人来我这里领一套军训服，班级事务等到半个月后军训结束再仔细说。

"军训辛苦，希望同学们能够坚强勇敢地挺过去。"

单单和程浔几乎是最后才上去领衣服的。程浔很高，腿长腰细，她要了大码,可怜单单本身就娇小,来这边之后就被碾压得更厉害。

她要了小码,但可悲的是,小码存货告罄,班助只能给她中码凑合。单单比画了一下发现还是大了,但没有办法,只能将就着穿。

至于另一边的许梁州就不似单单这般没有存在感,他一出现就吸引了班上大部分人的目光,学医的女生也不少。

他长得实在太好看了,笑起来更是让人神魂颠倒。

许梁州在首都的狐朋狗友不少,发小也在这边,宋城是初中的时候因为他爸调职的缘故才到的南边,刚巧医学院这边也有两个背负家族使命的朋友——刘正和刘成。

三个人立马就凑到了一起,差一副扑克就能打牌了。

女生们还是比较矜持,只偷偷地多往他那边看了几眼,但总有些胆子大的经历过不少故事的女孩子,初生牛犊不怕虎。

许梁州正低头给单单发短信,这时桌子前忽然多出一道人影。

"同学,你好,我能跟你交个朋友吗?"

许梁州一心盯在屏幕上,手指戳来戳去,消息一条接一条——

"在干什么?"

"你们班好玩吗?"

"什么时候结束?我去找你。"

"怎么不回我?"

"???"

"……"

"你是不是不爱我了?"

"单单,你不爱我了。"

…………

消息石沉大海,连个回音都没有。

许梁州桌前的女生不死心也不害臊,她撩撩头发:"同学,我在跟你说话呢。"

许梁州缓缓抬起头，扫了她一眼："你是谁？"

"咱们俩交个朋友，你不就知道我是谁了吗？"

许梁州很无情："脑子不好的人请离我远点。"

许梁州早就练就了火眼金睛，看人一看一个准。

周围的人听见他这句话，被逗笑了。

这女生也是个道行不浅的，面不改色道："这么说你是不愿意和我做朋友了？"

"是的，你可以滚了。"

许梁州这种态度也让不少对他有想法的女生打消了念头——这个人好看是好看，但是性子太冷，说话太刻薄。

刘正和刘成两个人乐不可支，他们是双胞胎兄弟，外热内冷，表面笑眯眯，心肝里全都是黑的。

刘正说："你还真受欢迎。"

许梁州给了他一脚。

刘正继续说："我听宋城说，你这次来还带了个小嫂子？"

许梁州想到单单，笑得春心荡漾。他挑眉："是的，怎么了，你们嫉妒了吗？"

"什么时候让我们哥俩也见见她？"

"不给看。"

"小气。"

许梁州没回话，手机响了一声，他点开屏幕，还以为是单单回的短信，低头一看，原来是一条垃圾短信。

单单一个上午都没怎么看手机，和程浔越聊越开心。两个人性格互补，一个开朗一个内敛，程浔带着她逛了逛H大，不知不觉就到了中午，两人回了外院收拾好课桌。

程浔主动说:"咱们去食堂吃饭,我请你。"

单单摆手:"别别别,不用的。"

程浔勾上她的肩:"客气什么,给个面子。"

单单也不好再拒绝,显得矫情:"好,那下次我请你。"

这顿饭最终没吃成,许梁州撇下刘正、刘成两兄弟跑来外院门口蹲单单,在树荫下等了好久,快被来来往往的人看得没脾气了才看见单单的身影。

单单没注意到他,和程浔有说有笑。

被忽略的许梁州黑了脸,脚下猛蹬,骑着车就蹿到两人面前,伸手拦住她:"去哪儿?"

单单侧过脸,微诧:"你怎么来了?"

许梁州审视的目光在程浔身上转了转,一把抢过人:"走了,我带你去吃饭。"

单单表情为难:"我和同学约好了。"

许梁州沉下嘴角,不太开心,只是掐着她肩的手掌没有放开。

程浔是个识时务的人,问:"男朋友?"

单单点点头,也没什么不能承认的:"嗯。"

"我就不跟他抢你了,我先走了,下午见。"程浔说完潇洒地离开了。

单单觉得许梁州黏人的毛病还是没有改:"你每天都好烦。"

许梁州拍了拍自行车后座:"先上来。你怎么一天都没回我消息?手机关机了?"

单单爬上后座:"开了的。"

"你没看见我的信息吗?"

单单咳嗽一声,实话实说:"看见了,懒得回。"

在单单的坚持下,许梁州领着她去了西园吃饭。

许梁州肯定没有饭卡这种东西,单单从兜里掏出自己的校园卡塞到他掌心里:"用我的吧。"

许梁州拿着卡,让她坐在餐桌上,自己去排队买饭。

"你吃什么?"他问。

"不要面。"

大大小小面食的窗口看得她崩溃。

许梁州浅浅一笑:"真可爱。"

他揉了揉她头顶的发就去了卖饭的窗口,等了十来分钟,才顺利买到饭,其间还被别人用手机偷拍了几张照片。

不过他懒得管,这点破事没有陪单单吃饭来得重要。

食堂饭菜的分量大得惊人,单单吃了小半就饱了,她又不是一个舍得浪费的人,皱着眉头,戳了下许梁州的手臂,讨好地问:"你还饿不饿?"

许梁州什么都没说,就把她面前的饭移了过来:"我来吃。"


下午一点半,单单到了操场,烈日当空,天气燥热。

单单穿着军绿色的军训服,戴着顶帽子,小脸渐渐给晒红了,额头浸出了汗。

教官很严厉,一上来就是一小时的军姿,操场上连个遮阴的地方都没有,同学们都被晒得生无可恋。

单单强撑着,脑子都是蒙的,只想着时间过得再快一点。

医学院有个奇葩的规定,大二才需要军训,刘正、刘成两兄弟和许梁州三人今年躲过一劫。兄弟俩被许梁州硬提到操场,这大热天里,如果不是能看见他传说中的女朋友,他俩压根就不会出来受罪。

三人蹲在操场上方的看台边,刘正问:"小嫂子在哪儿呢?"

许梁州站起来:"跟我走。"

刘成直觉不好,心想着他这种性子,绝对有阴谋:"你跟我说实话,找我们俩来干什么?"

许梁州微笑,刘成这个弟弟比哥哥刘正还要精明。许梁州说:"不是你们好奇？"

"是。"

"那就不要废话。"

他们仨到外院方阵前时，刚好是休息时间。

这种休息意义也不是很大，大家都被太阳晒化了。许梁州一眼就找到了单单，把她从方阵里揪了出来。

单单累得没力气，半靠在他身上。

许梁州给刘正、刘成勾了勾手指头，两人不明所以地上前，然后他蹲下来，顺带让单单也蹲下，两人刚好躲在刘正、刘成的阴影之下。

刘成忍不住开骂："你是人吗？"

合着就把他们兄弟两人当工具使，拿来遮太阳了是吧？

许梁州给单单喂了口水，她睫毛上沾着汗水，他给她摘了帽子，擦了擦她额头的汗："你都晒脱皮了，我帮你请假，带你回家。"

单单喝了水之后就缓了不少："我没那么娇气，习惯就好了。"

许梁州撇嘴，用手给她扇风："可我心疼死了。"

单单心下颤颤，抬起脸，对许梁州笑笑。

许梁州忍不住摸了摸她的脸。

刘成语气凉飕飕地提醒他："你注意点，我们还在，还没瞎。"

"你们可以转过身，背对我们。"

"你去死。"

休息的时间眨眼就过去了，尽管天气热得能把人烤熟，但军训还是不会停。

集合的哨声吹响，所有人就得起身，站好军姿等待教官下一步的指令。

单单站起来的瞬间，眼前黑了黑，许梁州扶了她一把。阳光打在他的脸上，吹过来的风也都是带着滚烫的温度，他抓着她的手腕："咱们不练了，好不好？我去跟你们老师说。"

单单挥开他的手："你别去，我真没那么娇气。"

"太阳把你晒坏了怎么办啊？"

单单没搭理他，回到方阵里，站好军姿。

教官是个小伙子，有点黑，高高的，一整天都笔挺着腰，绷着身躯丝毫不放松。

单单身边就站着程浔，声音也压得很低："你男朋友不错，'自带'的？"

"嗯，高中同学。"

"不要搞小动作，更不要说话，好好站军姿。"

教官忽然冒出一句话，两人立马收了声。


许梁州一个下午都守在操场边，他不走，也不许刘正、刘成走。

刘正、刘成追着他打："我们欠你的吗？大热天的你谋杀。"

许梁州边躲边说道："太阳还没下山，待会儿还用得上你们。"

刘成呛他："你自己怎么不挡？"

许梁州厚颜无耻："我得陪她。"

三个人蹲在台阶上方，无聊得要死，还得"享受"太阳的洗礼。

刘正去明月湖边摘了三片大荷叶，被保安追了大半个校园才得以摆脱，又重新回到操场，一人顶着一片荷叶，托着下巴，目光呆滞地望向前方。


每训练一小时，休息十五分钟。

距离上次休息才过去四十五分钟，许梁州蠢蠢欲动，有些等不及。他直勾勾地盯着单单的方阵，忽然间站起来，摘掉头顶的荷叶，跑到去喝水的教官跟前："教官，请问你们还要训练几天？"

教官看着莫名其妙出现的人，有些蒙："十天。"

许梁州开始套近乎："我女朋友身体不好，你放点水。"

教官认真道："不行，我们都是按照规定办事。"


下午四点半，第一天的军训正式结束。

众人都只想着赶紧回宿舍休息，单单也累得不行，不过军训没有想象中那么难挨。

许梁州开走了刘成的车。

单单坐在车里，过了一会儿才想起来告诉他："你明天别来操场了。"

许梁州目不转睛地看着路况："为什么？"

单单说了一个比较正当的理由："影响不好。"

今天那么多人肯定都看见了许梁州，在操场上训练的又不只是他们外院，还有其他院系的学生。

许梁州没答应："不要，我在家也无聊。"

其实他也不是很喜欢被那么多人看着，但就是一刻都不想离开单单。

单单嘟囔了声："你怎么这么黏人？"

车子停在小区楼下的停车位上，许梁州轻轻地掐了下她手掌心，俯身靠近她，话语里带着深意："我真黏人的样子你还没见过。"

现在她所见到的自己，已经是很克制后的他了。

他清楚地知道，暴露本性只会失去她，而他承受不起失去她的后果。

她也不能离开，一切的底线都在她留下的前提之下。

一旦这个底线被打破，那么他肯定会做出某些可怕，甚至变态的事情。

公寓房在七楼，许梁州早就把钥匙交给了单单。

单单一开门，许梁州就有了扑上来的趋势，她忙往后面躲，说："别靠我太近，我一身汗味，臭死了。"

许梁州倚在门边，笑道："我又不嫌弃你。"

"我嫌弃自己。"

她说完就钻进浴室，舒舒服服地冲了个澡，又穿得严严实实地从房间里出来。

接下来一个比较重要的问题就是两个人吃什么。

许梁州提议出去吃，而单单不是很愿意。他去的地方都太奢侈了，两个人如果天天如此，真的太败家了。

许梁州在小事上还是比较愿意迁就她，于是说："那我们去超市买些食材自己做？"

单单怀疑地看着他："你会做？"

在梦里，他有一手好厨艺也是在结婚之后，现在的他应该对下厨一窍不通。

许梁州凝着她的眸子，回答得很认真，一眼就能看得出来的那种真诚："我可以学。"

单单垂下眼帘："还是我来吧。"

"我会学的，我学什么都很快的，你放心，不会让你干这些活。"他急于解释。

单单心里就更复杂了，在这段感情里，他从不吝啬付出，但是他的索取也是成倍的。

小区门口有一个大型连锁超市，只是单单不经常逛超市，显得很没经验。

许梁州心情明显不错，两个人一起出来逛超市有点小夫妻的感觉，他左手推着车，右手环着她的腰，她低头看商品，他低头看她。

他轻声提醒："我喜欢吃牛肉。"

单单刚好在纠结是买牛肉还是猪肉，闻言便默不作声地把装着牛肉的盒子丢进购物车里，噘着嘴："我管你喜欢吃什么。"

"口是心非。"他低低地笑。

菜基本都是单单挑的，她纯属瞎挑，专拿长得好看的菜，也不知道新鲜不新鲜。

收银台前排了很长的队伍，许梁州顺手拿了几个小盒子，丢进了购物车里。

收银员扫完购物车里的商品，单单目光触及没有见过的那几样东西，拿了过来，在收银员不解的视线中解释："这不是我们的。"

许梁州站在她身后，捂嘴咳嗽了声，把小盒子从她手里抽出来，放了回去，面不改色："是我们的。"

"……"

许梁州厚着脸皮解释："我帮别人买的。"

"……"

## 第五章
### 岁月神偷

单妈在晚上八点钟给单单打了个电话。

当时单单刚吃完晚饭,碗筷照旧是交给钟点工。

许梁州特别喜欢在晚饭后黏着她,两人靠着沙发看电视,电话接通的时候,他也不忘捣乱,啃啃她的下巴。

她瞪了他一眼,然后乖乖地对着电话那头的人喊了声:"妈妈。"

单妈在电话里嘱咐了许多话。

"妈妈,我就是想你了,其他的都好。"

"寒假就能回家,在学校好好念书。"

"嗯。"

许梁州又在作怪,一旦单单的注意力放在别人身上,哪怕这个人是她母亲,他都不舒服。

他恶意地抓起她的手指头,轻轻咬了两口。

单单浑身一颤,捂着手机。许梁州对她做了个口型:"晚上陪我看部电影。"

他的意思是,她陪他的话,他就不闹了。

单单也学聪明了,先假装同意。

单单跟单妈聊了快半个小时，才依依不舍地挂了电话。

晚上睡觉之前，单单十分聪明地把许梁州哄去洗澡，然后飞快地回了房间锁好门。

许梁州听见房门落锁的声音，闷声笑了笑。

房间的门锁轻易地就被许梁州撬开了。

单单还没有睡，戴着耳机趴在床上刷手机，指尖在屏幕上滑动着，双肘撑着身子，背对着他，也没有听见他开门的声音。

许梁州脚步放到最轻，一步步靠近躺在床上的她，然后从身后一把抱住她，连带将她翻了个身，困在床上。

单单被突如其来的他吓到了，手机掉在枕头边。

许梁州笑眯眯地看着她，神色荡漾："锁门干什么？刚刚答应我的都不作数了？"

单单理直气壮："反正我这也是跟你学的，你说话也从来都不算话。"

他挑眉问："比如？"

单单几乎说不出反驳的话来，明明之前他骗过她，现在被他这么一问，她还真的举不出例子。

许梁州发笑地看着她拧眉回想的模样，心下微动，凑过去用胡楂在她光滑细嫩的脸颊上蹭了蹭。

单单嫌弃地"噫"了声："你这是在干吗？起来，回自己房间去。"

许梁州咬了一口她的唇，低低闷笑："你刚才说，我说话从来都不算话的？"

许梁州开始挠单单的痒，单单力气没他大，根本阻止不了他。

她服了软："哥哥，我错了。"

许梁州眯起眼睛："再叫两声哥哥。"

单单非常耻辱地又叫了几声。

第五章／岁月神偷

第二天单单清醒的时候，许梁州也醒了，却没有起身，在单单爬起来的瞬间，又把人给拉了回来。他带着点鼻音，问道："不累吗？再多睡会儿。"

单单累，可她没有忘记自己还要军训。

她说："我要去学校。"

他的大手搭在她的腰间："给你请过假了，咱们不去了，以后也都不用去了。"

他实在是见不得她吃那个苦。

"你又擅自做主？"

许梁州气得发笑："你起得来吗？"

单单懒得理他："我可以，你把手拿开。"

许梁州起床气发作起来也不是一般的难缠："别闹我，收拾你信不信？"

单单听见他理直气壮地说这种话，也很生气："你有完没完，能不能不要什么事情都要管。"

许梁州盯着她的眼睛："你是我女朋友，我怎么不能管？"

单单觉得和他讲不通道理，她一气之下直接说："不是你女朋友，你就管不着了，对吧？"

"你什么意思？"

"你心里清楚，不行就分手。"

"把话收回去。"

单单没什么好脸色对许梁州，沉默一阵，抿了抿唇说："你不想做的事，不代表我不想做。"

许梁州的语气冷了不少："这几天的军训有意义吗？你以为自己这么训练就能强壮到哪里去？自找苦吃。"

他的话让她听得很不舒服："我就乐意吃苦怎么了？你凭什么决定我的事？而且这是学校的规章制度，你能不能守点规矩？"

许梁州笑了声："我只是觉得这是没有意义的规章制度。"

单单快要被他气死了，什么德行。

"你看看你现在的样子,你之前还有脸跟我说你会改变,你这个骗子。"

他眸光冰冷,凝视着她的时候让她腿抖,站都站不稳,一个人嘴上的言语会改变,能伪装,但与生俱来的那种气场是变不了的。

男人眸色越来越沉,漆黑的眸盯着她:"我不想你去,单单,休息几天不好吗?"

"我不怕吃苦,我也不怕太阳晒,你要学会尊重我。"她重复了一遍,一字一顿地说,"你要学会尊重我。"

许梁州不觉得自己做得不对,他习惯性地把"为了她好"当作前提,他认为自己所做的一切都是为了她好,所以没有错。而她用了"尊重"一词,他如果不尊重她,早就哪里都不让她去,谁也不给见了。

许梁州抿唇,上前抱着她,有些太直白的话不能说出口,他只是说:"我不喜欢。"

单单无奈:"可这是我的事,你不能代我做决定。"

到嘴边的话被他压了下去。他可以的,如果他想,她的一切决定他都可以代做。他现在不是不想,只是不敢。

许梁州从之前她一系列的反应中推断出,自己和她有过不太好的结局。

吃一堑长一智,他不能重复那样的路。

"你听我一次好不好?"他软下声音。

"我已经听了你很多次,你答应过我,你会变好。"

如果不是对他的喜欢,单单想,自己一定没有勇气坚持到今天。

她顿了下,分手的念头闪过,她张嘴,还没说出口,就被他的话打断:"好吧,我送你过去,你别说了。"

绝对不能从她嘴里听见"分手"两个字,他会失控,这段时间的努力也会白费。

许梁州往后退了两步,让自己看上去轻松一点:"好了,不吵了。"


军训过后,单单多了个外号,叫"小黑炭"。

许梁州有事没事就说她黑了。单单心里头还是在意这点的，女孩子都希望自己白一点。

不过她也没怎么埋怨军训的大太阳，毕竟这些天下来，她觉得自己强壮了不少，虽然可能是假象。

开学过后，许梁州就要了单单的课表，他没课的时候就会去她的教室门口等她。

他发现她今天的心情格外好，他揽着她的肩，问："发生了什么事，你一直傻乐？"

单单捧住自己的脸："我表现得很明显吗？"

"对，跟我说说。"

单单觉得这是件非常小的事，小到不值一提，于是就随口一说："啊，没什么事，就程浔跟我说了个笑话。"

程浔邀请她一起参加新生典礼的表演。她学了那么多年的舞蹈，还是头一次有了用武之地。

"程浔是谁？"许梁州还是比较关心单单身边出现的人的，至于她撒了个谎，他可以睁一只眼闭一只眼。

单单撇嘴："这么快就忘了啊？你见过，就是那天打算跟我一起去食堂吃饭的女孩子。"

许梁州回想了遍："你和她关系挺好。"

"因为她人好。"

凉风掠过，吹动他的发，他眼带笑意，俊俏的面容在柔风下更能撩动人心。他笑得极为温柔，垂下的眼遮挡住里面的所有暗沉，他说："多交朋友挺好的。"

单单跳起来："你也这样想吗？"

他抬眸，不轻不重道："嗯。"

教学楼的两边种了不少树，多为果树，这个季节树上结了不少果子，不过都小小的、涩涩的，只能看，不能吃。

许梁州的记忆忽然倒回开学那天，当时他逗她，指了指在树旁接吻亲热的小情侣，说他要尝试。

今天的时机还不错。

温度不高，树下片片阴影，树叶被风吹得发出了悦耳的响声，最主要的是，周围没什么人，气氛很好。

许梁州拉着她的腕，将人按在树干上。

男孩高挺的鼻梁抵着她的脸，吐字时的热气洒在她的肌肤上。她低垂眉眼的模样乖巧无比，许梁州的指轻触上她的轮廓，慢慢滑动。他的喉结动了动，发出的嗓音低哑魅惑，他说："我真的好喜欢你。"

单单僵硬了片刻，抬起头，与他直视，忽视不了他眼中盛着的爱意，心里的那片柔软越来越大。她踮起脚，捧着他的脸，嘴唇在上面印了下，只是个微小的回应。

"我也是"三个字就在嘴边，却还是不能毫无芥蒂地说出口。


许梁州情绪复杂，觉得满足，但又觉得不够。人都喜欢得寸进尺，他想要更多。

他毫不犹豫地按住了单单的腕，凑近深吻了下去，如狂风暴雨般不给她喘息的机会。


许梁州的课业排得很满，一周几乎是满课，只每个周四下午全校公休才有放松的机会。

他比自己想象中还要喜欢专业课，要背要记的理论很多，但对他而言难度不是很大，他脑子比一般人灵光些，效率也就更高。

他喜欢戴着手套拿着手术刀的感觉，喜欢刀刃慢慢地如划破绸缎般割裂人体表面皮肤的感觉。

正因为他的忙碌，单单才多出了些时间来做自己的事情。

平时没课的时候，她就和程浔一起排练节目。她学的是芭蕾，能跳的曲目很多，但最出名的曲目她不敢尝试，怕给演砸了。

单单每天都练得大汗淋漓，光华也渐渐显露出来。

正式上台表演的前一天，西子和宋城两个人跑到H大找她。宋城有事都不会瞒着许梁州，于是许梁州翘掉了一节课，几个人碰了头。

西子看见许梁州过来，把宋城骂了一顿："不是说好了不告诉他的吗？"

宋城摆出一副"我什么都不知道"的表情来，耸肩不语。

西子咬着吸管，喝着冰水，脸色很臭。

西子挽着单单的手，侧过脸，笑着看看她，故意说："我还没来过你的学校，你带我逛逛。"

单单的一声"好"还没出口，站在两人面前的许梁州就沉下脸，生硬道："你先把手松开。"

西子冲他吐舌，忍着惧意，说："就不，她不是你一个人的，你有病。单单我们走，不理他们。"

单单看着许梁州吃瘪的样子，幸灾乐祸地笑了一下，然后跟着西子离开。

单单想起来，高考前一天，黄昏之下，她亲眼看见宋城偷亲了西子，而现在西子好像还是什么都不知道。她问："你今天怎么是和宋城一起过来的？"

西子的手明显僵了僵，打哈哈道："本来是打算和顾勋一起。"

单单继续问："然后呢？"

西子无所谓地摊手，佯装大度："然后我就和他吵架了。"

"我前两天也和许梁州吵架了。"

西子笑笑："不一样，他喜欢你，可有时候我觉得顾勋一丁点都不喜欢我。"

两人抱着冷饮坐在树下的长椅上，西子这些话也只能在单单面前说："其实我跟他都说不上是吵架，是我单方面不理他，也没见他来哄哄我……喜欢他真的好累。"

单单望天:"那你还要继续喜欢他吗?"

西子没有半点犹豫,说:"要的,当然是要的。"

单单想,或许许梁州也是这样撑过来的吧,对于喜欢她这件事。

如果没有回应,他也一定会累的,但也一定不会放弃。

那边的宋城和许梁州两个人相顾无言。上了大学后,宋城戒了游戏,吊儿郎当的放荡样子也消失了。

"宋城。"

"怎么?"

"她不喜欢你。"许梁州慢悠悠地开腔。

这是他一个外人能都看清楚的事,他不信宋城自己会看不出来。

"所以?"

"你会一败涂地。"

宋城没有吭声。

许梁州比单单先一步回到公寓,看了眼钟表,时间还早。于是,他进了厨房,从冰箱里拿出新鲜食材。他已经能娴熟地使用菜刀,感觉和用手术刀没什么差别。切好菜之后,他将自己的手洗干净。现阶段他的厨艺还上不了桌,所以他回了客厅,坐在沙发上看书。

过了许久,门口才终于有了声响,单单总算是从学校里回来了。

许梁州抬起头,将手中的书放在沙发上,轻轻地笑笑:"回来了?玩得开心吗?"

单单点头,从声音中都能听出她的愉悦。她说:"挺开心的,你呢?"

许梁州眨眨眼,有刻意卖萌的嫌疑,他说:"不开心,我连饭都没吃上。"

单单走近他,真诚地建议:"要不我们今天下馆子吧?"

许梁州顿时心塞,菜都切好了,你跟我说下馆子?

他不情不愿地出声:"好。"

单单见他勉强,解释了一句:"我今天不想做饭,你就体谅一次。"

他只是想让她去厨房看一眼，然后表现出惊讶，之后再对他称赞一番。

许梁州无奈地勾唇，摸了下她的头发："走吧，我们出去吃。"

单单乐呵呵地拿起包跟他出了门，他的步子大，她没一会儿就落在他几步之后，她看着他宽厚的背影，略略失神。

要是他能一直这样下去就好了。

没有那种令人畏惧的独占欲。

许梁州停了下来，回头，璀璨发亮的眸望向她，问："怎么落在后面了？"

她说："跟不上你的步子，你太高了。"

许梁州想了想，而后对她招招手，蹲下身子："上来，我背你。"

单单小跑过去，爬上他的背，双手勾着他的脖子，轻声细语："你可不可以一直这样体贴？"

许梁州的步子顿了顿，笑意没之前那么深，垂眼："我考虑一下。"然后他问，"那你会喜欢我吗？"

如果他一直这样，她会对他多一点点喜欢吗？

单单认真作答："会的。"

许梁州放松下来。

他想，如果她说不会，那么一切的伪装都没了任何意义。

还好，她的答案是肯定的。

单单是第二天早晨才发现厨房里切好的菜，土豆丝每一根都是差不多的长度、厚度。单单先是诧异了下，随即就想通了，这是他切的。

许梁州穿着睡衣从卧室里出来，眼神清明，倚在墙边，笑得如春风拂过："看见了？"

"嗯，看见了。"

"那你觉得怎么样？"

"想听真话还是假话？"

"真话。"

"土豆丝放了一个晚上,味道有点怪。"

许梁州静默了一会儿:"那假话是什么?"

单单笑弯了眼睛:"你切得好整齐。"

许梁州思绪停滞了下,吐字道:"真想把你的嘴给堵上。"

单单将放坏了的土豆丝倒进垃圾桶:"是你要问我的。"

他往厨房走了两步,将人困在厨房的台子旁,龇牙:"你会不知道我想听什么?"

"我又不是你肚子里的蛔虫,当然不知道。"

光打在他的轮廓上,映出他的俊美。他的手指放在她的唇边,渐渐下移,在她的下巴上磨蹭了好久,用了力。她樱唇微张,只听他道:"来,我把我的蛔虫渡给你,你好好感受,就知道我想听什么了。"

大早晨的吻旖旎朦胧,她被吻得嘴都麻了。他问:"感受到了没有?"

她别开脸:"没有。"

他恍然大悟般:"那就继续。"

单单赶忙用手挡住他:"别,知道了。"

许梁州双手抱着她的腰,眉眼含情:"我想听什么?"

单单假笑:"切得真好,特别好!"

"嗯,你这话深得我心,所以一定要给你奖励。"

单单并不想要这劳什子奖励……

外院迎新晚会在晚上七点,地点是学校的小剧场,刚好能容下整个外院的人,前期也在校园里的操场上挂过横幅,所以有些别的院系的学长学姐也会来凑热闹。

这一天许梁州满课,只是中午的时候和单单一起在食堂吃了个午饭。

单单吃得心不在焉,有些犹豫要不要把自己在迎新晚会上有表演节目的事情告诉他,但每每张嘴,话又说不出来。

许梁州放下筷子,看着她问:"怎么了,不好吃?"

单单摇头,还是不要告诉他好了,反正也不是什么人事。

"天气太热,没什么胃口。"

许梁州扫见她面前还剩下大半的饭:"现在不吃,下午上课会饿。"

"我下午又没有课。"

许梁州挑眉,好心提议道:"那你跟我一起去上课?"

单单想都没想就拒绝了:"不要。"

她又听不懂,何况她下午还要去小剧场彩排。

许梁州很是遗憾:"去陪陪我不好吗?"

单单支着头,理由正经得不能更正经,对他说:"我怕打扰到你。"

他伸手掐了下她的脸蛋:"我不怕被你打扰。"

吃完饭,许梁州没有强迫她去陪自己上课,只是半哄着要她送他到医学院的门口——没有别的原因,就是单纯想秀一把恩爱。

大学校园里情侣并不少见,只是像他们这样高颜值的就不多了,越往理科院系走,男生就越多。女孩子爱看帅哥,男生见到美女也同样移不开眼睛。

许梁州握住单单的手紧了紧,脸色没有方才那般好看了,甚至有点后悔。

单单忍不住出声:"疼,你轻点。"

他回过神,松了点力道:"抱歉。"

单单把手抽出来,抬起来特意给他看了两眼:"红了。"

许梁州重新将她的手抓回来,放在嘴边吹了吹:"还痛不痛?"

本来是个无比矫情的动作,但他做起来就显得自然且带点色气。

她摇头:"不疼了,就是有点恶心。"

许梁州低头抿唇轻笑:"欠收拾了是不是?"

刘成刚好走到门口,看见腻腻歪歪的两人,捂着胸口,如受暴击。他忍不住贱兮兮地开口:"小许哥哥,你是要收拾谁?"

许梁州横了刘成一眼。

单单怕生，和刘成打了声招呼就跑了。

许梁州收起脸上的笑，往教室的方向走，经过刘成身边时，不客气道："我们秀恩爱的时候，你好意思上来捣乱？"

刘成跟上他的步子："呵呵，秀恩爱死得快。"然后话锋一转，"当然，我们小许哥哥和小嫂子一定会天长地久的。"

许梁州微笑，点点头："嗯，这倒是实话，不像你这么可怜。"

刘成不服气："我哪里可怜？你还比不上我。"

许梁州在他身上扫了一圈，目光里的含义不言而喻："是吗？"

"你没我帅。"

"我有女朋友你有吗？"

"我有钱……"

"我有女朋友你有吗？"许梁州仍旧是这句话。

"我脑子好。"他打住许梁州即将要说出口的话，"好了，你不用说了，知道你有女朋友。"

"知道就好。"

刘成撇嘴："有本事你换句话。"

翻来覆去就是这句话，真砢碜。

许梁州微微一笑："不好意思，别的本事都没有，就是有个女朋友。"

"……"

下午两点半，单单提前到了小剧场，后台有专门的换衣间，有节目的演员都在里面聊天。

程浔在帮人化妆，见她来了，跟她打了个招呼。

此时单单有点新奇还有点激动，程浔指了指左手边的小门，说道："你先去换衣间换衣服。"

演出服是之前单单和程浔一起去挑选的款，尺度对她来说有些大，露背吊带裙，但不得不说，很合身。

单单换好衣服之后又披了件外套。

相声演员中有个高高瘦瘦、白净帅气的男孩子,是英语二班的,叫丁昊,他把自己的椅子让给单单:"你过来坐这里。"

单单道谢,然后就坐了过去。

一群同龄人在后台说说笑笑,感情一下子就增进了不少。

单单很喜欢这样的氛围。

程浔手上的活忙完之后就过来给单单上妆。因为单单皮肤底子好,程浔只给她涂了个显气色的口红,颜色很衬她的演出服,又把她的头发盘起来,精致的脸完完全全露了出来。

此时的她,和平时截然不同。柔软可爱的姑娘,展开了她一直被遮掩着的风韵。

后台的一群人都看呆了。

程浔收起化妆盒,感叹道:"没想到,单单妹子还有这种气质。"


一共十个节目,三个舞蹈、六个演唱再加一个相声。

单单特意让程浔把她的节目排得靠前一点,因为她想早些回家,虽说许梁州每周三的晚上都会留在实验室,但万一呢?

她并不想冒险。

晚上七点,学校领导和同学陆续进场。

晚会正式开始。

单单手心里都是汗,耳边还有丁昊他们两个串词的声音。

她上台时,将外套脱了下来,白皙的背部露出一大片,裙装将她的身段勾勒得完美,她眉眼间的自信渐渐多了起来,一步步都踩在实处。

伴随着音乐,她翩翩起舞。

每一个动作都恰到好处。


实验室今晚停电,不能用。

许梁州换回自己的衣服，锁好门，站在墙边给单单打了个电话，响了好多声，都没有人接。

他的眼神冷下来，紧接着又打了几个，还是没有人接。

他将手机放回自己的衣兜里，好看的眉头皱起来，脸色不好看。

也许在家看电视，没看手机？他这样想着，眉间又舒展开来。

许梁州从实验室里出来恰好碰见刘成，对方好奇地问道："你怎么还在这儿？"

许梁州反问："我怎么不能在这里？"

刘成挠头："今晚单单有节目，你不去看？"

许梁州眸子一眯："什么节目？"

刘成知道完蛋了，一看许梁州这表情明显就是不知情。

"说。"

刘成犹豫道："哎呀，我也不知道是不是真的。外院迎新晚会的广告贴在宿舍楼下，我好像在海报上看见单单的名字了。我也不确定，也许是我看错了。"

刘成也是因为单单在外院，才会多看两眼，就恰好看见了上面有她的名字。许梁州没看见海报也正常，毕竟他不住校。

许梁州阴沉着脸，从声音里能听出些个切齿的意味："在哪儿？"

刘成叹气："学校的小剧场。"

许梁州大步流星地走了，刘成怕出事，赶忙跟着他。

许梁州到小剧场时，单单已经上台表演了。

灯光下的她美得惊心动魄，红唇红衣，是他从未见过的模样。台下人的目光都随着她的舞步而转动，她像是只展翅的蝶，脆弱但有生机。

许梁州沉默地看着台上的她，裸露的背、精巧的小脸，美得让人失神。

他的一颗心不断地往下沉。

他绷着脸，漆黑的瞳孔中看不出悲喜。

单单表演结束，回到后台，一群人满脸是笑地跑来夸她跳得好。

这时她放在桌子上的手机响了起来,屏幕上亮起了许梁州的名字,一看还有好多个他之前打来的未接电话。

"喂。"她接起。

"你在哪儿?"

"嗯……我……在家。你什么时候回来?"她还是不擅长撒谎。

许梁州拿着手机,笑容森冷。他挂断电话,抬步朝后台走去。

许梁州进去时,谁都没有反应过来,包括单单,他们几乎是立马就安静了下来。

他似笑非笑:"怎么不说话了?"

单单觉得有点冷。

他上前,用力掐着她的手腕,对其他人笑了笑:"我先带她回家了,你们继续。"

许梁州沉默得让人心生畏惧,单单跄跄地跟在他身后,起先还有惊惧,垂下眼想通之后就什么都不怕了。

他们之间的问题从来就没有真正解决过。

从学校到公寓的路途中,许梁州一言不发,只从他冷冰冰的脸色中能窥探到他内心的想法,这是暴风雨前的宁静。

天空飘了几滴雨,渐渐地,雨有加大的趋势。黑暗的夜里,只听得见两人的呼吸声,他甚至都等不及回到家里,直接在楼下就质问起来。他忍着怒意,目光扫及她的装扮,咬牙切齿地问:"为什么不告诉我?"

单单抬头,毫不遮掩地对上他的视线,她笑了笑:"我不敢。"

这句话跟针一般扎在他的心口。他低低地笑,闪耀的黑眸中含着不清不楚的悲怆:"为什么不敢呢?怕我?"

单单摇头:"不是怕你,是如果我告诉你,你一定不会答应。"

许梁州没有办法反驳这句话。这是真话,如果她说了,他必定不会同意,不仅不同意,还会千方百计地阻挠这件事。

他掐着她的手腕，昏暗的光隐匿着他的神情。他忽然问："你既然都知道我不会同意，为什么还要去呢？就那么喜欢吗？"

他回想起方才自己看见的画面。脑海中是她幻化成蝶飞走的模样，她的美丽全都展现了出来，还让更多的人看见了，他莫名地就想当一个折翼的恶人，不让她飞，也不想她的美让除了他之外的人看见。

最终，他淡淡道："先回家吧。"

单单望着他微魔怔的样子，恐惧慢慢地从心里涌起。她挣扎着："我不上去。"

现在上去，之后能不能下来都是个问题。

他态度温柔，亲昵地拍了拍她的头："我又不会吃了你。"

单单眼眶泛红，声音嘶哑地说："你一直都在骗我，你根本不会改，你永远都是那个自私的你。许梁州，我不是你的附属品，我是个活生生的人。"

许梁州沉眸，捏住她的下巴，神色竟有点点的悲凉："对，我一直在装，伪装得小心翼翼，不敢让你看出破绽，生怕你会离开我。可你呢？这么一点的信任都不愿意给我吗？"

单单说话破了音："信任？你质问我之前要不要先问问你自己，你做了哪些事能给我足够的信任感？

"我不够相信你，同样的，你对我也是。"

许梁州心口发麻，像是郁积了一团火，想发又发不出去。

他松开手，鲜红的指印留在她的下巴上。他说："不对，你不是不相信我，你是根本就不喜欢我。"

算起来，这段感情里，她一直都是被动的那个。

单单被气笑了，泛着血丝的水眸凝视着他，拳头砸在他的胸膛上："我不喜欢你？你觉得我不喜欢你？"

眼泪应声掉落，一串串如雨落下。

如果不喜欢许梁州，她根本就不会再给他机会。

她的世界被许梁州一个人牢牢掌控，每天醒来和睡去面对的都只有他一个人,连吵架都不敢和他吵。

她怕那日复一日年复一年,被困在冰冷的别墅楼里的日子成真!

她很想把这些话说出来,忍了又忍。最后,她有些疲倦地说:"你是真的爱我,可是,我不想当你的物品,我有我人际交往的自由。"

如果不是喜欢,她怎么会敢冒着梦也许会成真的风险呢?

在现实里,她看见了一个不同的许梁州,年少肆意张扬的许梁州,而不是那个梦中的他。

他明亮的眸,让她看到了希望。

可两人好像跳脱不出这个可悲的圈子。

她脸上的眼泪,就像刀子,活生生地往他身上捅。

他无奈地笑,比哭还难看:"我的眼里心里只有你一个,你的心里眼里为什么就不能只有我一个呢?"

单单望着他,良久才道:"没有别人,从来就没有别人。"

雨滴越来越大,砸在他们两个身上,没多久两人的衣服就湿了。

雨水顺着他额前的发丝垂落,苍白了他的脸色,也苍白了他的唇。

他将单单推进楼道里,推到墙壁上,寒气包裹他周身,他却不觉得冷。他说:"我不想装了,我不喜欢别人碰你,不喜欢你跟他们说话,不喜欢他们把目光都放在你身上。"

"那我们就分手。"她说得决绝坚定,"不能因为你的不喜欢就剥夺我的一切。"

许梁州顿了顿,触碰上她的脸,说:"别提'分手'两个字,我不爱听,也没可能。"

单单扯了扯嘴角:"没有什么不可能。"

他的目光陡然冷了下来,嘴边却还带着笑:"不吵了,你先回家,我冷静冷静。"

说罢,他松开她,径直朝外走去。

他站在滂沱大雨中,修长的身躯挺拔坚硬,背影萧索,犹如自虐般被大雨冲刷着，呜咽的风中夹杂着彻骨的寒意，他还觉得不够。

胸腔中的火热始终压不下去，他要好好想想该怎么办。

两人都在逃避。

可这始终不是办法。

单单站在楼道口，冲他大喊："我告诉你，没用的，许梁州，你装可怜也好，自虐也好，我都不会心软。"

雨中站着的人无动于衷。

许梁州这回真的不是在卖惨，他只觉得自己要是不冷静一下，怕是又要做些无法挽回的事情。

看见她在舞台上绽放的那一刻，他就想把她拎回家，谁也不给看。

一段感情中，一个人无止境的退让总是无用功，要的是两个人的磨合。

单单独自回了屋，抛去心中的沉闷，冲了个澡，上了床。

半夜惊醒，窗外的大雨只重不轻。

她拉开床头的灯，看了眼墙壁上挂着的钟表，已经凌晨三点了。

她光脚踩在地板上走出去看，屋子里只有她一个人，他还没回来。

单单的指甲抠进掌心，疼得回过神来，连伞都忘记拿了，穿了拖鞋就跑了出去。

底下的人跟个木桩子似的站着，煞白的脸上没有血色。

单单跑过去，手指触及他的肌肤，冷得想往回缩。她拽着他的手："你疯了是不是？回去啊。"

许梁州不动，不敢抱她，怕把她给冷着："不分手。"

单单都不知道说什么好。

"不分。"他又重复了一遍。

单单连拖带拽地把人给弄上了楼，许梁州浑身湿透，跟从水里捞出来的一样。

他去浴室里冲洗一番之后，就看见放在床边被收拾好的行李。他上前抱住在找药箱的人,力气大得不容撼动:"我想了很久,也没有想到什么好办法,性格是天生的,我改不了,但我愿意——"他顿了顿,说,"愿意为你让步。"

或许将来他还是会不喜欢,会觉得难以忍受,但他能理解了。

单单低垂着头,慢慢掰开他的手指,把翻出来的预防感冒的药塞进去:"你千万不要再骗我了。"

许梁州剥开药片的包装,干吃着药片,点头:"好。"

这么一折腾,就到了凌晨四点钟。许梁州扫了一眼地上摆放着的行李箱,蹲下来,拉开拉链,然后将里面折叠好的衣服重新放回衣柜。

他直起身,用力一脚把行李箱踹进了床底。

这天晚上,许梁州抱着单单不肯松手,单单累得眼皮都睁不开,他的大手放在她的腰间,环抱着她,让她靠在自己的胸膛之上,在她耳边呢喃:"下次有事记得告诉我。

"或许我不会答应。

"但你只要哄哄我就好了。"

哄他,对他撒娇,他就会同意了。

单单半梦半醒,嘤咛了声,他没听清她说了什么。

他亲亲她的脸颊:"我其实很好哄。"

单单在外院有了点名气,至少认识她的人变多了,辅导员偶尔也会拿她打趣。

明里暗里喜欢她的男生也不少,只不过许梁州向来高调,大家都知道她有个巨帅的男朋友,那些男生望而却步。

两人的感情不算突飞猛进,但也还算不错。

他总算是多给了她些自由空间,她很满足。

这天早上两人第一节都没有课,单单睡到八点半才醒过来,浑身犯懒就是不想动,许梁州还闭着眼睛没醒。

他睡着的样子也挺好看的,单单伸出手小心翼翼地戳戳他的脸蛋,软软的,手感还不错。

她一点点地在他的轮廓上描绘着,青葱般的指尖爬上他的唇,在她收回手的瞬间,他忽然睁开眼,差点把她给吓到。

他眼底清明,哪里有刚睡醒的样子,分明就是装模作样逗她。

许梁州握住她的手,另一只手抱紧她的腰,低沉喑哑道:"怎么不多摸一会儿?"

单单抽回自己的小手,厚着脸皮:"摸着不舒服,起床了。"

许梁州将脑袋往她脖颈里靠,贪婪地吸了吸她的味道:"再睡一会儿,还早。"

第二节课十点半才开始,还有两小时,确实可以多睡一会儿,可单单一旦醒过来就再也睡不着了。

"你睡你的,我要起来刷牙洗脸了。"她推他,没能推动。

许梁州按着她,闭着眼:"不闹了,还是说昨晚不够累?"

单单抿唇,累当然是累的……

就这样,两人又睡了一个回笼觉。

再次睁眼,时间不早了。

单单急急忙忙地从床上爬起来,又把许梁州叫醒,自己才去洗手间里洗漱。

许梁州的动作不慌不乱,仿佛一点都不着急。单单看着有点气:"你再不快点就要迟到了。"

许梁州进了洗手间,从身后环住她的腰,笑声低沉,还带着点惺忪慵懒的意味:"今天周六。"

单单拍开他的手:"我当然知道是周六,可是今天补课啊。"

"十一"调休,刚好今天补课,然后一连放假七天。

"嗯,可今天补的是周五的课,你周五上午没课吧?"

单单拧眉,才惊觉自己记错了,还以为补周一的课。

单单掐了一把他的腰:"你故意不提醒我。"

许梁州耸肩,上前拿过刷牙杯,挤好牙膏,才点头说:"嗯,我故意的。"

洗漱完之后,许梁州就又开始磨蹭,换鞋的时候抬头看了单单一眼,问道:"你陪我去上一节课吧。"

单单想都没想,把早餐塞进他的怀里:"我不要。"

许梁州站直了身体,语气遗憾:"我跟他们说我有女朋友了,都没有人相信我。"

单单才不会上他的当,他那么高调,谁不知道他有女朋友了,带她去上课摆明了就是想炫耀。

其实她还是想得太简单,许梁州就是想招摇过市地告诉更多人,他身边的女孩是属于他的。

而且,这个女孩将来会成为他的妻子。

"不去。"她斩钉截铁。

"你不爱我了。"

"既然你说不爱,那就不爱了吧。"

"……"

许梁州沉吟片刻,像是在思考,然后对单单招招手:"你过来,我有句悄悄话要跟你讲。"

单单警惕着呢,可架不住他认真的表情,实在不像是会骗她的样子。

每个人的好奇心都重,单单往前挪了两步:"嗯,你说吧。"

许梁州勾唇,笑了笑:"隔这么远,怎么说悄悄话?"

单单皱着眉,走近他,她的身躯在他的高大之下衬托得格外娇小。

"现在可以说了。"

许梁州弯下腰,凑近她的耳畔,吹气:"我想告诉你——

"你上当了。"

四字刚砸在她的耳边,她就被抱起来,扛在肩膀上,男人没有给她一丁点的反应时间,把人给扛出了门。

单单气急败坏地抓着他的衣角:"许梁州,你放我下来。"

许梁州拍了下她的翘臀:"昨晚你可不是这样喊我的。"

单单涨红了脸,被他的话堵住了。

她并不是很想回忆昨晚,许梁州可没打算就这么放过她:"昨晚你喊我什么来着?我想想。"

单单打他的背:"你闭嘴!"

他做恍然大悟状:"哦,我想起来了,你一口一个哥哥,怎么现在翻脸不认人?不厚道。"

分明就是他逼着她喊的。她像个霜打的茄子,没了精神,只得干巴巴地低声骂了句:"无耻。"

许梁州没换车,虽然宋城他们上了大学之后都开车,但他还是骑的自行车。把人放在后座上,就风一般地冲了出去。

单单抱紧了他的腰:"你能不能慢点?"

"我快迟到了。"

单单有种想打他的冲动:"刚刚起床的时候怎么不见你着急。"

许梁州龇牙,笑得很欠打:"你着急,所以我就着急了。"

单单嘟嘴:"不想跟你说话。"

每次都说不过他,他也不让她。

自行车停在医学院门口时刚好上课,老师已经到教室了,许梁州牵着单单的手从医学院大门进去,单单目光乱瞥,无意间看见泡在福尔马林里的标本。

她被吓得轻声叫起来,下意识地往他背后躲。

"别怕,我在,有妖魔鬼怪我都挡在你前头。"


刘成坐在后面,他偷偷地摸到门边,替他们开了门。

许梁州牵着单单从后门进了教室,坐在最后一排。

男孩子都喜欢起哄,好在动静不大,教授看了眼,也就没说什么。

刘成时不时就回头看看，许梁州不耐烦起来，黑着脸，说："你脖子坏了还是脸长在脑门上了？尽往后看，看谁？"

"看你长得帅。"

许梁州冷酷道："恶心。"

这堂课对单单来说就是天书般的存在，一个字都听不懂，太难了。

一节大课一个半小时，单单听了十来分钟就趴在桌子上用手机看小说。

许梁州的余光注视着她的动作，看她专心致志，眼珠子都快掉进屏幕里，不免好奇，侧过身："看什么呢？"

单单手指还刷着屏："你听课，别管我看什么。"

许梁州把她的手机抽出来，扫了眼——《总裁霸爱》。

他嘴角一抽，把手机还给她，忍俊不禁："没想到你喜欢看这个。"

单单听出他嫌弃的意思，也不管他，继续看着小说："人家慕容霸天比你好多了。"

"慕容霸天……是谁？"

"男主角，动不动就是几千万的支票，比你有钱比你帅。"

许梁州选择沉默。

两人说话间，没注意到教授往他们这里看了好几眼。

"你！就是你！拿着手机的姑娘，起来回答一下组织的定义。"教授指着单单道。

单单慌张地站起来，低头，什么都说不出来。

许梁州捏了下她的掌心，对她眨眼，小声地说："回家多亲亲我，我就告诉你。"

单单点头，然后他说一句，她跟着大声说一句。

"组织是人们按照一定的目的、任务和形式编制起来的社会集团，组织不仅是社会的细胞、社会的基本单元，而且可以说是社会的基础。"

才说完，教室里爆发出阵阵大笑。

单单转头瞪着许梁州。

捉弄了她的男人也在笑，乐不可支。

"我问的组织不是那个组织。"教授忍着笑意，绷得很辛苦，又道，"旁边的男同学，我看你笑得最开心，不如你来帮她解释。"

许梁州大大方方地站起来，双手插兜："老师，我女朋友说什么就是什么。"

"行了，坐下吧。"教授很开明，对小情侣一起来上课的事见怪不怪，不过还是打趣了一句，"女朋友听不懂，当男朋友的要教她。"

这下子，刚刚停歇下来的起哄声又起来了。

单单心里打定主意，以后不能跟他一起来上课，实在是太有风险。

许梁州喜欢跟她黏在一起的感觉，看着她笑，他也觉得开心。

"我们今天中午不吃食堂了。"

单单想了想："好。"

她知道他向来不喜欢在食堂吃，而且他还有洁癖，偶尔能跟她吃一吃食堂，已经很不错了。

"那我们去哪里吃呀？"她问。

"巨好吃的地儿。"他信誓旦旦道。

下课后，单单坐在车后座上，一只手撑着伞，遮挡阳光。

许梁州骑得不快不慢，先带她回了公寓。

吃饭的地方离校区不近，蹬着自行车的许梁州额上冒出了些许汗来，一滴滴的，如珠子般大小。

单单对他喊了句："你停一下。"

他回头："怎么了？"

单单说："你凑过来。"

许梁州挑眉，眼睛里满是疑惑，不过还是照做。

她从口袋里拿出纸巾，替他擦了额上的汗水。

"好了。"

许梁州愣神了一会儿。

许梁州带单单去的是一个非常别致的院子,看上去很有韵味,里面古色古香,朱漆楠木,回廊曲折。

服务员领着两人去了包厢。

才到门口,就遇到了熟人。

是一个单单在梦中见过的人,许梁州的大姐许茗。

许茗手挽着席竟,妆容精致,美艳无双,犀利的目光在两人身上打转。

"州州?"

第一眼看过去,许茗也以为是自己看错了。

这是她那个不省心的弟弟,一点错没有,可他身边的女孩子是怎么回事?

许梁州丝毫不觉尴尬:"姐。"又对席竟点点头,"姐夫。"

许茗将目光移到单单身上,红唇微启:"这位是?"

许梁州搭上单单的肩:"女朋友。"

许茗不惊讶,上下打量了一番:"长得不错。"

水水嫩嫩,就是感觉有点柔弱。不过两个人看上去还是很般配的。

不等许梁州出声,许茗先一步开口:"一起吃个饭。"

单单没多少抗拒,就是不习惯,毕竟她和许茗还不熟。

许茗算是个比较拼事业的女强人,刀子嘴豆腐心。

在许家,许梁州真正怕的也只有他母亲一个人,其实那也不是怕,而是迁就。

"不打扰你和姐夫的用餐时间,我们各吃各的。"许梁州义正词严地拒绝。

他绝对不要别人打扰他和单单一起吃饭。

许茗斜过眼,淡淡地看着席竟,问:"打扰了吗?"

席竟微笑,仔细看还有点幸灾乐祸的意味:"并没有。"

"一起吧,人多热闹。"

四个人坐在小而静的包厢里。

席竟是旁观者,不会主动说话,而单单,是巴不得自己一丁点存在感都没有,就更不会开口。

许梁州这个时候看他姐姐就不是那么顺眼了,尽戳人痛处。

"姐,你也老大不小,怎么还不要孩子?"

许茗拿湿巾擦了擦筷子,漫不经心地开腔:"关你屁事。"

许梁州笑得没个正形:"跟我是没什么关系,可你不急,姐夫急,姐夫三十多了,再不生就是老来得子。"

席竟端起手边的茶,轻轻抿了一口,放下茶杯,温柔的眸对着他:"我也不急。"


这就是许梁州不喜欢和他们两个一起吃饭的原因。

许茗给席竟投去赞赏的一眼,才想起一直被忽略的单单。她问:"你叫什么?在哪里念书?"

许梁州替单单作答,回了句一模一样的话:"关你屁事。"

许茗冷眼:"臭小子,你找打?"

"姐,这叫学以致用。"

"给我滚一边,没跟你说话,你别插嘴。"


单单顿了几秒,说:"我也是H大的学生,叫单单。"

"嗯,挺好。"许茗给自己倒了杯水,"家在哪儿?"

"南城。"

许茗问得不咄咄逼人,单单答得也没有不开心。

许梁州的家里人,她都还挺喜欢的。没什么架子,直来直往,和他们相处起来不难。

"噢,明白了。"许茗点头。

南城,也就是他们高中就认识了。

难怪许梁州要死要活地改志愿，真出息。

许梁州就当对面坐的是空气，一如既往地在餐桌上对单单献殷勤，给她夹了一块红烧肉："多吃肉，你太瘦了。"

单单试图让他收敛一点。

许梁州哪能不知道她在想什么，装作不明白，他今天就是在摆态度给他姐看。

许茗淡淡笑了声，不知在想什么。

倒是席竟忽然笑道："年轻人，感情就是好。"

许茗横了他一眼，他顺势握住她的手，放在嘴边亲了一口："嗯，现在我也有点年轻人的感觉。"

许茗冷笑："人老了就要服老。"

许茗和席竟是联姻，感情不深，至少许茗是这么认为的。

两人同床共枕的次数少得可怜。

许茗不怎么喜欢席竟，觉得他徒有其表。

看起来是温文尔雅的教授，本质却是个心狠手辣的黑心人。

席竟不怎么在意她的话，大掌抚摸她的发丝，凑近她耳边："不管我老了还是我死了，你都是我的妻子。"

许茗没说话。

这顿饭吃了两小时，许茗差不多摸清楚了单单的背景，留下个不反感的印象。

大门口，两拨人分道扬镳。

许梁州问单单："你什么时候也带我见见你妈妈？"他已经迫不及待了。

单单没松口："我妈不喜欢你。"

"嗯，我知道，家长们都不怎么喜欢我。"

单单被他的话逗笑了："你也知道自己不讨喜？"

许梁州吓她:"信不信我动手收拾你。"

单单把脸凑过去:"你打,两边都给你打。"

只要他下得去手。

许梁州捧住她的脸,在她脸颊上印了一口。

单单的脸整个皱起来:"脏。"

"又不是没亲过。"

单单抬手就要掐他,他跑了两步,笑得绚烂:"你不给我亲,我也不给你掐。"

"你有本事别跑。"单单气道。

许梁州站稳在原地:"我不跑,就在这儿。"

单单却又不动了,过去了也敌不过他。

许梁州笑眯眯地看着她:"你过来,怎么不敢过来了?"

单单垂眸,咬唇:"你转过去。"

他乖乖背过身,殊不知,单单悄无声息地挪动着步子,然后朝着反方向跑掉了。

他腿长,三两步就跟了上去,将人拦腰抱起,冷眼睨她:"你再跑。"

国庆假期,单单在公寓里窝了七天,天气太热,地铁站公交车上也全都是人。

许梁州上进好学,学医的每年期末考都相当于是重历一次高考,课业繁重,让人不能懈怠。

许梁州这些日子每天上午和下午都要去实验室,只有晚上有空。他母亲来过电话,让他把单单带回家看一眼,许梁州沉吟片刻,只是用"没时间"三个字来搪塞。

经过上一次两人的争吵,许梁州学到的第一件事,就是要过问单单的意见,免得弄得她不开心。

许梁州的母亲把他的说辞告诉了许父,许父不屑地笑笑,搂着妻子亲了亲,也只有傻妻子相信儿子的话。

许父一个电话直接打到许梁州的手机上，中心思想简洁，只有一个意思——

把人带回家看看，现在不带回来以后也不用带了。

许梁州在假期的最后一天早晨跟单单提了一句，他问："你想不想去我家看看？"

单单端坐在电脑面前，手速飞快地在键盘上敲打着，她在赶《近现代史纲要》的课程论文，三千字，才刚起了个头，没听清他说了什么。

"啊？什么？"

许梁州在家穿得休闲，套着宽松的T恤，赤脚踩在毛毯上。他走到沙发那边，把她的电脑往茶几上一放，点了待机。

他叹了口气，坐在她身侧，将人抱过来，两人四目相对。

"我爸妈想看看你。"

单单垂下眼，手指不自觉地戳着他硬邦邦的胸膛，出声时带着点埋怨的意味："你爸妈怎么知道了？"

许梁州好笑，抓住她作祟的手指头，很无辜地表示："这事真和我没关系。"他想了想，"应该是我大姐告诉他们的。"

他跟着又问："你不愿意去？"

"没有。"

没什么不愿意的，只是她觉得有点早。

许梁州抿唇笑笑："那晚上过去吧。"

说完，也不给她反应的时间，捧着她的脸，对着他垂涎已久的地方亲了下去。

她身子骨细瘦，盈盈一握的腰，很好掌控。

他的视线顺着她宽大的领口看下去，暗光扫及她白皙的肌肤，心里微动。

她忽然圈住他的脖子，垂首埋在他的肩头，脸上微热，低低道："我累。"

他最终是靠着意志力将燥意压了下去。

许梁州大半个身子靠在沙发上，一双大长腿随意地搭着，单单大半个身子都倒在他怀里，两人睡得安然。

许梁州睡醒时已是中午十二点钟，他动作小心地把她抱到卧室，盖好被子，转身进了厨房。

一个多月来，他的厨艺总算有了长进。

果然聪明的人，学什么都快。

单单被厨房里传来的香味勾醒，迷迷糊糊地摸到餐厅，瞌睡虫也都跑光了。

"吃饭，吃饱后换身衣服，我带你去我家。"

单单夹了一小块排骨，刚咽下去："啊？我没说要去。"

许梁州揉揉她的发："没得选，我家里也很好玩。"

还养了几条狗，要是无聊的话，她还能逗逗狗。

吃完饭，单单换了件淡蓝色的无袖连衣裙，外面配了件小开衫，温婉可人的打扮，也是她向来的穿衣风格。

许梁州开了车，单单不知道他从哪里弄来的。

他车速不快，饶是如此，在经过三环开外的公路上，还是出了个小车祸。

是车前方忽然冒出一个小男孩，为了避免撞到，许梁州猛地往左打方向盘，险险避开孩子，车头却撞上了绿化带。

撞得不严重，只是他的额角破了一个口子，滑滑的血流了下来。

单单没什么事，身子因为惯性往前冲了冲，脑门给撞疼了，等她回过神来，才看见许梁州趴在方向盘上一动不动。

她脸色一白，青葱般的五指扯上他的衣角，带着哭腔："许梁州，你没事吧？"

她摇了摇他的手："你说话。"

许梁州脑袋有些沉，但还是清醒的，她的话他都听清楚了，只不过看她在关心自己，有点舍不得吱声。

他坐正了身子，抬手抹了抹额上的血迹，血团让他这么一抹，显得更瘆人。

"我没事,别慌。"

单单心口一缩,看着他额上冒血的模样,整个人都不太舒服,唇上的血色陡然褪去,面色煞白。

两个画面在她脑海中盘桓交替。

她想起来那次她经历过的匪夷所思的幻觉,不,不对,那不是幻觉。

那就是她死后,他的未来。

那个孤零零的、如同行尸走肉般存活的他,那个浑浑噩噩,最后却毅然决然赴死的他。

他无声无息地躺在地面上,靠在她的墓碑旁……

单单是真的被吓到了,说:"去医院,对,我们赶紧去医院。"

许梁州抽出纸巾,将脸上的血给擦了干净,又用纸团堵着伤口:"没多大事,不用去医院。"

单单不信,怀疑的目光在他的伤口处打转,血很快就又浸上纸团,红白交错。

"要去的,先去医院。"

许梁州小时候受过比这更严重的伤,他也不觉得有什么,调笑:"这么担心我?那好,我们去医院。"

单单抖动着唇,后怕感还是挥之不去。

原来失去一个人是这样简单而又容易的事。

她眸色复杂,当年,他应该也很难过。

两人下了车。

单单不让他瞎动弹,用自己的手机打了保险公司的电话,来处理后续。

至于那个忽然出现在马路中间的男孩,安然无恙地站在不远处。他的母亲从后面上来,抱着他就跑了,临走前,心虚的目光往这边瞥了瞥。

许梁州冷哼了声,没打算计较。

这条路上不是很好打车,许梁州用了叫车软件。

等了二十多分钟。

烈日当空,晒得不行,许梁州松了手,将额头上的纸团往垃圾桶里一丢,跑到车后备箱,找了件外套。

单单跟在后面,不满他的草率:"你干什么?血又流出来了,你怎么不知道爱惜自己?"

许梁州听得心都软了,很是受用。他指了指额头:"没事,一会儿就结痂了。"他把手里的外套递给她,"拿着。"

单单无措地接过衣服,却不知道要拿着干什么。

许梁州叹息,指尖点了点她的眉心:"傻不傻,盖在头顶用来遮太阳。"

单单张大了嘴,他索性自己拿了过来,举在她的头顶,帮她遮住日头。

单单心里一软,面对着他,踮起脚,努力地往上拔高自己的个头,伸手想碰又不敢碰:"疼不疼?"

许梁州听见她小心翼翼问的这三个字,默默地想,这次车祸出得真值。

"能忍。"


车子交给保险公司处理,许梁州在医院简单包扎之后就赶回了家。

在那个梦中,单单曾在医院度过漫长无望的一段时光,许是那种感觉太真实了,她很不喜欢医院里的味道。

许家的老宅大门两侧还有人把守,威严壮阔,单单静静地立在门外,看了好一会儿,才敛回目光。她逆着光,许梁州心里竟生出丝丝不安来。

他搭着她的肩,抿唇问道:"怎么了?"

单单侧身,抬头仔细地凝视着他。尽管伤口被白纱包裹着,也丝毫不减他的帅气。

她展颜一笑,摇摇头:"没什么。"

许梁州看出她心里有事,想追问来着,却硬生生忍住,到底是不喜欢她瞒着自己。在他心里,还是更想她事无巨细都告诉自己,虽然那不太可能。

客厅里许父许母已经在等,许茗也回了家,至于他那个神龙见首不见尾的二姐,又出去采风了,赶不回来,只是在微信上通知了许茗,让对方拍张照给她看看,她也想知道是什么人收服了自己的弟弟。

许母现在已经退休,她原本是一名大学教授,虽不年轻,但气质很好,是个很温柔也很讲道理的女人。

许茗开的门,许梁州懒得看她,换好鞋拉着单单的手就去他妈妈面前晃。

许梁州眯着眼笑道:"妈,我回来了。"

许母第一眼关注到的就是他额头上的纱布,忙问:"这是怎么弄的?"

许梁州握着他妈妈的手:"出了个小车祸,没什么大碍。"

许父听见这话当场发飙,重重地拍了下面前的茶几,怒目圆睁,瞪着他:"你还敢碰车?我不是告诉过你,两年内不许你碰的吗?全当我的话是在放屁是不是?之前的教训记到脑子里了吗?"

许梁州沉下脸:"爸,我有分寸,不会出事。"

"不会不会,你说不会就不会?我看你是自找死路。"

"车祸"两个字在很长的一段时间里,是许家的禁忌。

许梁州在被迫回南城读书之前,在首都出了一次车祸,许梁州在病床上躺了三个月,其间差点挺不过去,病危通知单下了不少于三张。

单单忍不住站出来替他解释:"伯父,他是为了避开行人,才撞到隔离带上去的。"她有些护短,"伯父,这事真不是他的错。"

客厅里顿时静默了下来。

单单才发觉自己说的话很突兀,她的脸腾地就热起来了。

许梁州黑着的脸顿时转晴,弯下腰,在她耳边说了句:"你对我真好。"

许父冷哼。

许母出来打圆场,拍了拍许梁州的肩:"你放这么多天的假,都不回家看看。"

他严肃地回答:"我忙着学习。"

许母看向他身边的人,问:"你就是单单吧?他大姐跟我提起过你。"

单单这才有勇气抬起头:"伯母好。"

晚餐时，许母也没怎么问单单家里的情况，大概是在许茗口中了解过了。几个人围绕在餐桌前，这顿晚餐吃得还算愉悦。

晚饭过后，许父拉着许母去散步。

许茗趁着单单休息，偷拍了张照片，虽然照片有些糊，但也能看清轮廓。

单单没发觉，不代表许梁州没发觉。

许茗去阳台吹风顺带传照片的时候，他默不作声地跟过去，阴森森的，像是黑夜里露出洁白獠牙来："姐，谁让你拍她？"

许茗吓得转身："臭小子，走路没声。"

顺利发出照片后，她抬头道："你二姐想看看她什么样。"

许梁州从鼻子哼了声，将照片传到自己手机里，然后亲手删了他姐手机里的照片，又从删除历史中清理了干净。

许茗对他的做法早就见怪不怪，这都是占有欲在作祟。

单单没心思看电视，嘴里咬着许梁州切的苹果，余光瞥见他额头上的伤口又渗出了些血迹，起身，仔细地看了看，然后说："你别动，我替你换药。"

之前在医院拿了药水和纱布，就在她的包里。

单单手上的动作很是温柔，没有弄痛他。其实他是学医的，完全可以自己来，可他很享受这种被单单照顾的感觉。

因为单单眼中只有他一个人的感觉，实在美妙。

许父许母散步回来之后，让他们两个留在这里住一晚。

男方的家长们总是更开明，许父不会干涉儿子的感情问题，他知道自己也不能干涉。

这儿子性子冷得很，能遇到让他热起心肠的人，不容易。

何况，儿子那个精神状态，要是他插手做了棒打鸳鸯的人，许梁州估计得恨死他这个父亲。

以前，许母还担心自己的儿子遇不到喜欢的人怎么办，青春期的男孩子，也没见他春心荡漾，对谁都冷淡。

还好,现在总算是有了女朋友。

听他姐姐说,还是在老家那边认识的。

这样一想,许母也不知道那场车祸到底是好是坏。

单单不忍拂了许母的好意,再说,深更半夜,她就是想走都走不掉。

她今晚要睡的是许梁州的卧室。

不同于其他人的房间,他的卧室内干净得没什么摆设,也没有球星歌星的海报。

单单身上黏黏糊糊,可又没有带换洗的衣服,坐在床边正纠结,许梁州也不避讳,在她面前就脱了上衣,露出了结实的胸膛。

她的窘迫都写在脸上。

许梁州拉开衣柜,从里面抽出一件衬衫,然后又从衣柜最下方的抽屉里拿出自己的平角裤,往她怀里一塞:"进去洗吧。"

单单嘴角一抽,有点嫌弃。

许梁州好笑地掐了掐她的腮帮子:"怎么,不愿意穿?那你去洗吧,光着出来。"

单单伸脚轻踢了下他,抱着衣服就跑进浴室。

里面很快就有了水声,许梁州躺在床上,耳畔忽地传来一阵响动。

是单单的手机。

就落在床中间。

他伸手,拿到眼前,看了眼,上面的来电显示是"莫莫(momo)",这是她家那边的方言。

是妈妈的意思。

许梁州看懂了,指尖一顿,脑子里的想法已是百转千回。

他微合双眸,隐去里面如墨团般黑暗的光,揉揉眉心。他想起了很多画面,最多的还是她躲避的样子。

他再次睁开眼,里面已没有了犹豫。

那些卑鄙的情绪翻涌而上,遏制不住。

他摁下接听键，嗓音低沉暗哑："喂……"

单妈主动申请调到了高二教师组，投入到工作中后人都有了精神，看着教室里那些个朝气蓬勃的孩子，她浑身有劲。

离婚的痛苦便没有那么难挨。

日子总还是要过。

这天晚上，她备完课，才想起来已经有两三天没有给女儿打过电话。

她摘下鼻梁上的眼镜，拿出放在抽屉里的老旧手机，拨了个电话过去。

响了好几声，久到单妈以为手机不在女儿身边，那边却突然被接起，紧跟着她就听到了一个低沉的男音。

"喂……"

单妈一愣，一瞬间觉得是不是自己打错了电话，将手机从耳边拿开，看了眼屏幕，确定号码没有错。她心一沉，脸色不怎么好看。

不过单妈还是很冷静，客气地问了一句："请问你是谁？"

许梁州到底是不打算留退路："我是她男朋友，你又是哪位呢？"

单妈捏紧了手机，绷着脸，男朋友？女儿竟然就有男朋友了？是把自己临行的嘱托都当成是放屁了吗？

她的声音极冷："我是她妈。"

许梁州不慌不忙地喊道："阿姨您好。"

"让她接电话！"

许梁州有一刹那的犹豫，但最终又心软："阿姨，她现在不是很方便。"他绽放出一抹笑来，"不过阿姨您不要误会，她只是睡着了。"

单妈气得手都在发抖，用力挂了电话。

单妈冷静下来之后，又打了电话过去，只是那边再也没有人接，她一个接一个地打，回复她的只有长长的、仿佛无尽头的嘟嘟声。

许梁州看着闪动的屏幕，眸光暗沉，将手机调为静音模式，又随手将手机往床头柜的抽屉里一扔，再也听不见声响，房间里顿时清静了不少。

单单这时也洗好了澡，穿着他的衬衫从浴室里出来，还是不自在。他的衣服套在她身上大得吓人，袖子松松垮垮地挽到手肘处，下面遮到大腿，一双笔直细瘦的腿暴露在空气中。

许梁州从床上坐起，眼中幽幽的、深深的。他没有坐怀不乱的本事，她美得闪耀，她身上穿着的是他的衣服，就像整个人都沾染到了他的气息，这种归属感让他觉得很舒服。

单单的手腕忽然被他拽住，一起躺倒在柔软的大床上。

单单胡乱蹬着腿，被他压制住了。

许梁州将她的手按在头顶上方，缠绵的吻自她的眉心渐渐往下移动。

单单睡着后，许梁州没睡，搂着她的腰，拿出被他放在抽屉中的手机，点开看了看，几十个未接电话，全是她妈妈打来的。

许梁州不后悔这么干，按单单的性子，怕是到大四毕业那年都不见得会把他介绍到她妈妈面前，再说，他已经想好了借口。

只不过不小心接了个电话。

单单是在第二天上午看见手机里的一大串未接来电，第一节课下课，她给她妈妈回了电话。

"妈妈，出什么事了吗？"

昨晚那几十个电话，把她给吓到了。

单妈面容憔悴，昨天彻夜未眠，此时才终于等到了女儿的电话，怒意未消："你还敢问我出了什么事？"

单单蒙蒙的，被程浔挽着手带出外院的大门口。

"妈，到底怎么了？"

单妈努力让自己静下心来："我问你，你昨晚在哪里？"

单单心神一凛，手机都快拿不稳："妈，你怎么忽然问这个？"

在她妈妈面前，她不敢撒谎。

"你有没有把我的话放在心上？我送你上大学是让你去学习的。"单妈深吸一口气，"退一步说，就算你谈恋爱了，你怎么能……怎么能和……"

后面的话，单妈没有再说。

单单吓得都走不动道："妈，你怎么知道？"

单妈冷笑："我昨晚打电话给你，是他接的，该怎么做你自己看着办吧。"这句话也是她斟酌了一个晚上之后才想好的说辞。

单单站在原地，眼神放空了好久。

许梁州今早一个字都没有提，他就是故意不告诉她的。

她回过神，不行，不能惹妈妈生气，妈妈会不要她的。

她一遍遍地回拨，单妈都挂了。

这个态度已经十分明显。

单单咬着唇，抛下程浔，就往医学院那边跑。

程浔看她的样子不太对，追上她："你怎么了？"

单单惨白着脸，摇摇头："我有事，不去英语角了，你去吧。"

程浔皱眉盯了她好久："我跟你一起过去。"

单单本想拒绝，但想了想，点头同意。

许梁州在上课，单单和程浔在医学院的大厅内干等了一节课，程浔撑不住找了个长椅坐下来，对单单拍了拍身侧的位置："你也过来坐，我看你抖得都要站不住了。"

"不用了。"

单单垂着头，靠在墙边，小小的身躯止不住地抖动。

一节课的时间并没有那么难以等待，下课之后，里面的医学生一涌而出，大部分的人都认得单单，有几个男生还起哄，扒着门，对着还没出来的许梁州说："州州女朋友来了，大家注意退散，免得被误伤。"

每次他们俩在一起时，周围的人都要被塞满嘴的狗粮。

许梁州敛神，嘴边的弧度带着深意，她主动找过来的次数屈指可数，这次怕是因为昨晚的那通电话。

许梁州走出教室，就看见她低着头，黑发垂落，挡住了她大半张脸。

他忽然出现在她身前，眼角带笑："来了？"

单单抬起头，掐着掌心，唇色苍白如雪，大大的眸看着他："你跟我妈说什么了？"

许梁州静默一下，又忽地笑开，指腹蹭着她的脸颊："原来是你妈妈，我不知道。"

单单嘲讽地笑笑，挥开他的手："你会不知道？你见过她，也听过她的声音，你怎么可能会不知道！"

许梁州停滞了一瞬，不见谎言被拆穿的慌乱："嗯，然后呢？我不小心接到，你那上面打的备注，我不认得是什么意思。"

他推得干干净净，显得很无辜。

单单说不清是失望还是怎么样，只知道，她不能失去妈妈。

"我们分开吧。"她缓缓地说。

他笑，寒意丛生："你再说一遍。"

单单直白地对上他的眼，如他所愿地重复了一遍，一字一句地说："分开，再简单点说，就是分手。"

她没等他的回应，而是转身对还在惊讶的程浔道："我可能要麻烦你一件事。"

## 第六章
## 为你织梦

单单回了公寓,当着许梁州的面将卧室里属于自己的衣物全都收进了行李箱。

许梁州倚在门边,头一次在她面前抽烟。

呛人的烟味弥漫在房间里,他冷眼看着,绷着的下颌显得他心情极度差劲,五官锋利的线条更显冷峻,死水般寂静的眸,泛着森冷。

程浔在楼道里等着,没敢进去,那两人一看就知道是吵架了。

单单全程面无表情,提着行李箱就往门外走。

许梁州灭了手中的烟,大步上前,手掌搭在她的肩头,按压着控制着不让她动。

单单转头,冷声:"松开。"

他吐字时口腔中还带着淡淡的烟草味,凉薄的唇微动:"谁准你离开了?"

单单对他的反应不惊讶,眼皮子动了动,对他讽刺地笑笑:"你让开。"

许梁州想过她会生气,但是没想到她的怒意会这么重。

他还不知道是他低估了她母亲对她的影响力。

许梁州大力将门关上,"砰"的一声巨响,惊动了等在楼道里的程浔,她跑到门边，疯狂地按着门铃，久久没有回应。

"我不让你走，我不同意分手，你是我的人，我说了算。"

单单往后退了两步，浑身的疲惫显而易见："分手不需要你同意，我迁就过你的，可我们还是不合适。"

许梁州拉过她的胳膊，将人带到自己的面前，森森的眸光凝视她："你尽管说你的，我不可能放你走。"

单单仰头，抿唇不语。

行李被许梁州扣下，人也被关了起来。

单单躺在床中央，房门被人从外面紧紧地锁住，黑暗之中，她甚至都能听清楚钟表走动的声音。

她自嘲一笑，看，许梁州还是那个许梁州。

许梁州此刻在楼道之中，静静地看着程浔，语气不耐："你回去吧，没你的事。"

程浔狐疑的目光在他身上打着转，明显就是不相信他的话："你让她亲自出来跟我说。"

许梁州嗤笑："你算老几？"

程浔气得发抖："你把门打开，有本事让我进去，她那样子就不对。"

"情侣吵架没见过是吧？吵着吵着就好了。好走不送。"

许梁州无情地关上门，将人留在外面。

程浔跺脚，却无计可施。

许梁州回卧室的时候，单单正在和她妈妈通电话，小声啜泣："妈妈，我已经和他分开了，你不能不要我。"

单妈听见这个消息谈不上多开心，听着女儿的哭声，内心也有点难受。

"你懂事了就好。"

房门被打开，许梁州暗沉的双眼看着床上用被子将自己卷起来的人，他轻轻叹了一口气，走进浴室冲冷水澡。

出来的时候，单单还是闷在被子里，他掀开被子的一角，闯进被中，从身后搂着她："你就这么听你妈妈的话吗？你觉得我们在一起是件错事吗？"

单单有一刻哑口无言，是错事吗？不是。

是合理的，在一起是两相情愿的事情。

她浑身僵硬："我妈会不要我。"

如果她不听妈妈的话。

回忆起往昔，她内心的恐惧就更甚："我已经没有爸爸了，我不能失去我妈，我妈也不能没有我。"

许梁州无法理解单妈的某些想法，但单妈和他一样，都想操纵单单的人生。

"可这件事不是我的错，也不是你的错。我不过是接了一个电话，这件事错的是你妈妈。"

单单静默良久："那又怎么样呢？"


许梁州把大门也反锁起来，拔了家里的电话线，又把单单的手机没收了。第二天清早去学校上课之前，他吻了吻她的眉心，说："在你没冷静下来之前，就先不要出去，学校那边我会帮你请假。"

言下之意，就是他只听自己想听见的。

单单蜷缩在被中，冷笑了声。她习惯了，反而不觉得害怕。

起床之后，单单站在阳台上吹风，一双手搭在栏杆上，静静地眺望远方。

家里断网，但许梁州很贴心地在抽屉里准备了不少电影碟片，单单躺在沙发上看了一整天的电影。

两个人正式开始冷战。

无论许梁州做什么说什么，她都装作看不见听不见，算是一种变相的反抗。

在此期间程浔给她打了很多个电话，都是许梁州接的，冷声威胁程浔不要多管闲事。

程浔气得说要去报警，许梁州倒是一点都不在意，冷笑了声："你去吧。"

许梁州挂了电话，察觉到单单瞪他的眼神，有点好笑："你瞪我干什么？"

单单朝他伸出手:"把手机还给我。"

许梁州捏着她的手机,没有要松手的意思:"你也听见了,程浔说要去报警。"

单单抿唇不语。

许梁州虽然不怕麻烦,但也不愿意惹出麻烦,况且事情闹大了对谁都不好,他现在还有心情和她开玩笑:"我被抓了,你会不会心疼?"

单单叫他去死。

许梁州捏了捏她的脸:"真希望我被抓啊?让警察叔叔来管小情侣吵架,是不是有点小题大做?"

单单扭过脸:"你想表达什么?"

许梁州又改为捏她的手指头玩:"我这个人记仇,程浔得罪我,我就去报复她,你也不想我们俩的事情把她也牵扯进来吧?"

单单确实不想牵连别人,这是她和许梁州之间的矛盾。

她想了想:"你让我和她打个电话,我自己和她说。"

许梁州轻松解锁了她的手机,拨通程浔的电话号码并开了免提。

单单跟程浔说自己没什么事,只是和许梁州吵架了。

程浔不信:"有他这样做事情的吗?连门都不让你出。"

单单沉思片刻:"他发神经,过两天就好了。"

程浔勉强信了三分:"那你什么时候回来上课?"

单单含糊道:"等吵完架,应该还要过几天。"

"行吧,你早点回来。"

挂了电话,许梁州又把单单的手机锁进抽屉里,然后看了眼时间,问了句:"饿不饿?"

单单气都气饱了,说:"没胃口。"

许梁州拧着眉:"不吃饭怎么能行呢?"

单单咬牙:"你让我饿死。"

许梁州心情不错，对她笑了笑，摸了摸她的脸颊："我给你熬个汤？"

"说了不吃。"

"鸡汤还是排骨汤？"

"……"

单单气结，牢牢闭上嘴巴，懒得再理他，下定决心一个字都不和他说。

冷暴力持续了两天，到了第三天，许梁州却先憋不住："你以为不跟我说话，就有用吗？我根本就不在乎。"

单单忍不住想笑："是啊，你只在乎你自己的感受。"

许梁州沉默下来。

单单尽量心平气和地说："许梁州，我是喜欢你，但我们先分开一段时间吧。"

许梁州看起来很难过，差一点她就要心软了。

过了几秒钟，他对她说："你把我介绍给你妈，她未必不会改变看法。"

单单摇头，她了解她妈妈，对他的印象早就先入为主，难以改变。

可饶是话已经说到这个份上，许梁州还是没有放她走。

许梁州约了宋城出来喝酒。

宋城带着梁叙一起去了H大的操场，两人是骑着小黄车去的，近且方便，顺带还买了两打啤酒。

宋城和梁叙都在政法系，虽然两人在高中时是死对头，还打过架，但大学里某些理论课无聊且冗长，两人就在课上组队打手游，来来去去就成了朋友。

许梁州坐在操场的高台之上，一双腿悬在半空中，宋城勾着他的肩："说说吧，怎么了？"

许梁州语气郁闷："我做了一件错事，可我不想改。"

"什么事？"

"她想离开我,我不肯放她走。"

宋城一口啤酒喷了出来:"算了,不奇怪,这是你能做得出来的事。"

许梁州也仰头闷了一大口酒:"她现在不肯理我了,我难受。"

"她会理你才怪。"

许梁州转头:"你也觉得是我不对吗?"

"我不知道,我连个女朋友都没有谈过,你问梁叙吧。"他指了指身侧一直没有开口的男人。

许梁州不太记得起梁叙这个人了:"你同学?"

宋城点头:"咱们一个高中的,现在和我一个班。"

梁叙微笑:"你好。"

"既然这样,你就说说看,怎么办才好?"许梁州不耻下问。

梁叙握着酒瓶子,却一口都没有碰。他抬起下巴,利落的轮廓看上去赏心悦目,一双璀璨的眼眸极为动人:"引诱,我当年就是引诱她喜欢上我的,她会舍不得分开,你要学会张弛有度。"

他又补了一句:"况且,只是分开,又不是再也见不到了。"

许梁州眯眼:"做不到。"

"你做得到。"

操场上的风吹动他们的发丝,许梁州和宋城都闷头喝酒,梁叙在一旁看着,到最后,只有宋城喝得不省人事。

梁叙嫌弃地架着宋城回了T大的宿舍,许梁州也回了家。

许梁州还是没有松手,只不过没有把单单困在家里,同意她回学校上课,不过下课的时候他总是堵在外院门口,像个甩不掉的尾巴。

单单知道他倔强偏执,硬碰硬的法子行不通,但她也不想妥协,一步退步步退。

她只能把许梁州当成空气,置之不理。

这样的日子莫约过了两个月,从十月份到十二月中旬。

单单统共也没跟他说过几句话，她的失望清清楚楚地写在了眼睛里。

圣诞节那天，许梁州终于松口了，轻描淡写地说："明天我送你去程浔那儿。"

单单握着筷子的手一僵，若无其事地夹着菜，点点头："好。"

程浔也搬出来了，在校外租房子住，正好缺个合租的室友。

许梁州笑了笑，这大概是他两个月来最轻松的笑容："今晚外面很热闹，你能陪我出去逛逛吗？"

单单看见他的笑不知道为什么鼻尖发酸，她犹豫了几秒钟点点头："好。"

初冬，北方已降了大雪，窗外雪花飞舞，寒风呼呼作响。

单单穿着米白色羽绒服，脚下是一双厚实的雪地靴。许梁州也从衣柜里找了一件和她差不多颜色的羽绒服，又找出围巾，仔仔细细地给她围住脖子，挡住了大半张脸，才牵着她的手出了门。

市中心确实热闹，店门口都摆放着装饰好的圣诞树，街上来来往往的情侣也不少，脸上大多洋溢着开怀的笑容。

许梁州的手掌温暖有力，他带着单单逛了许多店，她什么都没有买。

"累不累？"他问。

"我还好。"

"我们坐坐吧。"

一旁的屋檐下有张长椅。

许梁州将脑袋搁在她的肩上，轻轻地合起眼，休息了一小会儿，没有睡。

雪花不停地降落，等他再次睁开眼，已是十几分钟之后，而此时也接近凌晨，圣诞节马上就要过去了。

不远处有个抓娃娃的机器。

许梁州起身，目光幽远。他想起高中的时候，他抓了好多回才给她抓到一个娃娃。

他大步朝那边走,单单跟在后头。

投币进去,许梁州专注地看着娃娃机里的玩偶,按了键,一次就中了。

他觉得好笑,本来还企图靠这个多磨些时间,哪知道运气这么好。

许梁州将玩偶塞进她的手中,冰天雪地里伸手抱着她的腰,裹着一身寒气道:"我是真的舍不得你。"

单单和许梁州在圣诞节那天之后正式分开了。

单单和程浔合租了套两室一厅的小公寓,起初那几天,许梁州没有出现在她面前。元旦那天晚上,单单从超市回家的时候看见了许梁州,他就站在楼道底下的路灯旁,手里还夹着烟。

他穿着黑色风衣,消瘦了不少,轮廓也更加冷峻。他灭了烟,鞋子踩在雪花上吱吱作响。他走过来站定在她面前,将手里的小盒子塞进她怀里,说了句"新年快乐",就走了。

单单握紧了盒子,转身望着他渐行渐远的背影,大声道:"你也快乐。"

许梁州没有回头,姿态决绝,头也不回地离开了她的视线,他怕自己转身就又舍不得离开。

她要的冷静和分开,他给了。至于将来的结果,那一定得是他想要的。

单单回到住处,打开盒子看了看,是一条项链。

程浔从卧室里出来,脸上还敷着面膜:"你回来啦?买酒没有?"

单单将项链收好,点点头:"买了。"

程浔往沙发上一躺,拿了一瓶啤酒,用牙齿咬开:"来来来,度过今晚就是明年了。"

单单看着都觉得牙疼,她也靠在沙发上:"好快啊,岁月不饶人。"

程浔笑笑:"拉倒吧,我们还年轻。"

或许是酒精的缘故,平时没敢问的问题,这下子就没什么好怕的了,程浔问得很直白:"你和许梁州还会和好吗?"

单单闭上眼睛想了想:"不知道。"

程浔笑了笑，又闷了一口酒："我觉得你们会和好。"

单单歪着头，眼睛一眨一眨，问："为什么这么说？"

"直觉。"

许梁州现在充其量就是松了松手里头的线，不会真的放手。

"不过话说回来，他真的对你挺好。我一直没问过你，你们为什么要分开，你不喜欢他了吗？"

单单愣神："喜欢啊，怎么会不喜欢。"

十二点的钟声敲响，单单的手机也同时响了起来，是一条短信，许梁州发来的。

"刚刚还有一句话忘记说了，新年快乐，还有我爱你。"

单单低着头，因为酒精的作用，身子歪歪扭扭的，手指在屏幕上打字："我也爱你。"她盯着发送键却始终按不下去，最终还是一字一字地删了，放下手机没有回。

这个晚上单单睡得很好。

而另一边的许梁州，又失眠了。


转眼就快到期末，许梁州和单单除了分开住，其他方面并不像是已经分手的情侣，在学校里遇到还能好好地打声招呼，肩并肩地走在一起，可他们两个真正在校园里偶遇的次数屈指可数。

两个班的人也都看出些端倪，许梁州没再去过外院，单单就更没有来过医学院。

单单全身心投入学习，积极主动地参加学院里和学校里举办的活动，认识她的人也多了起来，其中不乏对她有意思的追求者。

表现得最明显的就是迎新晚会上认识的丁昊。

丁昊是个很幽默的男孩子，不过私底下的他不太爱说话，大概是因为在台上说了太多。

学校里的消息传得很快，单单和许梁州分手的事大家隐约都知道了，外院的说单单被许梁州给甩了，医学院的也这么说，就连丁昊也这么认为。

幸灾乐祸的人不在少数，不过这些流言单单都没有放在心上。

就这样熬到期末，许梁州和单单还是没有和好的迹象。程浔一个局外人看得都有点着急，许梁州这种时候怎么这么能沉得住气？

期末考的最后一天，首都下了一场猝不及防的雨，雨势惊人。

单单没有带伞，程浔逃课去了隔壁的T大。程浔最近看上了一个T大的小哥哥，她作风大胆，喜欢就去追。

单单在外院门口的屋檐下等雨停，丁昊不知从哪里冒出来，手里握着伞，客气地问："你去哪里？我有伞，我送你。"

单单沉吟，摆手拒绝："不用了，我再等等。"

丁昊却没作罢："别跟我客气，都是同学，我送你吧，这雨一时半会儿停不了。"

单单抬头看了看天空，捏紧了手："那就麻烦你，到校门口就好。"

"好。"

还好丁昊的伞比较大，单单和他保持了点距离，但还是很拘谨。

她和异性单独相处的次数不多，也不知道是不是习惯了许梁州，此刻她竟然觉得有点不舒服。

出外院要穿过一个不大不小的园子，丁昊主动挑起话题，想和她聊两句，她回话不多。

出外院大门，单单瞥见了不远处立着的人，心下一凛，转头装作什么都没看见。

单单皱着眉，丁昊叫了她好几遍，她才回过神，对他抱歉道："不好意思，还有东西没拿，我先回去一趟，再见。"

许梁州举着伞站着，眼中寒光乍现。

丁昊离开后，单单冒着雨忽然不知道从哪里跑来，说："你傻站在这儿干什么？"

许梁州顿了顿,把人给拽了过来,躲在雨伞之下,嘴一撇:"刚刚那人是谁?"

"同学。"

他阴阳怪气地问:"你什么时候有关系这么好的男同学?"

单单没好气:"你自己不也和女孩子聊得火热,有什么资格说我?再说,我们已经分开了。"

那天她看见他身边跟着个漂亮女孩,那女孩对他殷勤得很。

"你什么时候看见的?"他眼睛忽地一亮,"吃醋了?"

单单像是被说中心事,哼道:"没有的事。你还没说你来干什么。"

要不是看他孤零零地站在雨里,她才不会回头。

许梁州收起情绪,表情严肃:"我有正经事找你。"

单单抬眸:"什么正经事?"

他单手搂住她的腰,忍住肆虐她粉红唇瓣的欲望,沉声道:"你今天回家?"

单单懵懂地点头,不明白他怎么忽然问这个。

"是,怎么了呢?"

许梁州伸手拨了拨她额前的发:"没怎么,我送你去机场。我有车,刚好送你过去。"

他闪动的眸中,有一种不达目的不罢休的执拗,单单无奈道:"可我要先回去提行李。"

许梁州弯唇一笑:"没关系,我陪你去。"

他将大部分伞遮在她头顶,自己的身侧被雨溅湿了,不过他不在乎。

单单上楼拎好行李箱,然后跟程浔说了再见。

许梁州在楼底下的吉普车里等着,这车是席竟冒着被他姐打死的风险送给他的。

许梁州打开车门,淋着雨将她手里的行李箱丢进后座,然后火急火燎地抓住她的手腕将她丢进副驾驶座上，自己也飞快地上了车。

然后他点了根烟，开了窗，散去烟味。

许梁州在单单之前开口道："我和你一起回南城过年。"

单单心中一惊："你不和你爸妈一起过年了？！"

许梁州舔了舔唇角："我还有比这更重要的事。"

他说："我要去见你妈妈。"

隐忍这许久，等的就是今天。

单单不太赞同："我妈现在对你的印象分趋近于零。"

许梁州连机票都订好了，绝不会被她的三言两语说动："嗯，我去讨骂。"

"她可能会对你动手。"

"挨打这事我也很熟。"

"……"

许梁州开车朝机场的方向去，冷不丁地冒出一句："你就说你还喜不喜欢我？"

单单被他盯着看，说不出谎话。

许梁州挑眉："不说话就是喜欢。"

单单嘴硬："一点点。"

许梁州厚颜无耻地说："等着，我这次去就搞定咱妈。"

与北方的瓢泼大雨不同，南方日光艳丽。

两个半小时的航程，单单一直在劝许梁州。她找了很多理由，比如她妈妈不喜欢他，会将他打出来；比如她妈妈会认为之前的分手是她在说谎。但许梁州始终不为所动，按住了她的手，丝毫没有妥协的感觉："别劝我，不好使。"

单单沉默了会儿，然后说："那好，我妈对你动手，我不会帮你。"

她背过身，显然生气了。

机场外许梁州叫好了车，两个人上了出租车。

小城没有什么变化，单单靠着车窗眯了一觉。

出租车停在巷口，许梁州什么都没有拿，两手空空，他手插在兜里，抿唇不悦地看着自顾自朝前走的她。

他慢悠悠地跟在身后："反正我要上门，你不搭理我也没有用。"

单单转身："你是不是忘记了，我们两个已经分开了。"

许梁州笑了笑："那是我逗着你玩的，你不知道？"

虽说后来没怎么见面，但她的一举一动都在他的视线之下。

单单低垂眼眸："我知道。"然后又道，"我刚也没有生气。"

许梁州好奇地问："那你一个字都不跟我说，是为了什么？"

"我害怕，怕我妈打了你，还把我赶出去。"不等他回答，单单抬眼看着他，声音小小的，"我妈喜欢听话的、个性没那么强的男孩子。"

许梁州立在原地，莞尔一笑。

单单进门时，单妈还没有回来。

临近寒假，单妈还在学校里上课。

单单把行李放好，在沙发上躺了一会儿，然后就去了趟超市，买菜做饭。

她很心虚，她妈妈发起脾气，收不住也哄不好。

下午六点，单妈拿着还没批改完的卷子回到家。

单单做好了晚饭，心情忐忑地坐在客厅的沙发上。

单妈换好鞋子，将试卷放在茶几上："你什么时候到家的？"

"下午。"

单妈点头，看了桌子上丰盛的菜，有些惊诧："你都会做饭啦？"

"嗯，学校有厨艺兴趣班。"

单妈坐在单单对面，略微沧桑的眸亮起了些光，不似刚离婚那段时间般暗淡。她用筷子夹了根蕨菜，尝了尝，夸奖道："味道还不错。"

单单也重新坐下来，埋头吃饭。

原本以为她妈妈会提起谈恋爱的事，但整个晚餐时间，她妈妈什么都没说。

单单松了口气的同时,又觉得不安。

晚饭过后,她回屋洗了个澡,吹干头发后躺在床上发呆。

单妈还跟她高三时一样,往她的桌子上放了一杯热牛奶,让她早点睡。

单单跟妈妈说了声晚安,却是无法入眠。

木质的窗微微留了条缝隙,月光将整间屋子照亮,她起身,踩着拖鞋走到窗边,纤细的手指推上木窗,一点点的缝隙被慢慢拉成一个大的空间。

冷风吹在她脸上,半露在窗外的轮廓精致小巧,眸光流转。

对面的阁楼灯光大亮,许梁州立在窗边,手里夹着根烟,距离太远,看不太清他脸上的神色。

单单的手机里多了一条信息。

"看见我了吗?"

"嗯。"

"好看吗?"

"……"单单选择关上窗户。

她重新躺回床上,还是翻来覆去睡不着。

入睡之前,单单给许梁州发了条信息。

"如果明天我妈打你的话,你记得跑快一点。"


许梁州第二天早晨敲响她家院门时,单单还没睡醒。

这是单妈第一次正式见许梁州,从前只在邻居和老师的口中听过他的名字,或是在远处见过几次,从来没有真正了解过这个人。

"阿姨,您好,能让我进去吗?"

单妈恍惚一瞬,不确定道:"你是王奶奶的孙子?"

许梁州露出一抹纯良的笑容:"对的。"

单妈拉开院门,紧紧皱着眉。她总觉得这个声音耳熟,但一时又想不起来在哪里听过。

单妈把他当客人,还给他倒了一杯水:"你奶奶让你过来的吗?有什么事吗？"

许梁州接过水，没有喝，而是放到了离单妈比较远的距离："不，是我自己有事来找您。"

单妈不解："什么事？"

她不记得自己和这个男孩有交集，甚至都没说过话。不过这孩子好像和传说中的不太一样，没有那么混账，长得也确实好看。

许梁州不打算和她周旋许久，开门见山地说："阿姨，我们之前在电话里聊过。"

单妈想起那通令人不悦的电话，当即沉下了脸："所以你这是什么意思？"

许梁州淡定自若："阿姨，我没什么恶意，不过是想来拜访您，毕竟我是真的喜欢单单。"

单妈压着怒气，打开大门："你出去。"

许梁州从沙发上站起："阿姨，您真的没必要这么大反应，单单已经是个成年人了。"

单妈一时说不出话来。

单单的确已经长大，不再是事事都要她看着的小女孩。

单单下楼时，单妈和许梁州之间的气氛不是很好。

她看见对峙的两人，飞快地跑过去，紧张道："妈。"

单妈抬手，单单下意识就挡在他面前："妈，你别打他！"

单妈一愣，语气冷冷："我没想打他，你先让他回去。"

单单扯了扯他的袖子："你赶紧走吧。"

许梁州安抚似的拍了她的手背，然后对单妈道："阿姨，再见。"

许梁州前脚走，单妈后脚就把院门用力锁上，随后没好气道："先去吃饭。"

单单迈着细步走到餐桌前，勺子搅动着碗里的白粥，小心翼翼地打量她妈妈的脸色。

单妈等她慢吞吞喝完粥,才开口说:"其实我并不是很喜欢他。"

单单抬眼,忍不住帮许梁州说了话:"妈妈,你先别着急下定论。"

单妈眼角眉梢存着几分沉重之色,她说:"你要知道,我做什么都是为你好。"

可殊不知"为你好"三个字也早就成为单单身上的枷锁。

单单沉默良久,缓缓抬起脸,神色认真地看着妈妈说:"妈,我真的喜欢他,他对我也很好。"

单妈沉默,没有回话。


夜深人静,单妈裹着深色的披肩,独自坐在窗台边,眼眸中是化解不开的沧桑,耳边回荡着今天许梁州说的那些话——

"您不能逼迫她离开我。

"她会听您的话,但您觉得她真的会开心吗?

"阿姨,您要相信她能处理好自己的事。"

最后,许梁州说:"阿姨,不能因为您有一段失败的婚姻,就不让她相信爱情。"

夜里落了霜,窗台外寒冷如刀割,单妈搓了搓手,默默起身回屋。

很长一段时间里,婚姻和爱情都是她生活里不可提起的两个词,她逃避了很久,不愿意面对这些失败。

她企图将女儿放在一个保护罩里,不让女儿受到任何伤害。

可是她忘记了,她是她,单单是单单。


过年前一天,许梁州往单单房间里扔了一张纸条,字体十分漂亮,字面意思大概就是约她出去玩。

单单将纸条收进抽屉里,撇了撇嘴,心想许梁州也不嫌麻烦,发条信息难道不是更方便?

即便如此，单单还是偷偷摸摸溜出去和他碰面。

她还没弄明白她妈妈对许梁州的态度，不敢太明目张胆地和他约会。

单妈坐在沙发上织围巾，睁一只眼闭一只眼，让她蒙混过关出了门。

寒冬腊月，许梁州穿得单薄，单单轻声问他："你不冷吗？"

许梁州微僵冰凉的手指捧住她的脸："为了帅，怕什么冷。"

单单被他的手冻得打哆嗦："找我出来干什么？"

许梁州低眸瞧了瞧她气色红润的小脸："想你了。过来，让我亲一口。"

单单双手抵在他的胸前："别乱来，我有正事跟你讲。"

她咬唇，继续说："我妈待会儿要去买年货，该怎么做你自己看着办。"

"帮我讨好未来丈母娘？"

"我没有。"

许梁州拽过她的手腕，不让她有逃跑的机会："既然你愿意帮我的忙，我也帮帮你。"

"帮我什么？"

"帮你纾解对我的相思之苦。"

话音刚落，他低身咬上她的唇瓣。


单妈去市场里办年货时，身后跟了个尾巴，不仅帮她砍价还非常殷勤地帮她提东西。

她眼皮子动了动，没有管。

本以为许梁州过一会儿就会没耐心，没想到他一个下午都任劳任怨。

单妈的脸色稍稍缓和。

许梁州帮忙把置办好的所有年货搬回家，单妈冷声说："别以为我会轻易接受你。"

许梁州不慌："阿姨，您舍得让她难过吗？"

单妈愣了愣，她当然舍不得。

其实她心里已经开始动摇。台阶他给了，她要慢慢地下。

元宵节过后,到了单单上学的日子,许梁州在大年初二那天就提前和他爷爷奶奶一起回了首都。

单妈的态度有所缓和,装傻充愣当不知道单单和许梁州还在偷偷交往这件事。

大一很快就这样过去了。

许梁州越发放飞自我,剪了个板寸头,不过依旧是无敌的帅气。

到了大二,新生报到的那天,本来作为学生干部之一的单单也要负责迎新的工作,许梁州不太愿意,缠着她死活不让她去。

新生里学弟不少,他会吃醋。

他抓着单单的胳膊,把人拖到图书馆,强硬地将她按在椅子上,找了本全英文的文学小说:"我看不懂,你翻译给我听。"

单单也知道他不是真的看不懂,他就是逮着机会想折腾她。图书馆里不让大声喧哗,她挺直腰板,扫了眼书籍的封面,是《福尔摩斯探案》的英文版。

单单翻开第一页,清丽的嗓音悦耳动人:"很久很久以前……"

许梁州忍着笑意,听她一本正经地胡说。

她不受影响,继续慢悠悠地胡说八道:"有一只小狼,孤独地生活在山里,有一天,经过的砍柴人起了怜悯之心,不忍看它挨饿受冻,扔了些食物在它面前。"

"后来呢?"他问。

单单继续说:"后来,小狼想要的越来越多,吃完了骨头就想吃肉,吃完了肉还觉得不够,还想喝血。"

"最后……"她拖长了尾音,"它撑死了。"

许梁州的笑声愉悦动听,眉梢落着浅笑:"讽刺我?"

单单无辜地眨眼:"我没有。"

"拐着弯骂我得寸进尺?"他说话不急不缓,"没错,我就是很贪婪,想要的也越来越多。"

单单合上厚重的书籍，还给了他："我累了，我要休息。"

她静静地趴在他对面，盯着他的脸看了良久，忽然伸出手指摸了摸他的下巴。他眼神稍滞："别闹我。"

单单抿起唇瓣，低低笑了声。

她收回手，望着窗外的风景发呆，没过多久，便睡了过去。

许梁州放下手中的书，悄声无息地望着她的睡颜，将自己的外套脱下来，盖在了她身上。


大二这年还发生了件让许梁州不怎么开心的事，赵尽也考上了H大，成为单单的直系学弟。

赵尽还没死心，依然喜欢在她面前刷存在感。

赵尽靠着那张清秀的脸，蒙骗了不少人。

许梁州在单单面前发过小脾气，对她说过无数遍"你离他远一点"之类的话，言语间将赵尽这个人贬到一文不值。

单单觉得赵尽不像是许梁州口中说的那样，是个心机深沉的人。


单单大三那年，赵尽在教学楼底下摆了心形玫瑰花，弹起吉他告白。

单单很尴尬地被围在人群中间，小声拒绝了他。

这件事闹得很大，许梁州发了一通脾气，单单哄了好几天，才勉强让他消了气。

转眼就到了大四，临近毕业。

一天，西子喝得酩酊大醉，跑过来搂着单单号啕大哭。

单单问她："怎么了？"

西子说："顾勋考研，拿到了国外大学的 offer。"

这对顾勋而言是件好事，对西子而言却是漫长分离的起点。

单单又问："那你呢？"

西子醉眼蒙眬,摇了摇头:"我不知道,我成绩不行,可我真的不想和顾勋分开。"

单单叹气,抱着她安慰了很久。

答辩前,顾勋选择放弃国外大学的offer,签了国内一家上市公司,薪资和待遇都很可观。

单单在答辩时,又遇到了一个大问题。

论文查重正好挑中了她。论文是她一个字一个字敲出来的,可偏偏还是有百分之二十的重复率。

没办法,她只能熬夜重新写。

为了和单单一起毕业,许梁州提前修完了医学院所有课程,几个寒暑假也一直跟着医院里认识的主任在实习。

他的恶趣味还是没变,喜欢折腾她,折腾到她眼泪汪汪的就开心。

单单不能理解他。

五月初,单单还在奋笔疾书改论文,许梁州把她从公寓里拖出来,她冲他发火:"你不要烦我,我都不能毕业了。"

许梁州也不怕她挠痒痒似的脾气,找了个包厢点了几个菜:"你头上都快长草了。"

单单都懒得对他翻白眼,打开笔记本电脑,就又开始敲字。

许梁州凑过去看了看,没收她的电脑:"别写了。"

单单着急:"那我延毕了,怎么办?"

"那我许某人以死谢罪。"

"……"她很想说——你的命没我的论文值钱。

最后,许梁州趁单单睡着之后,用她的电脑帮她修改论文,还顺带替她润色了简历。

四年的时光如穿堂风,呼啸而过。

宋城单身了四年，程浔也是。

宋城喜欢了西子很多年，每年他都买了许多玫瑰花，可是一朵也没送出去过。

之前，他做了一件卑鄙的事。顾勋原本没有考研的打算，是他怂恿顾勋申请国外的学校。

眼看胜利在望，临到紧要关头却落空。

拍毕业照那天，宋城穿着学士服，五官清隽，眼中笑意冷淡。

不远处的西子对他摇手："宋城，你快过来，帮我和顾勋拍张合照。"

他点头，笑着说："好。"

灿烂的六月，他们这群人跟大学说了再见。


许梁州如愿成了一名医生，神情越发淡漠，不苟言笑。只有在单单给他送饭的时候，医院里的护士才能看见他展露笑颜。

许梁州人生中第一场失败的手术发生在毕业后不久，主刀医生是他一直跟着学习的主任。

患者是个有心脏病的老人，手术失败，死在了手术台上。

许梁州揭开口罩，剑眉之下是一双冷漠至极的眼。

面对生老病死，他能做的只有努力，但已经发生的事情他也无法挽回。

这是他第一次正视死亡。

手术台上躺着毫无生机的病人，监护仪上的平线代表着这个人已经过世。

手术室外是惊天动地的哭喊声，许梁州让年纪已大的主任休息一下，一个人去面对患者家人。

他摘了手套，走了出去。

有个男人扑了上来："医生，你明明说过有一半的成功率！怎么好好一个人说没就没了？"

许梁州皱眉，说："我很抱歉。"

"庸医！你根本就没有尽心！你这样的人怎么配当医生？我看你一点都

不难过，我告诉你，我不会放过你。"

许梁州想，他难过吗？其实也有一点。可是他为什么一定要表现出来？难道要声嘶力竭地哭喊才行吗？他做不到。

许梁州这个人不太会说好听的话，只是耐着性子说："抱歉。"

男人还是觉得他的态度很敷衍，被他冷淡的表情所激怒，冲上来要揍他，被其他人拉了回去。

此时，许梁州已劳心费神身体疲倦，他揉了揉眉心，没再看闹事的人，转头就要回更衣室。

闹事的男人嘴里依旧念念有词："我要你陪葬。"

他从一旁的护士手中抢过玻璃吊水瓶，拨开人群，忽然冲到许梁州的身后，狠狠地将玻璃瓶砸上他的头。

许梁州后脑疼得麻木，高大的身躯晃了两三下，有鲜血滴落。他凭借着最后几分力气，撑着墙，缓缓倒下。

男人很快就被保安制伏，许梁州被送去急诊室治疗。

深夜，单单接到医院的电话，她慌张地换好衣服，连脚上的拖鞋都忘记换了，只想用最快的速度赶到医院。

许梁州就职于市中心医院，他算是院里重点培养对象，出了这种事，领导也十分关心。

单单以前在新闻里见过医闹事件，也曾替许梁州担心过，可他总说不会发生这种事。

单单生活顺遂，没有经历过大风浪，遇事还是不能完全冷静。她慌里慌张地跑到医院。

万幸的是，医生说许梁州伤得不是很重，伤口已经处理好了，现在正在病房休息。

病房里有一种熟悉的压迫感，单单忽然觉得心里不大舒服。

许梁州听见脚步声，缓缓地抬起眼皮，定神凝视着她。

单单被他的眼神吓了一跳。

这双眼睛深得望不到底，像是从深渊里爬出来的恶鬼一般，带着震慑人心的死气。

单单往后退了一步。

她抖着唇，已经很久没有这么怕过他。

"你来了。"他眨了眨眼，恢复如常，干净如清泉。他嘴边挂着清澈的笑，看起来与平时无异。

单单觉得刚刚那种令她窒息的压迫感应该是错觉。

男人眼神温和地望着她，轻声诱哄："过来。"

单单抛开脑海中那点不舒服的感觉，走近病床，拉了把椅子坐下，看着他包扎好的伤口，问了句："疼不疼？"

许梁州笑意深深："有点。"

男人伸出长指，带着薄茧的指腹蹭着她娇嫩的脸颊。他的指尖从她的唇慢慢地往上移，抚过她的鼻再到眼睛，最后的最后，好似魔怔般触碰着她脸部的轮廓。

单单身体发凉，后背浸出了冷汗，绷直了身躯，慌张地问："你怎么了？"

怎么忽然变得这么不寻常？

许梁州回过神，收起手，放在被子底下蹭了蹭，深眸微敛，万千情绪收在其中："没怎么。"

病房内的气氛没有之前那么压抑。单单深呼口气，想到自己明早还要上班："那你就在医院好好休息，我先回家。"

许梁州抓着她的手没有放开："等等。"他的笑容有点生硬，"我脑袋还疼，今晚你留下来陪我，要不然我睡不着。"

单单犯了难："我明天还要上班。你要是疼得厉害，我帮你叫护士？"

许梁州的笑淡了几分，眉宇间释放出的气势微微摄人，不过一瞬，昙花一现的威严就又消散不见。他停顿了下："留下来，陪陪我，你都不心疼我吗？"

"可这里只有一张病床,如果我也睡这里,我怕压到你,把你弄得不舒服。"

"不用担心。"他掀开被子,拍了拍身侧的位置,"上来吧。"

凌晨一点钟,两个人还没有睡着。

单单之前受了惊吓,现在还没完全恢复过来。她脱下外套躺进许梁州的怀里,许梁州的胳膊拍着她的细腰,收紧腕上的力道。

单单动了动,埋怨道:"我的腰被你勒得难受。"

许梁州放松了一点力道:"好了。"

单单的背贴着他的胸口,忽然问:"你这么聪明还会被人砸脑袋吗?"

许梁州吻了吻她的耳垂:"马有失蹄,人也有失算的时候。"

他的手越发放肆,单单按住了他作乱的手。

许梁州也没强来,反而说:"其实我能理解他。"

"理解谁?"

那名打人的家属?可她记得许梁州不是这么心软的人,他睚眦必报,相当记仇。

单单等了很久才等来他的回答,他幽幽道:"对。"

不仅理解,还有同情。

没有人比他更清楚失去亲人、失去最爱之人的感受。

那种昏天黑地的绝望感,此生都不想再经历第二回,就好像全世界的灯瞬间熄灭,打击沉重,站都站不起来。

单单慢慢睡着了,如蝉翼般轻薄的睫毛被光投在瓷白的肌肤上,形成小扇子般的阴影。

她的睡颜很恬静,丝毫没有察觉到某些事情已经悄无声息地发生了变化。

黑夜之中,许梁州的眼眸亮得可怕,空洞的眼神直直地看着天花板,看不出在想什么。

他调整好姿势,侧着身子撑在她身前,炯炯有神的眼愣愣地盯着她看,冰凉的指好似飘着寒气,触碰到她的脖颈,她在睡梦中都怕得颤了颤。

许梁州抿出一抹深沉的笑意，扭曲而又森然。

他感受到她脖颈处的跳动，证明她还好好地活着。

真好。

他的唇在她发顶印上一个吻，然后呢喃道："我爱你。"

还有，我全都知道了。


清早闹钟准点响起，单单翻了个身，摸到枕头下的手机，用力关掉闹钟，睁开眼时视线模糊不清。

许梁州已经醒了，他半靠着床，手里拿着一本书。

单单从床上弹起来，睡眼惺忪。

许梁州将书放在一边，亲昵地抚过她的侧脸："醒了？"

"嗯，你怎么起得比我还早？"

"习惯了，还以为今早要值班，睁开眼才想起来我还在病床上。"

许梁州其实在撒谎。

他昨晚根本就没有睡，盯着她看了一个晚上，闭上眼睛全都是他伤到脑袋昏过去之后做的那个梦。那个梦的内容很是荒诞，却又那么真实，就像真的发生过一样，不知道之前单单那么怕他是不是因为跟他做了一样的梦……

单单下了床，急急忙忙地套上外衣："我先回家洗漱，然后就去上班，下午可能没时间过来陪你。"

许梁州的双手交叠在腿上，不动声色："你去吧，晚上记得过来。"

清晨的日光透过窗帘的缝隙落在他身上，显得沉静平和。

他叮嘱："只要晚上记得过来就好。"

单单点头，出了病房，没走几步就又折了回来，给他拉好窗帘，说："现在还早，你再休息一下吧。"并叮嘱，"你不要闹脾气不吃饭。"

这事有过前科，两个人在这几年里因为他的醋意吵过不少的架。

有时候他们两个在饭桌上就开始冷战，他板着个脸，放下碗筷，不和她说话，也不吃东西。她也不管他，自顾自地吃，可他不会这么轻易让她如意。

他吃不成,她也别想吃好。

他收了她的碗筷,不让她吃。

她气呼呼地瞪他,他破罐破摔耍无赖。

很久之后,单单才发现,只要他发脾气,自己发一通比他更大的脾气就好了。

他轻柔道:"好。"

病房里寂静无声,挂在墙壁上的圆钟指针"嘀嗒嘀嗒"地走动着。

许梁州合上眼,没多久,便又再次睁开,只是那双眼睛里的纯粹干净已经消失不见,取而代之的是森冷的戾气。

男人走到窗边,将深色的窗帘拉开,大片的光照了进来。窗户大开,冷风拍打在他毫无表情的面庞上,他背着手,就这样站了许久。

许梁州讽刺地笑了声,他现在不知道自己是不是应该要感谢那个砸他脑袋的男人,让他做了这样的一个梦。

早上十点钟,警察来医院给许梁州做了一个笔录。

许梁州陈述时语气淡淡,没有将这件事放在心上。

警察走的时候,他叫住他们,斟酌好措辞,才冷声道:"这件事,我并不打算追究。"

警察诧异:"许医生,你确定吗?"

他点头:"是的。"

警察点点头:"好,我知道了。"

单单毕业后没有当老师,而是去了一家宣传公司做公关。

公司不大,是几年前学校新传学院的师兄们创业合开的工作室,总共二三十个人,单单的职位在公司里不是很重要,不过她自己很喜欢这份工作。

在这家公司工作了三个月,这天是她第一次迟到。她的顶头上司是个三十多岁的男人，今年刚生了个女儿，为人宽厚，并没有责怪她。

坐在单单对面工位的是和她同批录用的女孩子，年纪同她一般大小。她去接水时，刚好要经过对方的工位，小姑娘阴阳怪气地说了一句："真是没见过迟到了还拽上天的人。"

单单好脾气道："小陈，你可能眼神不太好。"

单单不打算跟这种人计较，她原来在学校的学生会里也受过不少气，一开始还会哭鼻子，后来许梁州拉着她骂回去的时候，她心里畅快，胆子也大了起来。

公司晚六点下班，单单打完卡就直奔医院。许梁州办了出院手续，头上的伤不重，没必要天天在医院里躺着。

单单隐隐约约觉得他哪里变了，但又说不出是哪里，只得压下满腹疑惑。

"今晚去我家住吧？"许梁州说。毕业后两人回了老家工作，自然是各自住各自的家。

单单怎么会听不懂许梁州话里的意思，磕磕巴巴地回答："我跟我妈说来了医院，没说去你家。"

他挑眉："你现在说。"

"啊？"

"打给你妈，说你今晚去我那边住，反正也不是第一次外宿。"

单单发怵，不自觉地就想屈服："算了，不说也一样。"

"嗯，那好。"

到了家门口，许梁州问了一个奇怪的问题："单单，你喜欢什么样子的我？"

单单转动手中的钥匙，拧开大门，半开玩笑道："我喜欢你正常的样子。"

"我知道了。"

睡前，许梁州吻过单单的眼睛，沉声道："我们要个孩子。"

单单累了一天，意识模模糊糊。

许梁州在她左边的锁骨上咬了一口，她浑身颤了颤，清醒了不少。

她记得，那个梦中的许梁州最喜欢咬的就是她的锁骨。

因为他说，他想在上面文上他的名字。

单单睁开眼，定定地看着男人。他方才的动作将她骨子里的战栗引了出来，她听见自己的声音，有微不可闻的颤抖："你是谁？"

许梁州没有回答，昏暗的卧室里也只能看清楚他大概的轮廓，男人锋利的齿尖又蹭到她的锁骨处，咬了下去。她玉白的肌肤上被咬出一个印子来，血迹渗透，白中透着几点红。

他没有说话。

许久，单单的意识浮浮沉沉，是不是自己刚才的那个问题激怒了他？

天快亮时，单单被噩梦惊醒，冷汗连连，后背湿透，胸口剧烈起伏。

她半坐起来，拥着被子。

单单低头看了眼锁骨的位置，上面还有两个清晰的牙印。

床的另一侧没有人，许梁州穿着平角裤从浴室里走出来，挑了挑眉，没想到她醒得这么早。

单单揪紧被单，目光灼灼，看了他很久。抵不过内心的不安和犹疑，她又一次问："你是谁？"

言行举止和神态都没有太大的变化，但就是有地方与从前不一样。

如果非要用一个词来形容，那大概就是气质。

许梁州很冷静，甚至脸上的表情都没有半分变化，该笑还是笑。他坐到床边，柔声道："睡傻了？连我都认不出来？"

单单低下头，闷声："不是。"

许梁州走到衣柜前，挑了件白衬衫，穿在身上，系好纽扣："你多睡一会儿。"

"你昨晚为什么要咬我的锁骨？"她抬起眼，直白地问他。

许梁州往外走的步子停了下来，转过头，笑容璀璨："你如果喜欢我咬别的地方我也愿意。"

单单提着的心放了下来，讷讷道："下次别咬了，我不喜欢。"

这个动作总是能勾起她梦中不好的记忆——

她从小就是循规蹈矩的人，对于文身这种事向来是敬而远之，许梁州有时会带着玩笑的意思提起来，说真想在你的锁骨处文上我的名字。

她当时吓得脸都白了，死活没有同意。

后来因为她私下出国未遂的事，他发了火，从柜子底下拿出文身的工具，绑了她扒了上衣，就要亲自上手。她吓得又哭又叫，跟他保证以后再也不会偷偷跑，才得以幸免。

…………

许梁州不动声色地笑了笑："好。我去一趟医院，你好好地待在家里。"

"嗯，我一会儿也要上班。"

他出了房间，关好房门，静静地在门边站了良久，笑意退散，脸色也冷了下去。

随后男人迈开步子朝厨房走去，熬好粥，才去了医院。

在医院里，有不少小姑娘偷偷喜欢许梁州，不过大家也都知道他有个在一起了很久的女朋友。

前台值班的护士见他这么早过来上班，吃了一惊："许医生，你怎么过来了？"

头上的伤还没有好全，还跑过来上班真的太敬业了。

许梁州神色淡淡："过来拿点东西。"

护士恍然大悟："哦，许医生你的伤要好好养啊。"

"嗯，谢谢。"他客气地回。

他的办公室干净整洁，一丁点多余的东西都没有。

许梁州坐在转椅前，拉开右边最上面的抽屉，从里面抽出一份文件袋来，几十张照片摊在桌子上，有几张是他和单单的合照，但大部分是单单一个人的，照片很日常，不过都是偷拍的。

他盯着桌子上这些照片看了许久,然后重新收回到文件袋中。

这种照片,每个月都会出现在他的桌子上。

许梁州往后一靠,揉着眉心,只听得到叹息声。

宿命就是这样的。

她问他是谁。

他可以回答。

他就是许梁州,从来都想独占她的许梁州。

周二的工作量一点也不比周一少。

单单还有一篇宣传软文要写,具体的事例她还没来得及去看,本来打算昨晚做功课,但被许梁州缠得没时间看。

单单敲了敲主管办公室的门。

"进。"

主管抬头看到是她:"有什么问题直接说。"

"昨天您说让我做的那个软文的宣传事例在哪儿?我想先看看。"

主管提了提眼镜:"就是今年在国外拿了发明一等奖的男孩子,主要宣传下教育,你可以去他的学校或者家里了解下情况。虽说是个简单的推广文,但行文也还是要在尊重事实的基础上。"

单单道谢:"好的。"

她回到自己的工位,用电脑搜这则新闻,仔细地浏览了一番。男孩的名字叫简嘉,年纪很小,今年还是大四的学生。

单单看得饶有兴致,这名大学生很厉害,年纪轻轻就拿到了国际奖项,而且他在网上人气颇高,微博上说要嫁给他的女孩很多。

单单摇头失笑,她很好奇这个简嘉怎么这么受欢迎,便搜了一下他的照片,马上就知道原因了——他长得好看。

不过看见照片后,单单却笑不出来,因为她认识他。

是他父亲再婚家庭里的那个少年。

单单关掉电脑页面,想起来大一报到前,父亲带他去火车站送她,她不喜欢这个半路冒出来的弟弟,显然这个弟弟也不喜欢她。

转眼四年过去,他倒是出息了,也长大了。

单单叹了口气,事到如今,只能硬着头皮写软文了。

她这几年和父亲见面的次数屈指可数,更没机会撞见简嘉。

对方年少轻狂,对她的不屑和厌恶表达得淋漓尽致,从来不会遮掩。

下班时,许梁州开车在楼下等着单单,还给她发了信息。

奈何单单沉迷工作,没有看到。

单单加了半个小时的班,才准备回去。

同在电梯里有几个同事,其中一个男同事说了个荤段子,惹得一行人发笑,单单也听懂了段子,但她觉得不好笑,于是就装作自己听不懂。

男同事平时和单单比较熟,拍了拍她的肩:"单单,听不懂我可以和你解释。"

单单脚下的步伐加快了不少:"不用。"

出了大厦,她看见许梁州倚靠在车前,指间夹着根烟,烟雾缭绕,挡住了他眉眼的寒气。

单单小跑上前:"你怎么过来了?"

许梁州摇摇手机:"打你手机没人接。我没什么事,就过来找你。"

"你能开车吗?"

许梁州弯下腰,将脑袋凑到她跟前:"来,你看看有没有坏。"

单单打了他一下:"不跟你闹。"

许梁州拉开车门,把人塞进副驾驶。

他单手操纵方向盘:"去你家吧。"

单单低头刷微博:"嗯。"

他似乎笑了下:"我的意思是,今晚我也去。"

单单下意识地就接了一句:"你去干什么?"

恰好是一个红灯,车子平稳地停在路上,他正色道:"我想结婚了。我们结婚吧。"

许梁州这句话说得理所当然又漫不经心，好像随口开了个玩笑。

可单单知道，他从来不会在这种事上开玩笑，也从来不会心血来潮说要结婚。

关于结婚这个话题，单单想到过，他迟早会提。

如果他提起结婚的时机合适，那就结吧。

可每每这个时候，心底总有一道小小的声音阻止她，跟她说，再等等看。

工作顺遂，他也没什么不好的，母亲反对的意思不太大，仿佛顺理成章，她没有拒绝的理由，

可想了想，她说："许梁州，我不太想这么早结婚。"

单单低眉顺眼，小心地照顾着他的情绪。

许梁州握着方向盘的手指紧了紧，绿灯亮起，他踩下油门，说道："那就再等等。"

他不是不急，他是势在必得。

其实他是真的不喜欢孩子，从来没有过要孩子的打算，但现在他想明白了，家庭的维系和稳定少不了孩子，而且她好像很喜欢孩子。

如果有了孩子，她就没有逃避和他结婚的借口。

单单握紧的手骤然放开，没想到他会轻描淡写地就把这件事揭过去。

下车之后，许梁州紧紧牵住单单的手，两人走在这条走过了无数遍的小道上。

单单叹气："我都没跟我妈说你要过来，她如果没准备你的饭怎么办？"

"饿着。"他忽地又不正经起来，"不过你肯定舍不得，对吧？"

单单踩了他一脚："我当然舍得，不许你吃我家的米。"

许梁州笑了笑，靠近她的耳畔咬字道："不给我饭吃，我晚上就吃你。"

他意味深长地看了她一眼："其实你比较好吃。"

单单恼羞成怒之下就喜欢掐他，在他的胳膊上掐出好几个印子来。不过

这种耍流氓的话，倒让她松了口气，不像之前，高深莫测的许梁州，让她以为梦里那个人回来了。

走到家门口，单单赶紧抽出手，许梁州重新把她的手给捉了回来，挑眉问道："你想造反？"

单单甩不动他的手，急急道："让我妈看见不好。"

"有什么不好？你就是太惯着你妈了，怎么没见你惯着我？"他带着不满道。

"你要是我妈我也惯着你，你想当我妈？"

她倒是越来越伶牙俐齿。

许梁州拍了下她的脑袋："我不想当你妈。"他捏着她的指头玩，邪魅一笑，"来，喊声哥哥听听。"

单单脸上腾升热意，滚烫的脸颊像烧了起来："恶俗。"

许梁州愉悦地笑出了声。

门被人从里面打开，单妈手里还拿着炒菜用的锅铲，看见许梁州的瞬间愣了愣："怎么不进来？在厨房里就听见动静了。"

单单傻笑："刚打算进去，你就出来开门啦。"

"进来吧。"也不知有意还是无意，单妈问了句，"他怎么过来了？"

许梁州主动回道："阿姨，我过来拜访您，您不会不欢迎吧？"

"一起进来吧。"

她真的不太喜欢许梁州，偏生这个人各方面条件都是好得没话说，对自己的女儿也是真心好，可她还是觉得这孩子心思太深。

单妈很纠结，拆散他们明显不太可能，除非女儿主动跟他分开。

单妈还有一个菜没有烧好，单单主动说要去厨房给她打下手，被单妈无情地拒绝："你去沙发上待着，别妨碍我。"

许梁州把单单从厨房拉了回来："我来帮阿姨吧。"

单妈若有所思地瞥了他一眼："你进来，单单你出去。"

单单也看出来了两个人有话要说，皱着眉远离厨房。

她坐在沙发前,时不时就朝厨房的方向张望,可惜她听不见两个人在说什么。

"你有什么话就直说。"单妈一边洗菜一边问。

许梁州挺直了背脊,语气很是随意:"我想和单单结婚。"

单妈张嘴,没出声就被他抢先一步:"阿姨,您先别急,等我说完。"

许梁州的视线穿过透明的门往外看了看:"三年前我就跟您说过,我喜欢她,会对她好,所以我现在想娶她不奇怪,刚刚我跟她提了结婚的事。"他顿了下,"不过她没答应。"

单妈关掉水龙头,湿漉漉的手放在围裙上擦了擦,抬眼正视他:"你们还太小,现在结婚确实不合适。"

许梁州勾唇笑笑:"阿姨,这个年纪结婚的大有人在,她没有同意,想必您也知道一部分原因。"

他的意思她明白。

不就是在说女儿心里想同意,不过碍于她没有表态不敢答应吗?

单妈沉默了一小会儿:"这事以后再说。"

许梁州已经达到目的,乖乖地闭上嘴,像模像样地帮单妈洗菜切菜。

晚饭有五菜一汤。吃饭的时候,单单和单妈说起工作时的趣事,许梁州偶尔插上一句话,气氛融洽。

趁着单妈收拾碗筷,许梁州把单单拉到阳台上。男人一只手蹭着她的侧脸,深邃的眼眸凝着她,单单也发现,他最近特别爱摸自己的脸。

"一会儿去对面,让我爷爷奶奶也看看你。"

单单拧眉:"那你得让我回来。"

他也不知是不是在开玩笑:"我倒想把你关在那边。"

单单当即沉了脸:"滚。"

"生气了?"他嬉皮笑脸地说,"让我亲一亲,就不气了。"

单单躲开他凑过来的脸:"走开。"

许梁州顺势抓住她的手,把人拉到自己面前:"就一口。"

单妈的咳嗽声骤然响起,单单尴尬地从许梁州怀里跳出来,许梁州神色自若,十分淡定。

单妈也明白情侣间难免会情不自禁,她没有说什么难堪的话:"给你们洗了水果。"

"谢谢妈妈。"

单单打算一并把要去对面他家的事给说了,还没出声,单妈就先说:"晚上十点之前回来。"

许梁州毕业之后回到南城工作,上班不方便,很少住爷爷奶奶家。

许父对他从医这件事还是有很大意见,可天高路远,想骂也找不到人。

许梁州说得好听,想让他爷爷奶奶见见单单,实际上不是这么回事,刚进家门,他立马把人给弄到自己的房间。

"你没见你奶奶在叫我们,我们下去吧。"单单说。

许梁州关好了门,顺手上了锁:"不急。"

她站在窗边,许梁州悄无声息地从身后抱住她。她背对着他,看不见他脸上的神色。

男人滚烫的舌舔舐着她的耳朵,她浑身一颤,就要转身:"干什么?下楼了。"

许梁州不让她有回头的机会,大力地扣紧她的腰,问:"你爱不爱我?"

"嗯?"他咬着她的耳朵低声问,"爱不爱?"

单单企图避过这个话题:"下楼吧。"

"不爱?"

单单抿唇:"爱的。"

许梁州似乎叹了一口气,指尖微顿,冷峻的表情缓和了不少,而后却不正经地接了一句:"爱我就喊声哥哥给我听听。"

单单忍不住低声骂了句:"恶趣味!"

许梁州松了手,她打开门就往楼下跑。

许梁州没有拦她,沉思良久,他走到书桌前,拉开抽屉,里面有一沓她的照片,放在照片旁边的是各式各样的手链、手铐还有脚镣。

这是他这几年藏起来的对她的欲望。

想晚点结婚?怎么可能。

许梁州找了个纸袋子,将这几样东西都装了进去。

下楼时,奶奶已经在招呼单单吃东西,拉着她坐在沙发上说话,抬头看见他,问了句:"怎么舍得下楼了?"

许梁州不着痕迹地把纸袋子往后挡了挡,笑着道:"奶奶,你们先聊,我去丢个垃圾。"

王奶奶随口一问:"这袋子里装的是什么?"

"用不上的垃圾。"

单单放在电视剧上的目光也转到他手里,有些奇怪他怎么会用这么精致的小纸袋:"这袋子还挺好看的。"

许梁州敛眸:"你喜欢?"

"我就是觉得袋子好看。"

"那不扔了,扔了太可惜。"他坐在她身侧,手中的纸袋子就放在手边。

单单也没多想。

电视里播放着年轻人们爱看的偶像剧,男女主角穿着华丽的服装,夸张的面部表情以及做作的台词,单单一边吐槽一边看得津津有味。

王奶奶端来一盆洗好的水果,然后道:"州州,你们两个打算什么时候结婚?"

许梁州的指甲修剪得干干净净,剥了一颗荔枝喂到单单嘴边,从容应对奶奶的催婚:"奶奶,不是我不想结。"

王奶奶打趣:"你这么一说我就明白了,单单不松口,那肯定是你做得不够好。"她笑眯眯地看着单单继续道,"我这孙子坏毛病一堆,你多管管他,不过他这人老实，不会在外面胡来。"

单单尴尬地回答："奶奶，我没嫌弃他。"

"没嫌弃才好。早点结婚，早点生个胖娃娃。"

单单羞红了脸。她之前有个同事怀孕，生下来的宝宝漂亮极了，萌态十足。

许梁州趁热打铁："听见没有？早点生个娃娃。"

单单手里拿着他递过来的削好的苹果，问："你喜欢孩子？"

许梁州唇边的笑陡然凝固，端起面前的水抿了抿，面不改色地撒谎说："喜欢。"

单单笑了笑，咬了一口苹果："我也喜欢。"

两集电视剧播完接近十点，王奶奶早就回房睡觉了。

单单扯了扯他的衣角，从沙发上起身："我要回家了。"

许梁州搂着她的手紧了紧："在楼上睡吧？"

单单摇头，想都没想就说："不行，我妈让我十点前回家。"

许梁州不以为意，亲亲她的脖子："不回去也不会怎么样，难不成你妈还会过来要人？"见她臭着脸的样子，他顿时又换了口气，"行吧，我送你回去。"

"这么点路有什么好送，我自己回去。"

许梁州坚持把人送到门口，没让她进去，反而拉到一边，扣着人不让她走。

微亮的月光照在两人的头顶。

许梁州背光而立，一只手放在她的腰间，俯下脑袋凑到她面前，说话时的热气尽数喷洒在她的耳后："你还记不记得，有一次你妈忽然出来，我拿衣服盖在你头顶，把你按在这里，当时你吓到小腿都在发抖。"

他回味无穷，眸中闪着兴奋的光。

单单撒谎："我忘了。"

许梁州闷声笑笑："忘了也没关系，我们再来一次。"

单单恼怒地推开他："不要，你自己玩吧。"

许梁州扣住她的双腕，俯身低头，先是在她的下巴上咬了两口，唇齿逐渐上移，咬住她的唇瓣。

许梁州气息微喘:"回我家,好不好?"

单单眼神微微迷离,好一会儿才平息下来:"不。"

许梁州整理好两人有点凌乱的衣衫:"那你今晚回去早点睡。"

单单咬唇:"你也早点睡。"

单单很快就见到了她那个同父异母的弟弟。他长高了许多,单单站在这个弟弟面前显得特别矮小,一点都不像是姐姐,反而像需要照顾的妹妹。

简嘉显然也认出了单单,他坐在工作台台边,身着白色大褂,袖子松松垮垮地挽了起来。他摘下眼镜,嗤笑了声,除了鄙夷听不出其他情绪:"今天来采访的人是你?"

尽管单单十分不想把个人情绪带到工作当中,但也招架不住他这么挑衅,她说话也刻薄起来:"惊喜吗?这应该是你的荣幸。"

简嘉站起来,走到洗手台处洗了下手:"我要是知道是你,压根就不会答应采访。"

"不就拿了个奖嘛,你有什么可得意的,没有礼貌。"

他长得很像他妈妈,单单每次看见他都能想起他妈妈来。

其实单单曾经做过一件叛逆的事。

那时候她从单爸手机里弄到简嘉母亲的电话号码,拉着西子到肯德基里哭了一顿,然后用西子的手机给那个女人打了个电话,用这辈子都没有说过的粗鄙语言骂了人。

那是怒火和惊惧之下才说得出口的话。

可当时接到电话的人是简嘉。

当时他回:"你才是贱人。"

简嘉笑了笑:"对你这种人要什么礼貌?"

单单有时候甚至不明白他哪里来的底气,就跟电视剧里演的一样,破坏别人家庭的小三的儿子一副咄咄逼人的姿态,而原配就活该要滚蛋、活该被抛弃。

"我这种人比你要好多了,按年纪你还得喊我声姐姐。"

简嘉仿佛被她的话给刺激到了,上前卡着她的脖子:"闭嘴,你才不是我姐姐。"

她推了推他:"我也不想有你这种弟弟。"

简嘉松了手,她脖子上已经留下红色指印。

"你觉得我妈是小三?她不是,真算起来你妈才是第三者。"

单单嗤笑:"你这逻辑我真是不敢恭维,你就活在自己的梦里吧。"

简嘉冷笑:"爸爸和我妈认识的时间比你妈认识他要早。"

单单的指甲陷进手掌心:"所以呢?"

"你以为当初奶奶为什么逼他回家,其中少不了你妈的功劳。"

"你比我小。"单单只说了这四个字。

简嘉绷着脸,没有话说。

单单收好情绪,挤出一抹假笑:"可以开始采访了吗?"

简嘉扬起下巴:"抱歉,我还要吃个午饭,你先等着吧。"

他就是故意整她。

单单找了个板凳坐下来,闲着无聊,开始玩手机,刚好刷到西子在直播。

西子如愿成了漫画家,时不时在网上直播画画。

"顾勋你别动,你一动我就要画歪。"

有许多人在直播间里刷屏,表示想踹翻这碗狗粮。

整个直播过程中,顾勋惜字如金,就说了一句话:"不要画了,小心眼睛疼。"

之后就是西子的笑声,没多久直播就关了。

单单看完直播,收起手机,眼前多出一道人影。

"你还采不采访了?不采不要耽误我工作。"是简嘉。

单单从包里拿出录音笔:"开始吧。"

她将同事早就准备好的问题拿出来。

她没有感情地提问:"你从小到大学习成绩都是顶尖,请问有什么可以分享的诀窍吗?"

他一本正经:"我妈教得好。"

单单抿唇,继续问下一题:"这次的发明是从哪里得来的灵感呢?"

简嘉微笑:"为了成为我妈的骄傲。"

单单放下手中的录音笔,直直地对着他的视线:"你这样有意思吗?"

"很有意思,我觉得很有趣。"

单单不用想都清楚,无论她问什么,他都能往他妈妈身上扯。

"你非逼我说难听的话吗?"

简嘉收起笑容:"你问我,你管得着我说什么吗?"

单单一字一句:"你妈就是无耻。"

"你闭嘴。"简嘉一把将她推倒在地,她的额头磕到桌角。

单单疼得吸气,捂着伤口,讽刺地笑笑:"生气了?"

简嘉面色淡淡:"我送你去医院。"

"不用了,我怕你直接送我上西天。"

"不识好歹。"

单单从地上爬起来,连录音笔都没拿,头也不回地离开。


许梁州已经重新开始上班,每天都要在科室值班。

他独来独往成了习惯,没有手术时就看书,偶尔研究下案例。同办公室的主任发现他之前很关心内科,最近却关注了妇科。

"怎么忽然看起这些书?家里有人病了?"

许梁州合上书:"没有,随便看看。"

主任点点头,也没再说什么,坐下来时忽然想到自己的来意。

"对了,我刚才看见你那个小女朋友了。"

许梁州皱眉:"她怎么来了不告诉我?"

"我看她额头上被划拉个口子,你要不要过去看看?"

许梁州腾地起身,拉开椅子风一般冲出科室。

两人在外科走廊上迎面撞上。

单单吃了一惊,不安地问:"你怎么过来了?"

许梁州捏着她的双肩,仔仔细细在她脸上扫了一圈,看见她的伤口,眼神暗了暗:"怎么弄的?"

"不小心。我这是工伤,还能报销。"

他脱口而出:"工伤?不工作不就不会受伤了,你辞职,我养你。"

"你在说什么?"她看着他问,"你最近怎么了?"

许梁州紧抱着她,深呼两口气,在她耳边道:"你不知道吗?"冰冷的话语中渗着凉意。

"对不起,是我失控了。"不等她回答,许梁州便拍拍她的脑袋说。

单单神情恍惚,眸光复杂:"是不是医院的事太多?你别把自己给累着了,我看你最近状态真的不是很好。"

许梁州将脸深埋在她的脖颈之间:"给我些时间。"

给他多一点时间他就能调整好,能严丝合缝地将之前的面具给戴好,好不容易回到手中的她,是绝对不能再失去的。

单单推开他:"我不能在医院多待,还得回公司给主管汇报工作。"

许梁州双手插兜,高大修长的身形给人一种压迫感:"你还没告诉我到底怎么弄的伤?别说自己磕到桌角,我不信。"

单单垂着头视线盯着自己的脚尖:"你放心,我自己会报仇。"

许梁州静静地看了她良久,才算没有继续问下去:"那你硬气点。"

"我回公司了,拜拜。"

单单不太愿意让许梁州知道她家那点难堪的事,她妈妈估计也不愿意。

许梁州从裤兜里掏出烟,医院里不能抽烟,想了想他又把烟放回烟盒。

过了十来分钟,他打开了科室的门,门口多了一个健壮的男人。

许梁州面色极冷:"跟我说说,今天她都去了哪里,见了什么人,头上的伤到底怎么来的。"

男人恭敬道:"先生,单小姐今天去了趟研究所,见了一个男人。"

许梁州动了动唇:"谁?"

男人停顿了几秒钟:"是单小姐的弟弟,简嘉。"

许梁州冷笑了声:"知道了。安排几个人,一会儿跟我过去。"

男人略有犹豫:"先生,研究所人多眼杂的……"

"我懂得分寸。"

许梁州去医院楼底下的草坪上站了一会儿,烟瘾上来克制不住,他不声不响地抽了几根,然后将外套挂在臂弯间,离开了医院。

黑色的汽车停在研究院的大门口,许梁州坐在后座上,朝前面坐着的人打了一个手势。副驾驶的男人下了车,很快找到了简嘉。

"简先生,我们先生想见您一面。"

简嘉眉间带着疲惫:"抱歉,我应该不认识你口中的人。"

"简先生,不妨考虑一下,只是浪费您几分钟的时间而已。"

简嘉看着面前穿着黑色西装笑吟吟的男人,沉默了一下,做出妥协:"在哪儿?"

简嘉跟着男人走进一个小巷。

许梁州从巷口走过来,漫不经心地挽起袖口,一言不发。

简嘉冷冷看着他,问:"你是谁?"

许梁州微抬下颌,睥睨着他,漫不经心地念出他的名字:"简嘉?"

简嘉不慌不忙:"是我。你又是哪位?"

许梁州似乎很是愉悦地笑了一下,抬手:"可以开始了。"

身穿黑西装的男人一拳狠狠打上简嘉的腹部,简嘉疼得叫不出声,脸色煞白,满头冷汗。

许梁州不为所动,高挑眉头:"继续。"

简嘉最后被打得瘫在地上动都不能动,许梁州往前走了两步,蹲下身子,一双手抓着他的后颈，往上一提，逼得他抬起头来。

两人四目相对，简嘉却笑了笑，说："我想起来了，我见过你。"

那是很久之前的事了。

他和同学推着自行车刻意从单单身边走过，当时这个男人就站在单单身边。

许梁州盯着他，笑容温和："爽吗？"

简嘉咽下口中血水，龇牙："你是为了她报仇？真看不出来原来你这么喜欢她。我怎么也算是她弟弟，你不怕她找你算账？"

许梁州松开他，似嘲似讽："你也配当她弟弟？"

"很好，她讨厌我，我也讨厌她，我从来都没有那么讨厌过一个人。"简嘉擦掉嘴角的血迹，"我故意推她的，怎么样？"

许梁州敛起笑意，把他整个人都提起来，然后像扔垃圾一样将人扔到墙角。男人居高临下地看着他，接过旁人递过来的湿纸巾，擦了擦手："欠打。"

教训过人之后，许梁州吩咐一声："都清理干净。"

"好的，先生。"

单单最后硬着头皮写了这期的软文，没有写虚假内容，都是从网上搜集的信息，稿子写得中规中矩。

许梁州的工作也渐渐忙了起来，不过他还是喜欢给她发信息打电话，时不时扔出一个视频通话。

空闲的时候，他发来视频，她还不能不接，要不然他会一直打下去。

单单把手机立在桌前，点了接通键。

许梁州因为被患者家属砸伤的事，特意请了假，最近不用跟着做手术，每天就在办公室里值值班，不过他喜欢吓唬她的本性还是没有变，还特意买了个假骷髅，拿到镜头前吓唬她。

单单已经免疫了，还有些无语："你真无聊。"

"我是无聊，你可以来医院陪我。"

"不要，我有自己的工作。"说起这个，单单又想起那天他脱口而出要她辞职的事。

许梁州撑着头，慵懒散漫："你好狠心。"

"不跟你胡说八道，我吃午饭去了。"

他忽然耍起无赖："叫声哥哥来听，要不然我中午就去你们公司逮你。"

单单无奈道："你怎么越活越回去了？"

许梁州勾唇低笑，视线穿透手机屏幕一般落在她身上："叫不叫？"

单单望了望四周，饭点时间已经没什么人了，她才小声对着手机念了一句："哥哥。"

许梁州佯装不满意："不够诚恳。"

"哥哥。"

"还是不够诚恳。"

单单拿他没办法："州州，别闹。"

许梁州怔了怔，耳根子发麻。他说："这声不错，以后都这么叫我。"说完他将手机的位置往前移了移，这样她就能看见他身后的风景。

他背后围了许多人，有护士还有上了年纪的老医生，个个面露笑意。

许梁州笑眯眯道："你们方才都听见了吧？"

有年轻的护士抱怨道："许医生，请你不要在一群单身狗面前秀恩爱了好吗？"

"既然单身，就好好工作去吧。"

单单挂断视频通话。

忙活了一个上午，她早就饿了，而且不知为什么，她这两天饿得特别快。

一楼有个员工餐厅，掌厨的师傅烧的菜都偏辣。

她下楼之后，同事陈君对她挥挥手："单单，快过来，我已经给你打好饭了。"

单单坐在陈君身边："谢谢。"

"没事。我看你和你男朋友在视频，就知道你会晚点下来，点的都是你常吃的菜。"

单单看了看，盘子里还有她爱的酸辣小鸡腿，可闻着味，胃里却涌起一阵恶心，她连忙捂住嘴巴。

陈君懵懂："你怎么了？"

单单摇摇头："不知道，有点恶心。"

陈君低下头，鼻子往单单那边凑了凑，仔细地闻了闻："没有怪味。"她说着就停住了嘴，问，"你'姨妈'一般是几号来？"

"每个月的头几天。"

"今天几号？"

"十二号。"

单单被这么一问也反应过来，面露慌张。

陈君一看就知道是怎么回事，平日里也都看得见，她和她男朋友感情很好，怀孕了也不稀奇。

不过未婚先孕，名声不太好听。

陈君问："你要不要去药房买个验孕棒试一下？"

单单犹豫不决："万一不是……"

"那也没关系，试一下又不会怎么样。"

"好吧，你继续吃，我去趟药房。"

"你去吧，这事我不会告诉别人的。"

单单对陈君道了谢，去了药房，为了以防万一，她还特意买了两根验孕棒，然后钻进了洗手间。

真正看见那两条杠的时候，她坐在马桶上久久无法回神。

她要当妈妈了。

单单得知自己怀孕的心情比她想象中的平静。

回到办公室，陈君第一个跑到单单身边，用只有两个人听得到的声音问：

"怎么样？什么情况？"

单单轻咳两声，压低了嗓音："好像是有了。"

"什么是好像？"

单单挪动椅子，隔板挡住了其他人看过来的视线："验孕棒是两道杠，可我用手机查了查，好像验孕棒也有不准的时候。"

"不准的概率小得不得了，你一定就是有了，我提前恭喜你哈。"陈君笑着说，"到时候不要忘了请我喝喜酒。"

单单听了陈君这句话，清醒过来，摆在她面前的还有一个很现实的问题。

她是未婚先孕。忽然之间，她仿佛想通了许梁州为什么想要个孩子，八成就是为了结婚。

"我待会儿从公司溜出去，你帮我看着点。"

陈君不解地问："你出去干什么？"

"我去医院做个检查。"

"你只管去，有事我帮你兜。"

单单收拾好东西逮着时机提前下班，招手拦了一辆出租车。上车后，她给西子发了一条短信。

"我好像怀孕了。"

十分钟之后，西子回了条语音："苍天啊！"

西子马上打来了电话，劈头盖脸把许梁州给骂了一顿："讲真的，我在高中时候就看出来他对你心怀不轨，长了一双狼眼，看着你的时候眼睛都发着光。这人动作可真够快，才大学毕业就搞出'人命'……"

骂完之后，西子才想起来问她："你现在在哪儿？"

单单如实作答："我在去医院的路上。"

"医院？你可千万别去许梁州工作的医院。"西子急急道。

"私立寿康医院，我就快到了。"

"你等着我，我马上过去。"

说完，西子就挂了电话。

出租车停在医院大门口，单单付了钱就直奔妇科挂了号。曾经她很害怕人多的地方，她不知道如何自处，很多事情不知道该怎么办。

有一次发烧，她一个人去医院，竟然连看病的程序都不懂。

单单坐在科室外的长椅上等了十来分钟，西子就气喘吁吁出现在她面前。

西子问："还有几个轮到你？"

单单数了数："大概三个。"

"真有了孩子，你打算怎么办？"西子继续说，"虽然许梁州那个人我不怎么待见，性格太强势，不过他对你好得没话说，这孩子你还是不要自作主张。"

西子看她是一个人来医院，以为她会做傻事。

单单失笑："你想什么？这种事我怎么可能会瞒着他。"

西子放下心："那就好，你们俩好好商量，该结婚就结婚。"

单单扶额，有了孩子好像就必须结婚，每个人都这样告诉她。

…………

单单拿着化验单出来。

西子翘首以盼，问："真有了？"

单单点点头："真有了。"

西子一方面替自己的好姐妹感到开心，另一方面又忧心忡忡。

这辈子单单怕是都要和许梁州缠在一起了。

西子挽着单单的胳膊："那医生有说什么注意事项吗？"

"说了，我都记着了。"

"你现在要回家吗？"

单单想了想说："我现在去找许梁州，我想当面告诉他。"

她还不敢把自己怀孕的事情告诉她妈妈。

许梁州今天休息，回了奶奶家。他接到单单电话时，诧异了下，随即笑开，不着调道："想我了？"

单单没空和他贫嘴:"我有事要跟你说。"

"说吧,我听着。"

"这事得当面说。"

许梁州思虑片刻,差点以为自己对简嘉动手的事败露了,不过转头又一想,如果她真的知道了,不会如此平静。

"我在奶奶家,你过来,直接来我的房间。"

"好。"

西子开车把单单送了过去。

单单上楼梯时都自觉放慢了步子,走路小心翼翼。

她敲了敲他的房门,好半天没有回应。

单单直接推开了门,一只脚才踏进去,腰就被人扣住,然后被他按在墙壁上,门被他一脚给踹得合了起来。

许梁州低头看她,满目柔情,俯下身在她脖子处轻咬了一口,喟叹道:"谁家的姑娘这么香。"

单单被他吓了一跳:"你几岁?还玩这种吓人的小把戏。"

许梁州的手指顺着她的腰往上爬,长着厚茧的指腹透过薄衫磨着她的肌肤。他轻笑:"原来是我家的小姑娘,难怪这么香。"

许梁州看着她的目光深远,像是隔着无尽的岁月山河落在她身上:"想你了。"

单单小脸通红,用了大力气推他:"你让开,我还有正事没说!"

许梁州低低地笑着:"乖,等下再说。"

单单被逼急,低头在他胳膊上咬了一口。

他却不以为意,权当情趣。

"我要生气了。"她板着脸,表情严肃。

许梁州看出她的认真,心里沉了沉,终究放开了她:"我去浴室冲个澡。"

单单低头看了眼自己的肚子,神色温柔。

她走到床边坐下,整理着被许梁州弄乱的衣服,手无意打翻了床头柜旁的纸袋子,她认出来,这就是许梁州上次说要扔了的垃圾。

单单回头,蹲下身子就要将打翻了的东西捡起来。

但见到那些东西,她脸色瞬间苍白。

从袋子里掉落在地上的链子晃了她的眼睛,连脚下的步子都不稳了。

她敛神,深吸一口气,逼迫自己冷静下来。

单单抖着手将散落在地的链子放回袋子,动作仓促,然后又将袋子摆回床头柜。

单单坐在地上,背靠着床沿,蜷缩着双腿,一张脸深深埋在腿间。

她想到了很多事情,最先出现在脑海中的是那天在医院里……

她内心忽然涌起不安,那种熟悉的压迫感诡异得让人心生畏惧。

她又想起来,他的牙齿曾咬的位置。

她打着冷战,心中渐渐有了一个明晰的答案。

浴室那边有了动静,许梁州裹着浴巾从里面出来,头发还没擦,湿漉漉的,一颗颗水珠从他的发梢滴下来。他周身萦绕着水汽,见了失魂落魄的她,不由得问:"怎么坐在地上?"

单单抬头,一双大大的黑眸凝视着他:"没什么。"

许梁州手里拿着一块干发巾,塞到她手里:"帮我擦擦头发。"

单单捏着毛巾好半天才回神,她爬到床上跪坐在他身后,手上的动作很轻柔。

她的视线从他的头顶看下去,他闭着眼,很享受。

许梁州的发质很好,柔而不硬。

单单将毛巾放在一边:"好了。"

许梁州转过身,一把抱住她的腰,轻轻将头搁在她的肩上:"你刚刚有什么事要跟我说?"

单单张了张嘴,喉咙像是被堵住,说不出口。

她虽然也明白这件事根本瞒不住,也瞒不了多久,但她现在真的没有办法带着喜悦告诉他自己怀孕了。

或许这一刻,她才算看清了他的冰山一角。

原来命运眷顾的从来不是她一个人,还有他。

她哑着嗓子,干涩道:"没什么。"

许梁州吻了吻她的耳背:"不是很急吗?怎么忽然就不说了?"

他向来敏锐,一下子就听出不对来。

单单已经尽力控制自己的情绪了,刻意放松了说话的语调,为的就是不想让他听出来。

"也不是很重要了。"

"好。"

她有心事,而且还没有告诉自己。许梁州眼色暗了暗。

单单下了床,视线不由自主地往纸袋子那边看了一眼:"我回家了,你也休息吧。"

许梁州站起身,唇角挂着淡淡的笑意:"回去吧。"

单单脚步仓皇地离开他的房间,心中的重压才减了点。

其实这样也挺好的。

只是,她还需要时间去适应。

许梁州当然没有放过她眼中的不安,他的目光扫及换了位置摆放的纸袋子,眸光一顿,笑意顿时绽放开来。

男人修长的手指轻轻拉开纸袋,随意扫了眼,顿时心下了然。

许梁州收了笑意。这还真的是一个意外,本来要丢掉的东西,因为她的一句话又拿了回来,还被她看见了。

难怪她刚才那么排斥他,是猜到了吗?还是被吓到了?

不过没关系,知道了又怎么样?

她没有挑明,至少说明他们俩之间还有退路可走,只要自己不重蹈梦中的覆辙,那么两人就不会分开。

许梁州挑起纸袋的提手,精准地将东西丢进垃圾桶。

他脚步一顿,想起她今天过来是有话要对自己说……他摸着下巴,是什么话呢？他很好奇。

　　单单花了整整一个星期的时间来调整心态，等她总算是从震撼中恢复过来，打算告诉许梁州自己怀孕了这件事时，身体却不太舒服。

　　她底下见了红。

　　如果不是小腹没有阵痛感，她差点以为自己流产了。

　　单单火急火燎地又去了一趟医院，为了省事去的还是上次做检查的那家医院。

　　不过，她不知道，许梁州对她的行踪了如指掌。

　　那些人并不会事无巨细什么都查，只是会把她的大概行踪记下来，如果没发生什么特殊的事情，或者如果许梁州不去过问，他们也不会主动汇报。

　　可这段日子以来，单单去了医院两回，神情又不太对，保镖就起了疑心，尾随她去了科室，看见妇科的牌子，犹豫了片刻，拨通了许梁州的电话。

　　许梁州接到电话后，迅速换好衣服，赶往那家医院。

　　一路上，他握着方向盘的手都不太稳。

　　那天她来找他的时候，分明欲言又止，就因为看见那些东西，她就不打算告诉自己了？

　　许梁州心里的激动并不是来源于自己要当父亲这件事，事实上，他对孩子的感情淡薄得可怕。

　　只是，有了孩子，结婚的事就没有了拖延的借口。

　　许梁州大步流星跑上五楼，他靠着墙，站在外面等了很久。

　　他低垂眉眼，看着没什么攻击力。

　　单单看过医生，才知道是自己小题大做，怀孕初期见红，是正常现象。

　　她拿着医生开的药走出去，一道笔挺的身影撞进她的视线。

　　许梁州往前逼近两步，一双手掐着她的肩，咬牙道："你想做什么？"

　　单单明白他误会了。

她想不到他怎么会过来,解释道:"我没想过不要孩子。"

许梁州咄咄逼人:"为什么不告诉我?"

单单低头:"打算今天跟你说。"

许梁州拉着人大步往外走。

"去哪儿?"

好半天,才听见他回了声:"去你家,提亲。"

## 第七章
## 我愿为你画地为牢


单妈空闲下来的时候,喜欢泡杯茶坐在阳台上看看书。

单单和许梁州一起过来时,她反应也不大。

阳台上养着的植物抽出了嫩绿的新枝,阳光温热。

单单扯了扯许梁州的袖子:"你站在这里等我。"

她得在他去她妈妈面前说起结婚的事情之前,告诉她妈妈,她怀孕了,也好让她妈妈有个心理准备。

单单缓步挪到阳台边:"妈,我……"

单妈手里的书翻了一页:"什么事?"

单单揪着手指头,看了她妈妈好几眼,还是没有勇气开口。许梁州把她拉到自己身后,薄唇微动:"阿姨,我想娶她。"

单妈放下手中的书,缓缓地从藤椅上起身,心里的情绪复杂。她不意外许梁州会说这么一句话,两人结婚,她没有阻拦的理由,可就这么答应,她也不甘心。

"你想娶她你问她,跟我说做什么?"单妈语气里带着讽刺。

许梁州并没有将她的话放在心上:"我需要征求您的同意。"

他在单妈开口之前又道:"她怀孕了。"

单妈原本想好的说辞通通作废，她扶着阳台边缘的栏杆，有惊讶有愤怒，直到完全将这个消息消化，她盯着他问："你这是在逼我还是在逼她？"

女儿怀孕了，他们又有结婚的意愿，自己除了答应还能怎么办？押着女儿去打胎吗？又或是让女儿就这样生下孩子？

"人言可畏"四个字她早早就感受过。

许梁州摇头："不是逼您，我只是想让您能放心地把她交到我手里。"

单妈裹紧了披肩，环抱手臂，看向单单："你也想结了？"

单单神色认真，没有任何的虚假，对着妈妈一字一句道："妈，我愿意。"

单妈竖起来的刺一下子就软了。她盯着许梁州看了很久，最后将视线落定在单单身上，摆手道："你们两个自己安排。"

已经是现在这个局面了，她如果反对也只会是伤害到自己的女儿，倒不如成全了许梁州。虽然她不是很喜欢这个人，但至少他是真心对她女儿好，也没有和其他女人有过牵扯。

爱情还有青春都是握不住的散沙。

能牢牢抓在手里的只有实实在在的物质条件，在这方面，许梁州简直是钻石级别的。

这种想法虽然市侩，但现实就是这样。

许梁州唇边露出浅浅的笑意，转瞬即逝。

单妈收拾好小矮桌上的书籍，抱着书准备回自己的房间。经过单单身边时，她停了下来，略显苍老的手抚上女儿的小腹，神色柔和："你也是要当妈的人了，以后不要胡闹了。"

单单觉得自己还有好多话要说，但到了嘴边又说不出口。

单妈捏捏眉心，往许梁州那边瞥了一眼："今天的晚饭就让他来做，我累了。"

许梁州一口应下："好。"

他握着单单的手，对着单妈的背影道："阿姨您放心，我会护她一辈子，直到我死。"

单单还有点慌神儿,实在没想到她妈妈会如此轻易松口,还以为又要经历一番惊天动地的挣扎。这次,和梦里不一样了,许梁州不用去偷户口本了。

夜里,许梁州将要结婚的事跟许茗说了。
许茗嘴上依旧不饶人:"不错,我还以为你们快分手了。"
"你再这样说我就不认你这个姐了,咒我你能得到什么好处?"
"我开心。从小你就一帆风顺,总要让你栽个跟头,可怜单单也是倒了血霉才跟了你。"
"麻烦你告诉爸妈我要结婚这个消息时,一并告诉他们单单怀孕了。"
许茗嘲讽:"先上车后补票,你真牛。"
许梁州回击:"姐夫不也是这样,你们才复婚的吗?是他教得好。"
电话那头的人静默了一小会儿,再次有声,已经换了人,席竟的声音低沉愉悦:"我可没教过你这个,我和你姐是再见又倾心。
"我和你姐还有夜生活要过,你就不要打扰我们,破坏我们夫妻感情了。
"小许,晚安。"
席竟无情而又冷漠地挂了电话。
许梁州把手机往床上一丢,整个人也往后一倒,他忽然觉得自己好像也没有那么讨厌孩子。

许家父母买了第二天的机票,直接从首都飞了过来。
许父见了许梁州,趁着他妈妈进屋的空当,一脚就踹了过去,连打带骂一点都不客气:"真有本事,这么大的事还得你姐告诉我,合着你是不把我们当父母了是吧?怎么生出你这么个孽障。"
许梁州无所谓被他打:"行,我就是孽障。"

许家父母今天过来是为了同亲家商谈婚事的具体事宜,许母次日就约了单妈见面。

家长们谈得还不错，婚期是他们三个人一起定的，因为顾及单单怀孕的事，所以婚礼日期不能往后拖，就定在一个月后。

许家的礼金给了不少，单妈得知卡上的数额时，吓了一大跳，数了又数，足足有八位数，抛开这个不算，还有一套首都的房子。

单妈怎么也没想到许梁州家境殷实到了这种地步。

婚礼是在南城办的。

许梁州没有求婚，只是在入场之前，抱着单单，亲了亲她的嘴角，无比虔诚地说：“我只爱你一个。”

从来只有你，不会有其他人。

我会保护你。

不会让你受到伤害。

因为你，是我最爱的人。

婚礼流程简单真诚，请的宾客也不多，都是至亲好友。

晚宴上，单单做什么事，都有人帮忙，敬酒的时候，有西子这个伴娘挡，脚站不稳的时候，有许梁州扶。

宋城这个伴郎也是用来挡酒的，许梁州那群表兄弟像豺狼虎豹一样，下手一个比一个狠，拼命灌他酒。

深夜，就只剩下梁叙和宋城几个人还在闹腾，单单疲累，许梁州让人先把她送回家，自己则留下来陪这几个人喝几杯。

宋城喝得最多，也最猛。他酒量好，所以即便这样也毫无醉意，脑子十分清醒。当律师的他，平时都是绷着脸没什么表情，说这样能显得更威严。

他看上去多情，实际上比谁都无情，也深情。

他趴在桌子上，闭着眼睛，扯着嗓子在唱歌，鬼哭狼嚎的歌声，谁也没听懂他在唱什么。

梁叙靠着椅子，在和人打电话，絮絮叨叨地说自己被欺负了，那边是个女声,好像在哄他。

许梁州送走这群人,才动身回家,打开车窗,冷风不断往里灌。

他忍不住催了司机一声:"开快点。"

司机加了速。

到家的时候,单单已经脱下婚纱,换上宽松的裙子在镜子前整理衣服,转身看见刚进门的他:"回来了。"

"嗯。"

床头挂着两人的结婚照。

两人几乎是同时张嘴,相视一眼,莫名其妙地齐齐笑了。

孩子月份大一点的时候,单单孕吐反应十分剧烈,几乎是闻到荤腥味就受不了,吃什么吐什么。

许梁州彻底爱不起来这个孩子了,幽怨的目光时不时在单单的肚子上打转。

单单怀孕期间,许梁州时不时地请假在家里陪她。

她现在一天能睡上十多个小时,能睡但吃得不多,整个人瘦了一圈。

有一次,许梁州按照单妈给的方子做了一道不腥的鸽子汤,好不容易闻着不吐,刚把汤送进嘴里,单单就往卫生间跑,又吐了。

他看了心疼得要死,抚着她的后背:"咱们不生了吧?"

单单怀孕后脾气大了,胆子也一并大了起来,回头就瞪他:"你说不生就不生?你当初怎么不这么说?结婚了孩子也不值钱了是吧?那我回娘家好了,我自己生,我和我妈又不是养不起他!"

许梁州噤声,绝口不再提此事。

"别气,我胡说八道的。"

许梁州在心里默默地给这孩子记上了一笔,心想着若是个女孩就算了,要是个男孩他就不客气了。

好在之后几个月,她孕吐的状况有所缓解,瘦下去的脸蛋也渐渐地圆润了起来。

怀孕期间,单单每天晚上睡觉之前,总喜欢问许梁州一个问题——喜欢男孩还是女孩?

许梁州很想回答,都不怎么喜欢。

可他还是得给一个答案,要不然她就会用她那双圆溜溜的眼睛瞪他。

"喜欢女孩。"

单单往他的胸口蹭了蹭:"我也喜欢女孩,可是想想好像男孩子也不错。你为什么不喜欢男孩子呢?"

"睡吧,别想了。"

"嗯。"

到了第二天晚上,她又问了一模一样的问题。

"喜欢男孩。"他改口,她爱听什么他就说什么。

即便如此,她也还是不满意:"你为什么不喜欢女孩,你是不是重男轻女?"

"不,真没有,你生什么我就喜欢什么。"

单单撇嘴:"这还差不多。"

生产的日子提前了一周,正好是中午,单单吃着吃着就放下了筷子,她冷静地看着坐在对面的许梁州,说:"我好像要生了。"

许梁州脸色大变,拉开椅子抱着她就上了车,一路上不敢开得太快。

一开始单单还没什么感觉,后来越来越痛,白着脸痛得叫出了声。

到了医院,她直接被送到产房,许梁州也进了产房陪产。

单单选择顺产,要等宫口完全开了,才能开始生。

她痛得大颗的汗珠从额头上流下来,叫声也越发大,感觉呼吸都会疼。

许梁州整个人看起来十分暴躁。

几个小时之后,单单终于把孩子生了下来。她用尽了力气,眼皮沉重,痛晕了过去。

"不好，赶紧急救！"医生看着骤然低下去的心率急急道。

许梁州听见了孩子的哭声，提着的心还没放下去，脸色一沉，问道："怎么回事？"

护士急得也快哭了："我也不知道，各个数据都是正常的，就是心率骤降。"

许梁州几乎站不稳，护士的话像是铁板重重地压在他的背脊上，他浑身发抖："你说什么？"

护士越过他："不能再说了，我要去拿血袋。"

许梁州看着单单平静地躺在手术台上，闭着双眼，安静得像是睡着了。

这幅场景，许梁州见过两次，一次是在梦中她被宣布重病不治，还有一次就是现在。

许梁州觉得自己快疯了，只剩一口气强撑着。

他绝不接受命运的摆弄。

他漆黑的眼珠一动不动地凝视着她的脸："你不能离开我，你不能这么残忍地对我。"

他的神态显然不是很好："我不容许这种事发生，我知道你听得见，醒过来。"

许梁州什么都不在乎了，阴沉道："你不睁开眼睛，我就不要孩子了！不要了！"

如果没有这个孩子就好了。

那么他就不会有再次失去她的风险了。


许梁州被人架开，医生忙着抢救单单。

时间过去了很久，久到一直在重复一句"不要孩子"的话的许梁州，声音都嘶哑了。

单单忽然抬起眼皮，有气无力道："不能不要。"

她只是做了个梦的工夫，他怎么就开始发疯了？

许梁州眼睛酸酸的，连说了两遍："醒了就好，醒了就好。"

他忙跑过去,单单安慰他:"不要害怕,我不会离开你了。"

我愿为你的爱——

画地为牢。

单单生了一个男孩,重六斤三两。

她从产房中被推出来之后,精神就好了许多。医生也搞不懂为什么当时她的心率会骤降,简直就是未解之谜。

许梁州一直陪在她身边,死都不撒手。虽然病房里有一个专门放婴儿的摇篮,但护士根本不敢把孩子放在许梁州身边,而是把孩子抱到了婴儿房照看。

单单醒了一小会儿,就又睡了过去,再次醒来时已经是第二天。许梁州趴在床边,攥着她的手,几乎是在同时,他也睁开了眼睛。

他的眼睛里还有血丝,满眼疲惫:"醒了?要不要吃点东西?"

单单被他这一问,还真的感觉到饿了。但她摇摇头,说起话来声音不是很大:"我想先看看孩子。"

许梁州坐直身子,抬手按了床头的铃,没多久,护士走了进来。

"把孩子抱过来。"他面无表情道。

护士看了看他,又看了眼已经坐起来的单单,显然有些为难,她真怕这男人拿孩子出气。

许梁州没有得到回应:"我自己去。"

护士连忙道:"你们等等,我马上过来。"

单单的腹部还有被撕扯的痛感,不过尚能忍受。她浅笑看着他问:"是男孩还是女孩?"

她当时还没来得及看,所以到现在还不知道孩子的性别。

许梁州一顿,皱着眉,面色不豫,实话实说:"我也不知道。"

护士很快就抱着孩子进来了,想都没想就把孩子放到单单怀里。

单单看着孩子,又问了护士:"是男孩还是女孩?"

护士愣了愣："是个健康的男宝宝。"

许梁州闻言，脸色就更不好看了。

"他睡着了呀。"

"对，刚出生的小宝宝睡觉的时间比较长，如果醒了，可能就是饿了。"护士耐心地跟她说。

单单的眼睛都移不开，看着宝宝："好可爱，好漂亮。"

单单眼里满是柔情。小宝宝打了个哈欠，露出粉嫩的小舌头，这个模样快要把人萌化了。

"我们的宝宝叫什么名字？"单单忽然抬起头问许梁州。

许梁州将双手交叠放在腿上，控制住自己想要将她怀里那一团丢出去的欲望："没想。"

单单垂眸，嘴角的笑意淡了淡。她一边伸手理了理包着宝宝的襁褓，一边说："你是孩子的父亲，要对他负责。许梁州，你不能不爱他。"

许梁州低下头："抱歉，我需要学习。"

学习怎么来爱这个孩子，虽然他觉得自己可能永远都学不会。

"想个名字吧。"单单轻声说。

"过几天再说。"

"好。"

单单把孩子递给他："你抱着。"

许梁州迟迟未接，单单冷下脸："我要去洗手间。"

他纠结了片刻："我陪你去洗手间，你把孩子搁床上。"

单单掀开被子，把孩子塞进他的怀里："要是掉下床怎么得了，你看着他，儿子多可爱，别板着脸了。"

许梁州觉得自己一个手掌就能把孩子给托起来，他怎么这么小？

许梁州无可奈何地抱着孩子，姿势生疏，整个人僵硬无比，动都不敢动。

他垂眸，正式打量这个小崽子，长得还真是好看，难怪这么讨单单的欢心。

可现在，许梁州真的还不能毫无保留或者说真心实意地喜欢上这个孩子。

许梁州作恶的心思又起，手指头轻轻捏了捏孩子的鼻子，慢慢地又移到孩子的嘴巴上。

许梁州抿唇，默不作声地逗弄着孩子，看着他翻来覆去睡不好的样子才笑了。

可没过多久，许梁州就笑不出来。他闻到一股臭味。

许梁州僵着脸，往下扫了眼，脸色黑了黑。

单单出来就见许梁州阴沉着脸，连忙问："怎么了？"

许梁州绷了好半天，才憋出几个字："你没闻到一股味道吗？"

单单一怔，讪道："把孩子给我，我给他换个尿不湿。"

许梁州毫不犹豫地把孩子给了她。

单单抱着孩子："你别傻站着，把抽屉里的尿不湿拿出来，再去打盆干净的水，还有毛巾。"

许梁州依言照做，然后又离得老远。

床边没有垃圾桶，于是单单对着已经站到门边的男人道："你过来，把这东西扔了。"

许梁州脸都绿了："我不要。"

"不能不要。"见他不动，单单又催促道，"你快点。"

许梁州不情不愿地走过去，两根手指头夹着尿不湿边缘，快速丢进了门后的垃圾桶。

单单怀中的宝宝渐渐醒了过来，乌溜溜的黑眼珠子，又大又圆，生动可爱。

突然，宝宝扯起嗓子开始哭，单单哄了好半天还是没停。

她急得脸都红了，许梁州见不得她心慌，咳嗽了两声："他会不会是饿了？"

单单想起来护士刚刚说过的，她差点忘了。瞬间，她什么都顾不得，解开衣襟，宝宝顺着奶味就凑了上来。

单单出院那天，许梁州的父亲给小宝宝起了个名字，叫许诺。

虽说也是随心一想，但总归要比许梁州这个名字好听许多。

许梁州请了月嫂来照顾孩子，不过单单还是更愿意自己带孩子。半夜，孩子经常哭，会把两人吵醒，单单抱着许诺哄的时候，许梁州就黑着一张脸。

许梁州被吵醒后皱着眉头："下次把孩子放到隔壁婴儿房里。"

单单轻声哄着许诺，抽出空当来才回他："他半夜饿了怎么办？你要是嫌吵你就去客房睡。"

许梁州下床替她拿了水杯来，表情无奈："我才不要一个人睡。"

许诺小朋友正吃得开心，完全感受不到他爸的怨念。

许诺吃饱倒头就睡，单单小心地将孩子放到婴儿床上，才又爬回床，其实她也累得不行。

许梁州搂着她，在她迷迷糊糊的时候忽然说了句："睡吧，明天带你去个地方。"

黑夜中，他的眸中仿佛熠熠生辉，望着窗外的视线深远难懂。

单单翻了个身，模模糊糊地回应了声："好。"

清晨，单单睡醒时墙壁上挂着的钟表时针已经指向了"9"，她从床上弹起来，怎么睡得这么晚？儿子怎么没闹着要吃？

婴儿床上空空荡荡的。

儿子呢？

她穿着睡衣，急忙从卧室出去。

许梁州抱孩子的姿势没有之前那么僵硬和生疏，他手里拿着个奶瓶，塞到许诺小小的嘴巴里。

许梁州脸色很臭，实际上，他的心情也相当复杂。

儿子的哭声将他闹醒了，单单还在睡，他不忍心这臭小子又弄醒单单，便把儿子抱到客厅。

他泡好奶粉堵住了儿子的嘴。

单单问:"你们什么时候起来的?"

"半个小时之前。"

单单拿着茶几上的小玩具在许诺面前晃了晃,逗得他笑了笑,她也跟着笑。

许梁州将奶瓶放到一边:"你怎么不多睡会儿?"

单单的目光都没舍得从儿子身上移开:"自然醒。都九点了,也不早了。"

许梁州点点头,沉吟道:"嗯,你先吃早饭。等会儿保姆过来,把孩子交给保姆,我带你去个地方。"

单单还是有点不放心保姆和孩子待在家里:"去哪儿?要不等我妈下午来了,我们再出去吧?"

许梁州看出她在顾虑什么,于是提议道:"那就先把孩子送到我妈那里,我妈应该还挺乐意帮我们带孩子的。"

单单坐正了身子,有些好奇:"你还没说去哪里。"

她真的想不到他要带她去哪里、做什么。

许梁州摸了摸她的发,笑意浅淡:"先吃饭。"

单单自知撬不开他的嘴,只要他不想让她知道,就怎么都不会说。

单单喝了一碗粥就饱了,她伸出手:"来,把宝宝给我吧。"

许梁州将许诺塞过去,小朋友闻到妈妈身上熟悉的味道,咧开嘴笑笑,十分可爱。

单单坐在椅子上,抬起头说:"我们给宝宝起个小名。"

许梁州脱口而出:"小崽子。"

单单轻拧他的胳膊:"认真点。"

许梁州觉得自己认真了许多:"小胖墩?小胖子?"

许梁州不认为自己起得不好,还解释了一番,指了指流口水的某团子:"你看看他全身都是肉,是真的胖。"

单单反击道:"你全身也都是肉,你也胖。"

"那你来想。"

"糖糖怎么样?"

许梁州有瞬间怀疑自己的听力,他忍着笑,一本正经地点头:"我觉得挺好,就这个吧。"

单单摆弄着儿子的手,低头喊着:"糖糖,糖糖……你也喜欢对不对?你爸爸也喜欢。"

单单带着儿子玩了十来分钟,其间许梁州去阳台抽了根烟,回来就说要出发了。

从公寓回许家老宅也不远,大概半个小时的车程,许诺一路上乖乖巧巧,不哭不闹,让人省心。

到了老宅,许梁州把儿子放下,牵着单单的手就回到车上。

他好像很着急。

汽车在公路上飞驰,两旁的街景飞快地倒退着,单单心里慌慌的。

在一个比较漫长的红灯下,许梁州又掏出了烟,降了车窗,闷声抽烟。

红灯变绿,车子又开始行驶。

单单将额头贴在玻璃车窗上,美眸望着窗外的景致,手指忽地攥紧,这个地方她有种似曾相识感。

单单从喉咙里发出来的声音都是绷着的,干涩嘶哑:"你是不是开错方向了?"

许梁州握着方向盘的手顿了顿,过了片刻,他回答:"没有。"然后又重复一遍,"没有走错。"

单单没有再说话。

她认出来了这是通往哪里的道路,也知道了他想带自己去的地方。

是的,就是墓地。

汽车停在公墓外,许梁州替单单解了安全带:"下车吧。"

单单脚步虚浮,跟跟跄跄地跟上他的步伐,却是在台阶下停住了步子。她一张脸惨白惨白的,浑身都失了力气,脚似有千斤重,抬都抬不起来。

许梁州站在第一级台阶上,朝她伸出手来:"来,不要怕,跟我走。"

单单犹豫了好长时间,在他灼灼的目光下,将手递过去,放在了他温热的掌心。他牵着她的手,一级一级地往上迈。

莫约走过了几十级台阶,才停下步子。

他们面对的是两座没有姓名没有照片的墓碑。

尽管什么信息都没有,但单单认出来这就是她梦境里的最终归处。

这是她和许梁州的墓地,死了之后都紧紧依靠,谁都别想离开谁。

她梦见过的——

他结束了自己的生命,死在她的墓碑前……

单单胸口不太舒服,沉重得说不出话。

许梁州眉间却荡着笑意,他轻轻触碰了下墓碑上应该贴着照片的地方。

"我做了一个梦。"

单单沉默,然后道:"嗯,我知道。"

许梁州转头,伸手捧着她的脸,幽深的目光落在她的眼眸中:"不害怕吗?不害怕我变成那样?"

单单露出一抹笑来,语气轻柔:"我害怕,可你愿意为我假装,也就一定愿意为我改的。"

她停顿,继而说:"还有,我也爱你。"

她的目光越过他的肩头望着墓碑,这个世界上再也没有人会这样深爱她。

因为爱,所以学会了包容。

她一个人的退让是远远不够的,爱从来都是相互的,从前的许梁州不管她喜不喜欢,他给的,她都要全然接受。

如今的他,仍然霸道,仍旧无理取闹,小心眼,记仇还特别爱吃醋,可他总算是愿意给她自由。

许梁州红了眼睛,自顾自地说:"梦到你死了,我的心都碎了,我不能接受这种结局,哪怕是在梦里。"

单单眼睛发酸:"都不是真的。"

许梁州的指腹轻轻抹开她眼角的泪,说:"是啊,都不是真的。"

倾覆的乌云在天空,雨滴落了下来,珠子般大小的水珠冲刷着墓碑,砸得噼里啪啦。

　　许梁州将西装外套脱下来,盖在她的头顶,另一手搂住她的腰,缓缓道:"走吧,我们回家。"

　　单单点头:"好,回家了。"

　　这里是故事结束的地方。

　　也是故事重新开始的地方。

### 番外一
### 如梦似幻的平行时空

大学还没毕业,单单就和许梁州结了婚。

新婚第一个月,单单忙着准备毕业论文还有实习的材料,难免会冷落许梁州。她每天食堂、图书馆、宿舍三点一线,忙得脚不沾地。

论文过了初稿后,单单给自己留了一天的休息日。

论文组的同学为了庆祝过稿,攒了个聚餐的局。单单推不掉,周日晚上六点钟,匆匆赶到他们提前订好的包厢。

他们订的是一家韩餐店,环境不错,客人也不多。

才刚开春,北方的四月天,让人冷得发抖。单单脱掉毛呢大衣,里面穿了件宽松的白色毛衣,细软的黑发松松垮垮地绾在脑后,露出一截雪白纤细的后颈。

她的皮肤很好,白炽灯的光线直接照在她脸上,冰肌雪肤,丝滑细腻,如白玉无瑕。

陈师兄拍了拍身边的空位:"单单,你坐这里。"

单单点点头,坐了过去。

包厢里通风不是很好,开了窗户还是觉得有些闷热。

单单才刚坐下不到五分钟，包里的手机就响了起来，屏幕上跳出两个字——州州。

单单莞尔，接起电话，声音软糯温柔："怎么啦？你是不是回家忘记带钥匙了？"

电话那头的人没来得及说话，单单继续絮叨："跟你说了不止一百遍，回家要带备用钥匙，如果我不在家，你就不用站在门外等我。"

许梁州听完她说的话，问："你不是放假了吗？"

单单没有把今天自己要去聚餐的事情告诉他，不是大事，而且也不需要事事都向他报备。她吃了块烤肉，说："组里聚餐，我今天应该会晚点回家。"

许梁州绷着下颌，线条冷硬锋利，攥紧的手指关节开始泛白。他抿唇："具体几点？"

单单说："我也不知道呀，得看情况，可能八九点。"

许梁州"嗯"了一声："不要喝酒，快结束了给我打电话，我开车去接你。"

"好。"

"少和别的男人说话。"

单单轻声笑了笑："州州，你怎么又霸道总裁附身了？"

许梁州用力地捏紧手指，故作轻松："平时给你读小说读得太多，受到影响了。"

他每天晚上都会给她念几章网络小说。

总裁文的内容好像都大同小异，许梁州虽然觉得那些小说的情节发展很智障，但还是记住了几句印象深刻的话。

"单单，你是我的。"

单单听完笑得花枝乱颤，笑着说："州州，你到底是怎么做到不带任何感情念这种肉麻的台词的？"

许梁州很不谦虚："脸皮够厚。"

陈师兄已经开始催促:"单学妹,怎么一直在打电话?"

单单用手挡了挡手机的听筒,小声做了个口型:"对不起,马上聊完了。"

她走出包厢,找到一个僻静的角落,透了口气,说:"州州,先挂了。"

许梁州淡道:"好。"

陈师兄对单单有些好感,饭局上对她颇为照顾。

他们点了冰啤酒,单单也跟着喝了两杯,脸颊发热,脑袋也有些昏。

陈师兄看她懵懵懂懂的醺态,笑了两声:"这种啤酒,味道淡但是后劲很大,你第一次喝,会头晕也很正常。"

她的面颊晕染着几分薄红,缓缓说道:"我就尝尝味道。"

单单也没想到平日这帮严肃刻板的师兄妹,私下竟然这么闹腾。饭局结束,将近十点。

外面不知什么时候开始下起了小雪,冷风迎面吹来,吹散了她身上的酒气。

同组的师兄妹,其实并不知道单单已经结婚了。

"要不然我们再去唱个歌?"

"我觉得可以。"

"唱到凌晨再去网吧开黑,如何?"

"你要死啦,你还想通宵吗?"

"对啊!在青春的尾巴尽情放肆一把!"

大多数人点头表示同意,单单也有些心动,她长这么大还没去过网吧。只是想到家里的男人,她有些犹豫。

学妹似乎看出她的顾忌:"学姐,你和你家里人说一声就行了呗。"

说巧也巧,许梁州的电话正好在这个时候打了进来。

单单接起手机,轻轻"喂"了一声。

许梁州刚洗完澡,边擦头发边问:"还没结束吗?"

"没有。"单单说,"今晚我和程浔一起睡,你不用过来接我了。"

许梁州不大乐意，颇有微词。

单单放软声音："都快毕业了。"

许梁州无奈地叹气："好吧。"

挂了电话后，单单和师兄妹一起先去了KTV。

学妹很会暖场，唱歌游戏样样精通。

他们有意撮合单单和陈师兄，等转场去了网吧，也特意将他们的位置安排在一起。

单单第一次打网游，技艺不精，反应迟缓，开局就送了十个"人头"。

陈师兄笑了笑："看出来你以前是真的没玩过了。"

单单觉得有些丢脸："嗯，我男朋友不肯教我。"

才结婚没多久，她还没习惯叫老公。

许梁州倒是带单单打过几次，他在游戏里堪称"杀神"，带她双排更像在恶作剧，每次都是等到她的血条快被打没了，才慢吞吞过来救她。

陈师兄愣了愣："你有男朋友了？"

单单抿唇轻笑："是的。"

"哦，好。"

许梁州瞥见书桌上的钥匙，迟疑片刻，正准备给单单打个电话，抬头看了眼时间，将近凌晨两点。

他将通讯录拉到程浔的号码，拨了过去。

程浔还在赶稿，顺手接起电话："你好，哪位？"

"是我。"

"许梁州？"她惊讶，"你打电话给我做什么？"

"单单睡了吗？她钥匙忘记带了，明天早上我给她送过去。"

"不是，你和我说这些干吗？"

许梁州怔了怔:"她今晚不是住你家里吗?"

程浔很无辜:"你记错了。"

许梁州很快就反应过来:"抱歉,打扰了。"

他的脸色顿时阴沉了不少,长臂捞过椅背上的外套,拿上车钥匙立刻出了门。

一路上,许梁州给单单打了好几个电话,没有打通。

他冷着脸打开手机上的定位软件,找出她的位置。

在一家网吧。

许梁州深更半夜匆匆赶到网吧,看见她戴着耳机坐在靠墙的位置,专心致志地盯着屏幕,在打游戏:"师兄,你去上路。"

许梁州眼睛里的火星烧得噼里啪啦,他冷眼扫过,迈开大步,板着冷冰冰的脸走过去,拽起她的胳膊,冷笑连连:"不是和程浔一起?"

单单目光诧异地看着他:"你怎么过来了?"

许梁州怒火正盛,拽着她的手往外拖:"回家再说。"

见到想要上前阻止的陈师兄,她说:"这是我男朋友,我先回去了。"

单单脚步踉跄地跟上许梁州:"你生气了?"

她解释道:"我怕你不同意,才没有告诉你。"

许梁州冷着脸将单单扔进车里,上车后锁死车门。

单单有点怕现在的他:"马上毕业了,以后就没有机会这样胡闹了。"

许梁州沉默不语,一脚油门踩了下去。他开得很快,十几分钟,就到了住处。

单单怕他,不肯下车。

许梁州挑眉:"下来。"

单单抓着门把手:"你怎么知道我在那个网吧?"

许梁州自然是不可能把他在她手机上装了定位这种事告诉她,他抿了抿唇,问:"游戏好玩吗?"

单单没想到他会生这么大的气:"对不起,我不该骗你。但你现在这样,我很害怕。"

许梁州有点控制不住自己，刚才差点掉转车头，直接开回他精心准备的房子，将她锁在里面一辈子都出不来才好。

单单扯了扯他的袖子："州州，你不要生气了，我真的害怕。"

许梁州盯着她漆黑的眼珠，硬邦邦地丢出四个字："没有下次。"

单单会错了意："我以后肯定不骗你。"

许梁州的意思是，不可以和其他男人相处，不可以和他们一起打游戏，最好连话都不要讲。

这次事情过后，单单觉得许梁州管她越来越严，事无巨细，闲得没事还会翻她的手机，耐心十足地翻阅她的聊天记录。

这种做法，让单单觉得很不舒服。

许梁州听后却将他自己的手机丢给她："你也可以随便看我的手机。"

她才懒得看。

几天之后，单单发现自己的通讯录和微信上被删了不少的人，全都是关系还算不错的男同学。

单单很生气地去质问，许梁州厚颜无耻道："我手滑不小心删的。"

她一个个加回来，并且道了歉。

单单越来越觉得许梁州的某些做法真是太过分了，他好像变了个人，让她从心底产生了一种恐惧。

毕业那天，许梁州帮她把行李搬回家，忽然间冒出一句："不然你不要找工作了，怎么样？"

"不可以。"

"我养你，不好吗？"

"不好。"

许梁州沉默。

单单回了家继续投简历，总共投了几十家公司，一个面试通知都没接到。

她不禁开始怀疑自己,难道真的是自己太差劲了?

单单哄着许梁州帮她改改简历。

男人懒洋洋地窝在沙发上就是不肯挪,半闭着眼:"累了。"

她坐在他腿上,双手勾住他的脖子:"求你了,帮我改改吧。"

她还不知道自己的那些面试通知,其实都被许梁州暗中拦了下来。

许梁州搂紧她的腰,低头亲亲她的唇瓣:"真累了。"

单单才不信他的鬼话,主动亲他,声音又软又甜:"老公,求你了。"

许梁州扬了扬眉,手指忍不住掐紧她的腰:"既然是求我,就要拿点实际行动出来。"

单单没动。

许梁州也不强求,笑眯眯地望着她。

单单恼怒地从他身上爬起来,气鼓鼓地回到书房:"我自己改!我就不信没人要我!"

许梁州半点都不慌张,除了他,谁也不敢要她。

无论她投多少遍简历,结果都是一样的。

他要她生活在自己的股掌之中。

一辈子。

## 番外二
### 小戏精

许诺小朋友在三岁的时候有了一个外号——戏精。

许梁州亲赐的外号。

小朋友每天戏都很多,嘴巴也甜得不行,有时候许梁州也纳闷,儿子这是遗传了谁的情商,哄起人来一套套的。

许诺很小就不被允许和爸爸妈妈睡在一个房间,他有属于自己的房间。

起初,他也哭闹,软乎乎嫩白白的包子脸哭起来看着就让人心疼,他眼泪汪汪地扒着妈妈的腿,可怜兮兮地说:"妈妈,妈妈,我不能没有你,我怕怕。"

单单其实也不舍得。她蹲下来,用纸巾给他擦了擦眼泪,哄着他:"糖糖怕就和妈妈睡,咱们不换房间了。"

许梁州伸手一把揪起他后颈的衣领,将他整个人提在半空中,黑着脸说:"男子汉还有脸哭?还想和你妈睡?"

许诺小朋友是不怕他爸爸的,但是在妈妈面前得用哭的,眼睛一挤,泪水哗哗地流:"妈妈,救我。"

单单很无奈:"你把糖糖放下来。"

许梁州抿唇:"老子不惯着他。"

许诺立马指着许梁州道:"妈妈,爸爸说脏话。"

单单将他抱过来,用商量的语气和许梁州说:"孩子太小了,要不还是跟我们一起睡吧?"

许梁州想都没想就拒绝:"不要。"

许梁州眯着眼盯着她怀里的小朋友,伸出手,忽然笑了笑:"跟我过来,我们两个好好谈谈。"

许诺搂紧了妈妈的脖子:"宝宝怕怕。"

"嗯?"

许诺委屈巴巴:"爸爸会揍我。"

"晚上自己睡,我就不揍你。"

"过分。"

小朋友反抗无效,到了晚上,还是得自己一个人睡。

许梁州对此很满意,单单翻来覆去睡不着。这还是儿子第一次一个人睡,要是吓哭了怎么办?

不过她显然多虑了,许诺小朋友不仅不害怕反而适应得很好。不过小朋友报复心重,于是凌晨的时候,小朋友哭着敲响了他们的房门:"妈妈,妈妈,有大虫子,妈妈救我,爸爸让大虫子来抓我。"

单单睡得不沉,听见哭声就醒了过来,穿好睡衣打开房门,见到眼睛哭得通红的儿子,赶忙问:"糖糖怎么了?"

许诺打了个哭嗝:"床上有大虫子。"

单单奇怪,哪来的大虫子,家里向来打扫得干干净净的。

许梁州听见儿子在闹腾,眼睛都没睁开,躺在床上,并不是很想搭理那个戏精。

许诺拉着单单的衣服去了自己的小房间,指了指床头的一只塑料大蟑螂,边啜泣边道:"妈妈,我好怕,之前爸爸就说要让大虫子把我给吃掉。"

单单也被吓了一大跳,仔细看了看,才发现是假的蟑螂。她忍着恶心把塑料蟑螂给丢进垃圾桶里,随后轻轻拍了拍儿子的背,安抚道:"糖糖不怕,这是假的。我去找爸爸,让爸爸给你道歉。"

许诺把头埋在她的胸口上,勉勉强强道:"好的吧。"

单单将儿子抱回自己的房间,看见睡得平静的许梁州就更加生气。

这个人怎么喜欢和儿子过不去,万一把孩子吓坏了怎么办?

她掀开盖在他身上的被子,把人掐醒:"起来。"

许梁州早醒了:"怎么了?"

单单拽着他的手把他从床上拉起来,然后连推带搡把人推到房门外:"你去睡沙发,几岁的人了还欺负儿子。"

许梁州很无辜:"我欺负他?我什么时候欺负他了?"

"还给我装,他床头那只大蟑螂是不是你放的?"

许梁州回想了一番。

"大蟑螂?"他恍然大悟,视线射在单单背后的小兔崽子身上,"三岁就会演戏了,真不错。"

"你害不害臊?他能知道什么叫演戏吗?"单单很生气,"本来还说给你床被子,现在看来你不需要。"

说完,单单把门用力关上。

许诺这才敢从妈妈背后钻出来,萌萌地伸出手:"妈妈抱。"

单单抱着许诺上床,给他盖好被子后,搂着他睡,哄着:"妈妈在呢,好好睡。"

许诺如此深得他妈妈宠爱的原因还有一个,就是他嘴甜。他在妈妈脸上亲了一口,软糯道:"妈妈,我爱你。"

单单心都要化了,想到许梁州每次欺负儿子的时候,难道他的心不会痛吗?

单单早上八点半要上班,而许诺小朋友还没有上幼儿园,家里只剩下他和他爸爸。

许梁州憋了一晚上的火气总算是等到时机来清算了,他从阳台找到扫帚,挥了挥,手感不错。

今天必定把这个臭小子屁股打开花,让他哭着叫爸爸!

许诺小朋友早上九点才醒过来,小心翼翼地打开卧室的门。

许梁州扬了扬手中的扫帚:"你是自己主动趴着,还是我扒了你裤子丢过去?"

许诺低声认错:"爸爸我错了。"

许梁州佯装没有听到,说:"什么?你说什么?"

他拿着扫帚一步步走过去。

许诺捂着自己的眼睛,不敢直视:"呜呜呜,救命啊,杀人啦,杀小孩啦,救命啊。"

许梁州耳朵都被吵得疼:"别哭了。"

许诺被收拾了一顿老实了半天。但他记吃不记打,中午还要他爸爸哄着睡午觉。

小朋友该卖萌的时候就卖萌,许梁州躺在沙发上,他爬了上去:"爸爸抱。"

许梁州十分嫌弃地把自己身边的位置让给了他:"睡吧。"

小朋友敞开四肢,呼呼大睡。

结果等他醒过来的时候,发现自己抱着个"大肘子",事实上,那是许梁州的小腿。

许梁州趁小朋友睡着之后,把人给丢到另一头,小朋友不自觉就抱上了他的小腿。

许梁州一乐,抖了抖腿,没能把人抖下去,也就随着他了。

小朋友醒过来不乐意,扯着嗓子哭,那是真的伤心。

许梁州很不耐烦哄他,但又不得不哄他,穿上鞋子走到厨房帮他切了份芒果,强行喂到他嘴里:"别哭了,你妈马上回来了。"

单单到家时,父子俩相处和谐,她笑了笑,俯下身子,在儿子脸上亲了一口:"今天在家乖不乖?"

许诺想了想:"我乖的。"

"让爸爸带着你玩,我去厨房做饭。"

许梁州接过小朋友,随后就把小团子往地上一丢,从沙发上起身:"我去做饭,你陪他玩吧。"

"好啊。"单单点头。

许梁州学着她刚刚亲儿子的样子,也在她脸上亲了一口。

许诺自觉地爬到妈妈的腿上,澄澈的眸子对上她,认真地问:"爸爸是不是不爱我啊?"

单单抱着他不让他掉下去:"啊?当然不会啦。"

许诺小嘴巴一瘪,眼睛红得跟立马就要哭出来似的:"可是他都没有亲亲我。"数着手指,继续说,"睡觉觉也不抱我,呜呜呜,今天宝宝不小心把水倒在爸爸身上,他还脱宝宝的裤子打,呜呜呜,妈妈疼。"

小孩子的表达能力有限,单单稍微一想,就能把他的话给串起来,赶紧给儿子抹干净了眼泪,轻声哄他:"糖糖不哭,一会儿妈妈让爸爸亲你好不好?"

许诺眼泪收住了,直勾勾地望着她,问:"真的吗?"

单单点头:"当然啦,妈妈是不会骗糖糖的。"

许诺勾着她的脖子,将自己埋进她的怀抱里:"还是妈妈最好。"

一大一小在沙发上看了一会儿动画片,许梁州就做好饭了。粉色的围裙围在他身上还有点违和,他端着汤和菜从厨房里出来:"洗完手可以吃饭了。"

许诺除了是个戏精还是个小吃货,每天觉得自己还可以尝试着爱爸爸一次的时候就是吃饭时。他一晃一晃地跑到餐桌边,乖巧地坐在自己的位置上:"爸爸我准备好了。"

许梁州在他额头上敲了一下:"洗手去。"

许诺理直气壮:"爸爸,我下午洗过手啦。"

许梁州嗤笑一声,毫不留情地嘲讽道:"你昨晚也吃过饭了,我看你今晚不用吃了。"

"爸爸,你又欺负我。"刚好单单不慌不忙地走过来,他转身对着单单控诉,"爸爸想饿死我,妈妈你要救我啊。"

"听爸爸的,先去洗个手。"单单笑道。

许诺眼珠子一转:"好的,妈妈,宝宝也是很爱干净的。"

餐桌上摆着的菜色香味俱全,勾着人的食欲,许梁州做菜的手艺早就超过她了。

单单拉了一下他的袖子:"跟我过来。"

许梁州把围裙给脱下来,双手插兜:"什么事还神神秘秘的?"

单单咬着下唇:"你先跟我过来。"

许梁州乖乖地跟在她身后,回了卧室。

单单还特意把房门给虚掩着,她咳嗽了两声,然后道:"你以后多亲亲儿子。"

许梁州目光微顿:"哈?"

"儿子跟我说了,他觉得你不爱他,你在家的时候别凶他。"

许梁州绷着脸:"小孩子不能溺爱,多打两顿就听话了。"

单单可一点都不同意他说的:"他本来就够听话了。"

"真要亲啊?"许梁州问。

她斩钉截铁道:"要。"

吃完晚饭,单单对许梁州使了好几个眼色,他想装作没看见都不行,只好去客厅里找到坐在地上玩玩具的儿子,在儿子脸上吧唧了一口。

小朋友抓住爸爸的手,凑上去直接亲在他的嘴巴上:"爸爸,我也爱你。"

许梁州敷衍道:"已阅,不回。"

小朋友以为爸爸不满意,从地上爬起来,又在他脸上亲了一下,照旧说:"爸爸,我真的爱你哟。"

好了,可以了。

本书由明月像饼委托长沙大鱼文化传媒有限公司正式授权孔学堂书局,在中国大陆地区独家出版中文简体版本。未经书面同意,本书的任何部分不得以图表、电子、影印、缩拍、录音和其他手段进行复制和转载,违者必究。

春日書作